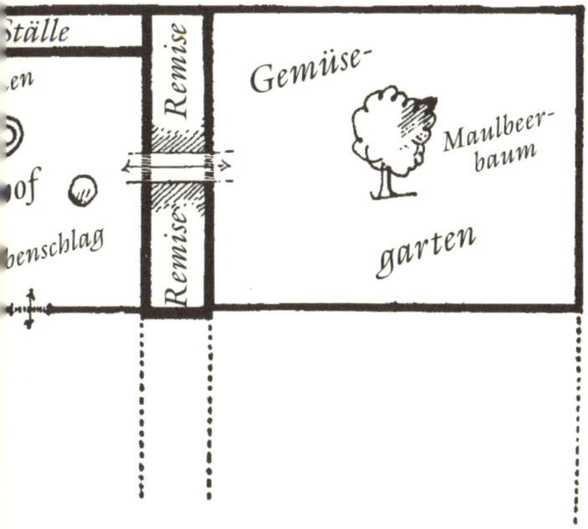

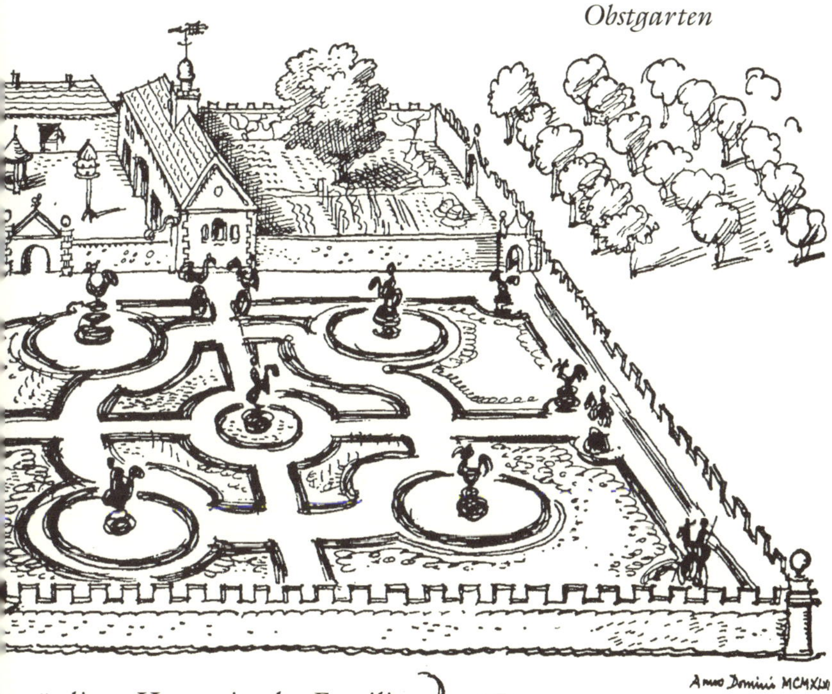

rwürdigen Herrensitz der Familie
ı Haus und Garten gezeigt, wie sie
n Süden, aus dem Park, kommt.

Elizabeth Goudge

Das kleine weiße Pferd

Von hier aus sah sie das ganze Moonacre-Tal
vor sich ausgebreitet.

Elizabeth Goudge

Das kleine weiße Pferd

Aus dem Englischen
von Sylvia Brecht-Pukallus

Mit den Illustrationen der Originalausgabe
von C. Walter Hodges

Verlag Freies Geistesleben

Walter Hodges
in Dankbarkeit gewidmet

Die englische Originalausgabe erschien 1946
unter dem Titel «The Little White Horse»
bei University of London Press Ltd.

1. Auflage der Neuausgabe 2005

Verlag Freies Geistesleben
Landhausstraße 82, 70190 Stuttgart
Internet: www.geistesleben.com

ISBN 3-7725-2046-4

Einband: Robin Bell Corfield
Druck: Clausen & Bosse, Leck

Inhalt

Das kleine weiße Pferd

Unterm silbernen Mond sah ich es zum ersten Mal,
das kleine weiße Pferd, den Kopf voll Stolz zurückgeworfen.
Gar prachtvoll seine Würde und graziös, dass keine Spur von Eigensinn
die natürliche Unschuld überdeckte. Und verflogen war
alles Wissen um Gut und Böse, und die Bürde schmählicher Tage dahin,
unerreichbar für die Geisel der Erinnerungen.
Kein Gestern kennst du, kleines weißes Pferd, keine Reue,
keine Zukunft voller Angst in diesem Silberwald –
nur das makellose Jetzt deines Galopps im Schein des Mondes.

Ein blütengleicher Leib, geschaffen nur aus Licht
für Lichtgeschwindigkeit, der dann urplötzlich reglos stehen bleibt
zum Tanz auf des Messers Schneide der Vollkommenheit.
Vollkommenheit von Silbergras am Bergkamm,
ehe die Sense mäht und es herabfällt wie Schnee auf Sonne,
vom erschütterten menschlichen Geist angesichts
Gottes noch leisen Wortes, und für den Hauch des Augenblicks
ist alles schweigen geheißen. Dahin wie ein Seufzen ist jene
Vollkommenheit,
da die scharfe Klinge langsam in der Brust sich dreht.

Der erhobene Huf, der stolz gereckte Kopf, die fliegende Mähne,
vor dem Aufbruch der Augenblick der Stille und Pracht,
Augenblick der Trennung, des wortlosen Flehens
um Erinnerungen an Dinge, die nicht mehr wirklich sind, nur gedacht,
dann die Kehrtwende unter Bäumen, Bewegung,
so flüssig wie schillerndes Licht über dem Wasser …
Bleib, so bleib doch im Wald, kleines weißes Pferd!
Vorbei und dahin, und nun weiß ich nicht mehr,
war es wirklich ein kleines weißes Pferd, das ich sah,
oder nur ein verirrter Mondstrahl in silbriger Nacht.

Maria kommt in Moonacre an

I

Die Kutsche holperte ein letztes Mal, und Maria Merryweather, Miss Heliotrope und Wiggins fielen einander noch einmal in die Arme, seufzten, rangen nach Luft, richteten sich auf und konzentrierten ihre Aufmerksamkeit auf jene Gegenstände, aus denen sie in diesem schwierigen Augenblick Mut und Kraft bezogen.

Maria blickte auf ihre Stiefel. Miss Heliotrope rückte ihre Brille gerade und hob den abgegriffenen Band französischer Essays vom Boden auf, steckte sich ein Pfefferminzbonbon in den Mund und konzentrierte sich erneut im Dämmerlicht auf die unruhigen Druckbuchstaben auf dem vergilbten Blatt, und Wiggins' Zunge suchte nach dem Geschmack des längst verdauten Abendessens, der noch in seinen Barthaaren haften mochte.

Die Menschen lassen sich – ihrem Verhalten nach – grob in drei Kategorien aufteilen: solche, die Trost in Büchern, solche die Trost in der Beschäftigung mit dem eigenen Äußeren und solche, die Trost im Essen suchen, und Miss Heliotrope, Maria und Wiggins waren typische Vertreter ihrer Gruppe.

Maria soll zuerst beschrieben werden, da sie die Heldin dieser Geschichte ist. In jenem Jahr des Herrn 1842 war sie dreizehn und wurde mit ihren wunderlichen silbergrauen Augen, die so peinlich durchdringend waren, ihrem glatten rötlichen Haar und dem schmalen bleichen Gesicht mit unglückseligen Sommersprossen als wenig anziehend erachtet. Doch ihre kleine Gestalt, die so zierlich war wie die einer Feentochter, besaß ein Rückgrat so aufrecht wie ein Schürhaken, und sie hatte außergewöhnlich winzige Füße, worauf sie übermäßig stolz war. Maria wusste, dass sie das Schönste an ihr waren, und deshalb brachte sie – wenn möglich – ihren Handschuhen, Kleidern und Hauben lange nicht das gleiche brennende Interesse entgegen wie ihren Stiefeln.

Und die Stiefel, die sie heute trug, waren dazu angetan, selbst die niedergedrückteste Stimmung zu heben, denn sie bestanden aus dem weichsten grauen Leder, waren am Schaft mit Kristallperlen bestickt und mit weißer Schafswolle abgesetzt. Die Kristallperlen waren nun zufälligerweise nicht zu sehen, weil Marias graues Seidenkleid und ihr Paletot ihr bis zu den Knöcheln reichten, aber sie selbst wusste um deren Existenz, und allein der Gedanke daran verlieh ihr eine nicht zu unterschätzende moralische Kraft.

Maria stützte sich auf den Gedanken an diese Perlen, wie sie sich in geringerem Maß auf das purpurne Band stützte, das sich unter ihrem Mantel um ihre schlanke Taille wand, auf das kleine Veilchensträußchen, das so weit in die Falten ihrer grauen Samthaube geschoben war, dass es kaum mehr zu sehen war, und auf die grauen Seidenhandschuhe, die die zierlichen, im Innern des großen weißen Muffs verborgenen Hände schmückten. Denn Maria war eine echte Aristokratin; die Vollkommenheit der verborgenen Dinge war für sie fast noch bedeutender, als was nach außen hin gezeigt wurde. Nicht dass ihr das öffentliche Zur-Schau-Stellen nicht gefallen hätte. Sie genoss es. Sie war ein eitles kleines Ding, selbst in den Grau- und Purpurtönen der Trauernden.

Denn Maria war Waise. Ihre Mutter war gestorben, als sie noch ein Säugling gewesen war, ihr Vater hatte vor zwei Monaten das Zeitliche gesegnet und dabei so viele Schulden hinterlassen, dass sein Hab und Gut verkauft werden musste, um sie zu bezahlen – einschließlich des prachtvollen Stadthauses in London mit dem Oberlicht über der Tür und den hohen Fenstern zum stillen London Square hin, wo Maria bislang ihr ganzes junges Leben verbracht hatte.

Als die Anwälte schließlich alles zu ihrer eigenen Zufriedenheit geregelt hatten, stellte sich heraus, dass gerade noch ausreichend Geld blieb, für Maria, Miss Heliotrope und Wiggins die Kutschfahrt nach West Country zu bezahlen, einem Teil der Welt, den sie niemals zuvor gesehen hatten und wo sie mit Marias Vetter zweiten Grades, ihrem nächsten noch lebenden Verwandten, Sir Benjamin Merryweather, den sie ebenfalls noch niemals gesehen hatten, nun auf dessen Gut Moonacre im Dorf Silverydew leben sollten.

Aber nicht ihr Waisendasein hatte Maria so deprimiert und sie dazu geführt, in der Betrachtung ihrer Stiefel Trost zu suchen. An ihre Mutter konnte sie sich überhaupt nicht erinnern, und ihrem Vater, einem Soldaten, der fast ständig mit seinem Regiment weit weg gewesen war und mit Kindern ohnehin nicht viel hatte anfangen können, hatte sie niemals viel Zuneigung entgegengebracht; zumindest weit weniger als Miss Heliotrope, die zu ihr kam, als sie erst ein paar Monate alt gewesen war und zunächst ihre Kinderschwester und später ihre Erzieherin wurde, und die sie mit aller Liebe überschüttet hatte, deren sie nur fähig war. Nein, was Maria bedrückte, war diese unangenehme Reise und die Unbequemlichkeit des Landlebens, welche sie mit Sicherheit ankündigte.

Maria wusste nichts vom Lande. Sie war eine eingefleischte Londoner Lady und liebte den Luxus, und den hatte sie in dem prachtvollen Haus mit Blick über den London Square gehabt; und das, obgleich sich beim Tode ihres Vaters herausstellte, dass er besser darauf verzichtet hätte, da er doch nicht über ausreichend Geld verfügte, ihn sich wirklich leisten zu können.

Und jetzt? Nach dieser Kutsche zu urteilen, würde Moonacre Manor nicht viele Bequemlichkeiten zu bieten haben. Es war eine entsetzliche Reise. Die Kutsche hatte sie in Exeter abgeholt, und sie war noch unbequemer als die Postkutsche, die sie von London dorthin gebracht hatte. Die Sitzpolster waren hart und mottenzerfressen, auf dem Fußboden verstreute Hühnerfedern und Strohhalme wurden von den eisigen Luftzügen, die durch die schlecht schließenden Türen hereinfegten, umhergeweht. Die beiden Schecken hatten zwar glänzendes Fell und wurden offensichtlich gehegt und gepflegt, was Maria sogleich auffiel, weil sie Pferde mochte, aber sie waren alt und untersetzt und bewegten sich nur langsam.

Der Kutscher war ein runzliger alter Mann, der mehr wie ein Gnom denn wie ein menschliches Wesen aussah und einen Mantel mit großem Kragen trug, dessen viele Flicken die ursprüngliche Farbe kaum noch erahnen ließen, und einen riesigen, breitkrempigen Hut aus verschlissenem Biberfell, der ihm durch seine Übergröße so weit ins Gesicht reichte, dass er auf seinem Nasenrücken ruhte und keiner etwas von seinem Gesicht sehen konnte außer seinem breiten, zahnlosen Lächeln und den grauen Stoppeln seines schlecht rasierten Kinns. Doch er wirkte ganz liebenswürdig und war sehr gesprächig gewesen, als er sie in der Kutsche unterbrachte, hatte ihnen vorsichtig eine verschlissene, löchrige Decke über die Knie gelegt; nur hatten sie wegen seiner fehlenden Zähne Schwierigkeiten gehabt, ihn zu verstehen. Und jetzt konnten sie ihn durch das kleine Fenster vorn in der Kutsche im dicken Februarnebel, der die Landschaft verhüllte, kaum erkennen.

Und sie sahen auch nichts von der Landschaft, durch die sie fuhren. Sicher wussten sie darüber nur, dass die Straße so voller Furchen und Rillen war, dass sie von einer Seite zur anderen und auf- und niedergeworfen wurden, als spiele die Kutsche Federball mit ihnen. Und bald würde es dunkel werden, und es gäbe hier keine der modernen, neuen Gaslampen, wie sie heutzutage die Straßen von London erhellten, nur die schreckliche, tiefe Finsternis des Landes. Und es war bitterkalt, und noch immer gab es keinerlei Anzeichen, dass sie jemals ankommen sollten.

Miss Heliotrope nahm ihren Essayband hoch und hielt ihn sich zwei Zentimeter vor die Nase, wild entschlossen, die Abhandlung über die Ausdauer zu Ende zu bekommen, ehe die Dunkelheit hereinbräche. Sie würde diesen Essay, davon war sie überzeugt, in den kommenden Monaten noch oft lesen, zusammen mit jenem über die niemals versiegende Liebe. Letzteren, so erinnerte sie sich, hatte sie zum ersten Mal am Abend des Tages gelesen, als sie die mutterlose kleine Maria in ihre Obhut genommen und festgestellt hatte, dass es sich bei ihrem Schützling um das reizloseste kleine Mädchen handelte, das ihr jemals unter die Augen gekommen war, hatte sie doch schon damals die wunderlichen Silberaugen und das gleiche Haar gehabt und war in dem Bewusstsein, dass blaues Blut in ihren Adern floss, sehr eingebildet gewesen. Nach der Lektüre des Essays jedoch hatte sich Miss Heliotrope entschlossen, Maria Liebe entgegenzubringen und diese niemals versiegen zu lassen, bis dass der Tod sie scheiden sollte.

Anfänglich war Miss Heliotropes Liebe zu Maria etwas erzwungen gewesen. Sie hatte deren Kleider mit verbissener Entschlossenheit und ziemlich betrüblichem Mangel an Fantasie angefertigt und ausgebessert, und den Stock, so garstig das Kind auch gewesen sein mochte, nur sehr sparsam eingesetzt, war sie doch um die Zuneigung des Kindes stärker besorgt als um das Wohlergehen ihrer unsterblichen Seele. Aber allmählich hatte sich das alles geändert. Sie hatte, wenn Maria irgendwie in Gefahr war, heftige Zärtlichkeit entwickelt; ihre Kleider wurden mit brennendem Eifer geschneidert, sodass jedes kleinste Accessoire zu einem Kunstwerk geriet; sie selbst war für ihre kleinen Sünden fast zu Tode geprügelt worden, und so scherte sich Miss Heliotrope heute keinen Pfifferling darum, ob Maria sie mochte oder nicht, wenn sie aus dem Kind nur eine feine, vornehme Dame machen konnte.

Das ist wahre Liebe, und Maria hatte es gewusst; und selbst wenn ihr das Hinterteil so weh tat, dass sie kaum sitzen konnte, hatte das ihrer Zuneigung zu Miss Heliotrope nicht den geringsten Abbruch getan. Und jetzt, da sie kein Kind mehr war, sondern eine Heranwachsende, war diese Liebe das Beste in ihrem Leben.

Maria hatte nämlich Gutes von klein an auf Anhieb erkannt. Sie hatte stets nur das Beste vom Besten gewollt und es stets schnell als solches erkannt, selbst wenn, wie in Miss Heliotropes Fall, die äußere Hülle wenig von dem Gold im Innern ahnen ließ. Vielleicht war sie der einzige Mensch, der jemals entdeckt hatte, was für eine liebe Person Miss Heliotrope in Wirklichkeit war; und zweifellos war das der Grund dafür, dass Miss Heliotropes Gefühle zu ihr so heftig geworden waren.

Miss Heliotropes Äußeres war in der Tat recht eigentümlich, und es beweist nur den durchdringenden Blick der silbrigen Augen Marias, dass diese sie so bald durchschaute. Die meisten Leute gaben schon auf, wenn sie sich mit Miss Heliotropes Nase und ihrem Kleidungsstil konfrontiert sahen, und wollten erst gar nicht tiefer vordringen. Miss Heliotropes Nase war gekrümmt wie ein Adlerschnabel und von tiefem, abstoßendem Rotbraun, das in den meisten Leuten augenblicklich Misstrauen hervorrief. Sie glaubten, sie äße und tränke so viel, dass ihre Nase deshalb rotbraun wäre. In Wirklichkeit aß oder trank Miss Heliotrope jedoch so gut wie gar nichts, da sie an ausgesprochen schrecklichen Verdauungsstörungen litt.

Ihre Verdauungsbeschwerden, nicht ihre Maßlosigkeit, hatten ihre Nase ruiniert. Sie beklagte sich niemals darüber, sondern ertrug die Schmerzen, und gerade weil sie sich niemals beklagte, wurde sie von jedermann außer Maria missverstanden. Nicht, dass sie ihre Beschwerden gegenüber Maria jemals erwähnt hätte, denn sie war von ihrer Mutter zu der Auffassung erzogen worden, eine wirklich vornehme Dame erzähle niemals einem anderen von sich selbst. Aber Miss Heliotropes Leidenschaft für Pfefferminzpastillen führte die scharfsichtige Maria im Laufe der Zeit auf die richtige Spur.

Miss Heliotropes Nase war so schrecklich inmitten ihres blassen, mageren Gesichts, dass man die große Schönheit ihrer vergissmeinnichtblauen Augen nicht bemerkte und auch nicht den fein geschwungenen Bogen ihrer zarten, dunklen Brauen. Ihr spärliches graues Haar trug sie in engen Korkenzieherlöckchen rings ums Gesicht, eine Frisur, die üblich gewesen sein mochte, als sie achtzehn Jahre alt gewesen war, sie stand ihr jedoch heute, mit sechzig, nicht gerade vorteilhaft zu Gesicht.

Miss Heliotrope war groß, sehr dünn und ging gebückt; ihre Magerkeit fiel nicht auf, da sie ihr altmodisches purpurnes Rüschenkleid über einem Reifen trug und sommers wie winters ein schwarzes Tuch über die Schultern geschlungen und vor der Brust verknotet hatte, sodass sie gut gepolstert war. Im Freien hatte sie stets einen gewaltigen schwarzen Schirm bei sich und trug einen schäbigen schwarzen Umhang und einen riesenhaften schwarzen Kiepenhut mit einer purpurnen Feder darin, im Haus ein schneeweißes, mit schwarzem Samtband gesäumtes Häubchen. Sie trug stets schwarze Seidenhandschuhe und hatte ein schwarzes Netz bei sich mit einem makellosen, mit Lavendel parfümierten weißen Taschentuch, ihrer Brille und einem Döschen Pfefferminzdrops; um den Hals trug sie ein Goldmedaillon von der Größe eines Enteneies. Was sich in seinem Innern befand, wusste Maria nicht, denn wann immer sie Miss Heliotrope danach fragte, bekam sie keine Antwort. Es gab nur weniges, was Miss Heliotrope ihrer geliebten Maria versagte, sofern der Wunsch nicht ihrer unsterblichen Seele schaden könnte, doch sie verweigerte ihr nachhaltig einen Blick auf den Inhalt des Medaillons … Es war, so erklärte sie, etwas, das nur sie persönlich etwas anging … Maria bekam keine Gelegenheit zu einem verstohlenen Blick, denn Miss Heliotrope legte ihr Medaillon niemals ab, und wenn sie abends zu Bett ging, schob sie es unter ihr Kissen. Aber Maria hätte es sich keinesfalls heimlich angesehen, denn diese Art Neugier lag ihr nicht.

Maria war demnach trotz all ihrer Eitelkeit und ihrem Wissensdurst von solch edlen Eigenschaften wie Ehre, Mut und Gewissenhaftigkeit beherrscht, Miss Heliotrope aber bestand gänzlich aus Liebe und Geduld. Wiggins' Tugenden aufzulisten ist dagegen schwieriger … Eigentlich sogar unmöglich, denn er besaß keine … Wiggins war habgierig, dünkelhaft, aufbrausend, egoistisch und faul. Maria und Miss Heliotrope glaubten, er liebe sie hingebungsvoll, weil er niemals von ihren Fersen wich, höflich mit dem Schwanz wedelte, wenn man ihn ansprach, und sie gelegentlich sogar küsste. Doch all das geschah nicht aus Zuneigung, sondern weil er es für taktisch klug hielt. Er war sich bewusst, dass alles, was sein Leben angenehm machte, von Miss Heliotrope und Maria kam: sein Essen, das stets von guter Qualität war und ihm pünktlich in einer grünen Schüssel, auf die er großen Wert legte, vorgesetzt wurde, sein grünes Lederhalsband, seine Bürste und sein Kamm, der parfümierte Puder und die Seife. Bei anderen Herrinnen, so viel hatte Wiggins von weniger vornehmen Hunden erfahren, deren Bekanntschaft er im Park gemacht hatte, konnte man sich nicht immer darauf verlassen, dass sie ihren Haustieren die größte Beachtung schenkten … Bei den *seinen* wohl … Folglich hatte Wiggins bereits in zartem Alter beschlossen, sich bei Maria und Miss Heliotrope einzuschmeicheln und so lange bei ihnen zu bleiben, wie sie seine Wünsche befriedigten.

Wenngleich Wiggins' Charakter viel zu wünschen übrig ließ, darf man nicht glauben, er wäre ein nutzloses Mitglied der Gesellschaft gewesen, denn etwas Schönes ist eine immerwährende Freude, und Wiggins' Schönheit war von jenem hohen Rang, der sich nur mit dem großmächtig schallenden Wort ‹unvergleichlich› beschreiben lässt. Er war ein reinrassiger King-Charles-Spaniel. Sein Fell hatte einen satten Cremeton und reichte glatt und glänzend bis auf seine Brust, wo es in einem prachtvollen Strom weicher Locken herabfiel wie die plissierte Hemdbrust eines Gentleman. Damals war es noch nicht Mode, Spaniels die Schwänze zu kupieren, und Wiggins'

Schwanz glich einer Straußenfeder. Er war sehr stolz darauf und trug ihn stets wie ein Fähnlein im Wind, und wenn manchmal das Licht durch die feinen Haare fiel, schillerte er derartig, dass einen der Anblick fast blendete.

Die einzigen nicht cremefarbenen Körperteile von Wiggins waren seine langen, seidigen Ohren und die Flecken über seinen Augen, die das lieblichste Kastanienbraun aufwiesen. Seine Augen waren ebenfalls braun und von einer feuchten, steinerweichenden Zärtlichkeit, die alle Herzen eroberte; die Besitzer jener Herzen begriffen nicht, dass Wiggins' gesamte Zärtlichkeit ausschließlich ihm selbst galt. Seine Pfoten und Hinterläufe waren ganz zart gefiedert wie die eines Wappentieres. Wiggins' Nase war lang und aristokratisch und trug feine goldene Barthaare, die er stets völlig unter Kontrolle hatte. Die Nase war pechschwarz, glänzend und kalt, und seine schöne, rosige Zunge niemals unappetitlich feucht. Denn Wiggins war keiner dieser gefühlsduseligen Hunde, die sich so weit gehen lassen, mit bebenden Barthaaren, heißer Nase und triefender Zunge herumzulaufen.

Wiggins war sich bewusst, dass ein Übermaß an Gefühlen der persönlichen Schönheit abträglich ist, und ließ sich niemals dazu hinreißen – es sei denn in geringem Maß, wenn es ums Fressen ging.

Gutes Fressen konnte Emotionen in ihm wecken, so sehr genoss er es, so dankbar war er den guten Feen, die ihn bei seiner Geburt nicht nur mit einer hervorragenden Verdauung ausgerüstet hatten, sondern auch gewährleisteten, dass er seine prachtvolle schlanke Linie halten konnte, auch wenn er sich hin und wieder überfraß ... Das Dinner, das man ihm in jenem Gasthof in Exeter vorgesetzt hatte, war wirklich köstlich gewesen: Lammkoteletts, Gemüse und Bratkartoffeln, die eigentlich für Miss Heliotrope gedacht gewesen waren, denen sie sich jedoch nicht gewachsen gefühlt hatte … Nachdenklich fuhr seine schöne rosige Zunge über die goldenen Barthaare. Wenn das Essen in West Country immer so gut wäre wie diese Mahlzeit in Exeter, würde er sich wohl mit dem kalten Nebel und den zugigen Karossen in aller Ruhe und Geduld abfinden können.

Inzwischen war völlige Dunkelheit hereingebrochen, und der kauzige alte Kutscher stieg ab, grinste sie an und entzündete zwei alte Laternen, die rechts und links vom Wagen schaukelten. Doch sie verbreiteten wenig Licht, und durch die Kutschenfenster war nicht mehr zu sehen als vorbeiziehende Nebelschwaden und gefährlich steile, mit feuchten Farnen überwucherte Wegränder. Die Straße wurde immer schmaler, bis die Farne zu beiden Seiten den Wagen streiften, und auch immer holpriger und steiler, sodass sie abwechselnd mühsam bergauf zu kriechen und dann wiederum einer fürchterlichen Klippe bedrohlich entgegenzurutschen schienen.

In der Dunkelheit konnte Miss Heliotrope nicht mehr lesen, und Maria konnte ihre Stiefelspitzen nicht mehr betrachten. Aber sie murrten nicht, denn wahre Damen murren niemals. Maria schlang die Hände in ihrem Muff fest ineinander, Miss Heliotrope verschränkte die ihren unter ihrem Umhang, und beide bissen die Zähne zusammen und hielten aus.

2

Vielleicht waren sie trotz der Kälte aus Erschöpfung eingenickt, denn plötzlich stellten sie erschreckt und völlig überrascht fest, dass die Kutsche angehalten hatte. Sie mussten während der Zeit, in der sie nichts mehr bewusst wahrgenommen hatten, bis zu ihrem Erwachen eine weite Strecke zurückgelegt haben, denn hier sah alles völlig anders aus. Zum einen war der Nebel verschwunden und der Mond schien, dass sie einander deutlich sehen konnten.

Beider Niedergeschlagenheit war völlig verflogen, und ihre Herzen klopften heftig im Vorgefühl des Abenteuers. Mit dem Eifer kleiner Kinder ließen Miss Heliotrope und Maria die Wagenfenster zu beiden Seiten herab und lehnten sich hinaus, Wiggins drängte sich neben Maria, um ebenfalls ins Freie blicken zu können.

Die farnüberwucherten Wegränder waren verschwunden, und an ihrer Stelle erhoben sich Mauern aus massivem Stein in wundervollem Silbergrau, und vor ihnen versperrte ebenfalls festes Gestein die Weiterfahrt.

«Ob wir hier wohl richtig sind?», fragte Miss Heliotrope.

«Da ist ein Tor im Gestein», sagte Maria, die sich so weit hinausbeugte, dass sie in Gefahr war, kopfüber in die schmale Einfahrt zu stürzen. «Sehen Sie!»

Auch Miss Heliotrope lehnte sich bedenklich weit hinaus und stellte fest, dass Maria Recht hatte. In das Gestein eingelassen war eine alte Eichentür, die durch ihr Alter die gleiche Farbe wie der Fels angenommen hatte und kaum davon zu unterscheiden war. Sie war sehr groß – groß genug, um eine Kutsche passieren zu lassen. Neben ihr hing aus einem Loch in der Mauer eine rostige Kette herab.

«Der Kutscher steigt ab!», stieß Maria hervor und beobachtete mit vor Aufregung funkelnden Augen, wie der zwergenhafte Mann zur Kette huschte, nach ihr griff, hochsprang und wie ein Affe an einer Stange schaukelte. Das Ergebnis war ein tiefes, hohles Läuten irgendwo im Innern der Felsnische. Nach dreimaligem Läuten ließ der Kutscher sich wieder auf

Er huschte zur Kette, sprang hoch und schaukelte daran wie ein Affe an einer Stange.

die Erde fallen, grinste Maria zu und kletterte wieder auf seinen Kutschbock.

Langsam öffnete sich die große Tür. Der Kutscher schnalzte dem alten Schecken zu. Miss Heliotrope und Maria nahmen wieder Platz, sie fuhren an, die Tür schloss sich hinter ihnen so lautlos, wie sie sich aufgetan hatte, sperrte das Mondlicht aus und ließ ihnen als Beleuchtung wieder nur das flackernde Laternenlicht, das auf den feuchten, moosüberwucherten Wänden eines unterirdischen Tunnels schimmerte. Es fiel ebenfalls, so erschien es Maria, auf eine schemenhafte Gestalt, aber sie war sich dessen nicht sicher, weil die Kutsche weiterfuhr, ehe sie genauer hinsehen konnte.

«Hu!», entfuhr es Miss Heliotrope, die nun nicht mehr ganz so glücklich war, denn der Tunnel war klamm und kalt und schien endlos weiterzuführen, und die Räder der Kutsche hallten darin wie Donner. Doch bevor sie sich wirklich zu fürchten begannen, waren sie schon wieder im Mondschein und an einem so wunderschönen Ort, dass er kaum von dieser Welt zu sein schien.

Alles war in Silber getaucht. Zu beiden Seiten ragten hohe Baumstämme aus dem Gras, das von Mondlicht mit einem Silberschimmer überzogen wurde und wie Wasser wirkte. Die Bäume standen nicht sehr dicht, sondern mit großzügigen Lichtungen dazwischen, durch die ein ebenholzschwarzer, mit Silbersternen gesprenkelter Himmel funkelte. Nichts rührte sich. Es herrschte völlige Stille, als hätte der Mond alles verzaubert. Das silberne Gespinst aus Zweigen und Ästen über den silbernen Baumstämmen war so zart, dass das Mondlicht wie feiner Silberstaub hindurchsickerte.

Doch zwischen den Bäumen herrschte Leben, auch wenn es Leben war, das sich nicht bewegte. Maria sah eine Silbereule auf einem Silberast und ein Silberkaninchen, das am Wegrand auf den Hinterläufen hockte und ins Laternenlicht blinzelte, und eine wunderschöne Gruppe silberner Rehe … Und einen flüchtigen Augenblick lang glaubte sie am anderen Ende der Lichtung ein kleines weißes Pferd mit fliegender Mähne, wehendem Schweif und schräg emporgerecktem Kopf zu sehen, das mitten in der Bewegung innehielt, als ob es sie gesehen hätte und sich darüber freute.

«Schauen Sie doch!», rief sie Miss Heliotrope zu. Doch als Miss Heliotrope den Blick dorthin wandte, konnte sie nichts sehen. Sie fuhren lange Zeit weiter über einen dicken Moosteppich, der das Geräusch der Wagenräder schluckte, bis sie schließlich durch einen Torbogen in den Hof eines alten Gemäuers gelangten; diesmal war es kein natürliches Gestein, sondern eine von Menschen errichtete, mit Zinnen gekrönte Mauer. Maria konnte die Zinnen gerade noch mit aufgeregtem Japsen wahrnehmen, als sie sich auch schon innerhalb der Mauern befanden und der prächtige Park einem geometrisch angelegten Garten wich, mit Blumenbeeten und gepflasterten Wegen um einen Teich voller Seerosen sowie mit Eiben, die in seltsame, fantastische Formen von krähenden Hähnen und Rittern zu Pferde geschnitten waren.

Der Garten lag ebenso wie der Park im Mondenschein ganz in Silber und Schwarz, und ein leichtes ängstliches Frösteln überlief Maria, als sie hindurchfuhren, denn es kam ihr so vor, als wandten die schwarzen Ritter und die schwarzen Hähne ihre Köpfe, um sie kalt zu mustern, als sie vorbeifuhren. Auch Wiggins musste sich ein wenig eigentümlich gefühlt haben, denn er knurrte, obgleich er am Boden saß und die düsteren, schwarzen Gestalten nicht sehen konnte. Und auch Miss Heliotrope war wohl nicht ganz glücklich, denn sie sagte mit bebender Stimme: «Sind wir nicht gleich beim Haus?»

«Wir sind beim Haus!», freute sich Maria. «Schauen Sie, dort brennt Licht!»

«Wo?», fragte Miss Heliotrope.

«Dort!», antwortete Maria. «Hoch droben hinter dem Baum.» Und sie deutete zu der Stelle, wo ihnen ein orangefarbenes Lichtauge fröhlich zwischen den höchsten Ästen einer riesenhaften schwarzen Zeder entgegenblickte, die wie ein Berg vor ihnen emporragte. Dieses orangefarbene Flackern hatte etwas ungeheuer Beruhigendes, wie ein Edelstein inmitten von all dem Schwarz und Silber. Es war etwas Irdisches zwischen so viel Nichtirdischem, etwas, das sie begrüßte und sich freute, sie zu sehen, anstelle jener kalten, schwarzen Schatten, die ihr Kommen nicht gewollt hatten.

«Aber das ist ja ganz hoch oben am Himmel!», stieß Miss Heliotrope verwundert hervor, dann machte die Kutsche einen weiten Bogen um die Zeder, und sie begriffen, warum das Licht so hoch oben schien. Es handelte sich bei dem Haus nicht um ein modernes Bauwerk, wie sie es kannten, es war vielmehr ein sehr altes Gemäuer, eher ein Schloss, und das Licht strahlte aus dem Fenster ganz oben in einem hohen Turm.

Miss Heliotrope stieß einen Schreckensschrei aus (den sie jedoch schnell unterdrückte, denn nur ein schlecht erzogener Mensch schreit bei einem beunruhigenden Anblick), als sie an Mäuse und Spinnen dachte, vor denen es ihr gleichermaßen grauste. Maria jedoch brach in einen Freudenschrei aus. Sie würde in einem Haus mit einem Turm wohnen wie eine Märchenprinzessin!

Oh, es war ein prachtvolles Haus! Es ragte vor ihnen auf, und seine mächtigen Mauern stellten sich dem düsteren Garten mit einer Art zeitloser Kraft entgegen, die ebenso Vertrauen erweckend war wie das Licht im Turmfenster. Und obgleich sie es niemals zuvor gesehen hatte, vermittelte es ihr das Gefühl von Heimat. Denn hier hatten seit Generationen Merryweathers gelebt, und sie war eine Merryweather. Maria schämte sich ihrer früheren Furcht hierher zu kommen. Dies war ein Zuhause, wie das Haus in London es niemals gewesen war. Sie wollte lieber hier in kärglichen Verhältnissen leben als im luxuriösesten Palast der Welt.

So stürzte sie bereits aus der Kutsche, ehe diese richtig angehalten hatte, lief eine Treppe hinauf, die an der Seitenwand zu einer großen eichenen Eingangstür emporführte, und schlug mit den Fäusten dagegen, damit man sie einließ. Weder ihre leichten Füße noch ihre kleinen Fäuste verursachten großen Lärm, aber jemand im Innern des Hauses musste auf das Quietschen der Wagenräder gelauscht haben, denn die große Tür öffnete sich fast augenblicklich und gab den Blick frei auf den außergewöhnlichsten älteren Gentleman, den Maria jemals zu Gesicht bekommen hatte. Er stand auf der Schwelle und hielt eine brennende Laterne in der Hand.

«Willkommen, Cousine», sagte er mit tiefer, wohlklingender, ausdrucksvoller Stimme und streckte ihr die freie Hand entgegen.

«Danke, Sir», erwiderte sie, knickste, legte ihre Hand in die seine und wusste, dass sie ihn von diesem Augenblick an immer lieben würde.

Aber ihr Vetter bot wirklich einen eigentümlichen Anblick, und nachdem sie ihn erst einmal betrachtet hatte, merkte sie, dass sie den Blick kaum wieder von ihm abwenden konnte. Er war so groß und breit, dass er den hohen Türrahmen auszufüllen schien. Sein Gesicht war rund und rot und glatt rasiert, und seine große Hakennase stellte die von Miss Heliotrope bei weitem in den Schatten. Er hatte drei Kinnwulste, einen breiten, lächelnden Mund und funkelnde Augen von einem warmen Orangebraun, die sich fast unter den buschigen weißen Augenbrauen verloren. Seine mit höchster Sorgfalt gepflegten Kleider waren altmodisch und äußerst eigenwillig zusammengestellt.

Auf dem Kopf trug er eine riesige weiße Perücke wie einen Blumenkohl, und sein dreifaches Kinn wurde von einer Krawatte aus Honitonspitze gestützt. Seine Weste aus hellblauer Seide war mit gelben Rosen und karmesinroten Nelken bestickt und stand in ihrer ganzen Pracht in eigentümlichem Gegensatz zu dem verschossenen, mit Flicken besetzten Rock, den Reithosen und den schlammbespritzten Stulpenstiefeln. Er war ein wenig o-beinig wie die meisten Männer, die einen Großteil ihres Lebens im Sattel zugebracht haben. Seine Hände waren kräftig und rot wie sein Gesicht und die Innenflächen vom ständigen Zügelhalten hart wie Leder, doch prachtvolle Spitze floss über seine Handgelenke, und an einem Finger trug er einen Ring mit einem großen Rubin, der wie Feuer funkelte.

Tatsächlich war alles an Sir Benjamin Merryweather warm und strahlend; sein rundes, gerötetes Gesicht, sein Lächeln, seine Stimme, seine braunen Augen und sein Rubinring. Nachdem er Marias Hand ergriffen hatte, schaute er sie erwartungsvoll an, als ob er sich in Bezug auf sie irgendeine Frage stellte. Sie zitterte ein wenig unter seinem musternden Blick, als fürchtete sie, irgendeine Eigenschaft, nach der er Ausschau hielt, nicht zu besitzen; doch sie blickte fest und ohne zu blinzeln zu ihm auf.

«Eine echte Merryweather», erklärte er schließlich mit seiner tiefen, dröhnenden Stimme. «Eine von den silbrigen Merryweathers, hoch aufgerichtet, arrogant und anspruchsvoll, tapfer und von ehrbarer Seele, wie die bei Vollmond Geborenen. Wir werden einander mögen, meine Liebe, denn ich bin am Mittag geboren; und ihr Mond-Merryweathers und wir Sonnen-Merryweathers hatten stets eine Schwäche füreinander …»

Er brach unvermittelt ab, als er Miss Heliotrope und Wiggins gewahrte, die sich inzwischen aus der Kutsche und die Treppe heraufgeschoben hatten und hinter Maria standen.

«Meine liebe gnädige Frau!», rief er Miss Heliotrope entgegen, nachdem er sie einem einzigen langen, scharfen Blick ausgesetzt hatte.

«Meine liebe gnädige Frau! Gestatten Sie mir!» und mit einer tiefen Verbeugung ergriff er ihre Hand und geleitete sie feierlich über die Schwelle. «Willkommen, Madam!», sagte er zu ihr. «Willkommen in meinem bescheidenen, unwürdigen Haus.

Und diese Worte erklangen in einem Ton, der darauf schließen ließ, dass sie ehrlich gemeint waren und er wirklich und wahrhaftig daran glaubte, sein Haus sei unwürdig, Miss Heliotrope aufzunehmen.

«Mein lieber Sir!», rief Miss Heliotrope ganz aufgeregt, denn durch ihr unattraktives Äußeres widmeten Herren ihr selten so viel schmeichelhafte Aufmerksamkeit. «Mein lieber Sir, Sie sind *zu* freundlich!»

Maria hob Wiggins hoch, der unliebenswürdig schnaubte, weil keiner ihm auch nur die geringste Aufmerksamkeit schenkte, schob die große Tür hinter sich zu und drehte sich um, um mit einem zufriedenen Seufzen ihrem älteren Verwandten zu folgen. Denn sie war sich bewusst, dass Sir Benjamin auf den ersten Blick bemerkt hatte, aus welch edlem Stoff ihre teure Miss Heliotrope gemacht war. Sie würden einander alle gerne mögen.

Aber nein, vielleicht doch nicht, denn ein leises, unbehagliches Knurren kam von Wiggins, den sie unter ihrem Arm hielt, und wurde von einem donnerähnlichen Grollen vom Kamin her beantwortet, in dem ein großes Holzfeuer die steingefließte Halle erwärmte, in die Sir Benjamin sie geführt hatte.

So etwas wie ein Tier, ein eher Furcht erregendes, riesiges Tier, dessen Körper sich über die ganze Länge des Kamins zu erstrecken schien, hatte seinen gewaltigen zottigen Kopf von den Vorderpfoten erhoben und starrte in Wiggins' vornehmes kleines Gesicht, das unter Marias Arm hervorspähte. Er schnüffelte einmal laut, nahm die Ausdünstung von Wiggins' Charakter wahr, von dem er augenscheinlich wenig hielt, blinzelte einmal verächtlich und ließ den Kopf dann wieder auf die Pfoten sinken. Doch er schlief nicht wieder ein. Durch eine Mähne rötlichen Haars blickten seine Augen beunruhigend wie der Schein gelber Lampen auf die gesamte Gesellschaft – beunruhigend, weil sie so schrecklich durchdringend wirkten.

Schienen Sir Benjamins Augen schon eine Menge wahrgenommen zu haben, so sahen die Augen der zottigen Kreatur am Kamin unendlich viel mehr. Was für ein Geschöpf war das wohl, überlegte Maria. Sie nahm an, dass es sich um einen Hund handelte, und doch schien er irgendwie nicht ganz wie ein Hund …

«Das ist Wrolf», beantwortete Sir Benjamin ihre unausgesprochene Frage. «Manche finden ihn Furcht erregend, aber ich versichere dir, dass du keine Angst vor ihm haben musst. Er ist ein alter Hund. Vor über zwanzig Jahren kam er am Weihnachtsabend aus dem Kiefernwald hinterm Haus, blieb eine Weile bei uns und ging dann wieder, als es im Haus ein wenig Ärger gab. Aber vor über einem Jahr – wieder am Weihnachtsabend – kehrte er zurück; seither lebt er bei mir und hat meines Wissens nicht einmal einer Maus etwas zuleide getan.»

«Sie haben Mäuse?», wisperte Miss Heliotrope.

«Hunderte», verkündete Sir Benjamin dröhnend und fröhlich. «Aber wir halten ihre Zahl mit Mausefallen in Grenzen, wissen Sie. Mit Fallen und mit dem Kater Zachariah. Zachariah ist zur Zeit nicht da. Nun, meine werten Damen, müssen Sie Ihre Zimmer in Augenschein nehmen und ihre Mäntel ablegen, und dann kommen Sie wieder in die Halle herunter, damit wir gemeinsam essen können.»

Sir Benjamin nahm drei große Messingleuchter von einem Tisch am Kamin, zündete die Kerzen an, reichte jeweils einen Miss Heliotrope und Maria und ging ihnen voran in den angrenzenden Raum, von dem Maria vermutete, dass es sich um den Salon handelte, obgleich sie im Halbdunkel kaum etwas davon sehen konnte.

Er öffnete eine Tür in der Wand und ging hindurch, und dann standen sie im Treppenhaus eines Turmes. Die Stufen waren in der Mitte ausgetreten von den vielen Füßen, die im Laufe der Jahrhunderte über sie hinweggegangen waren, und wanden sich auf eine Weise, die Miss Heliotrope höchst Schwindel erregend fand, immer weiter in einer Spindel nach oben; doch Sir Benjamin, der mit seiner Kerze vorwegging, erklomm sie trotz seines Alters und seines Körperumfangs unbeschwert wie ein Junge, und Maria, die als Letzte kam, stieg sie mit der Behändigkeit eines fröhlichen Affen empor.

«Sechshundert Jahre alt», erklärte Sir Benjamin munter. «Im dreizehnten Jahrhundert von Wrolf Merryweather, dem Waffenträger König Edwards I. und Begründer unserer Familie, auf Grund und Boden erbaut, den der König ihm für seine Tapferkeit im Kampf geschenkt hatte. In unserer Familie, Miss Heliotrope, sprechen wir das W von Wrolf aus, denn unsere Vorfahren waren Wikinger und große Kämpfer.»

«Ja», seufzte Miss Heliotrope. «Als Maria klein war, kostete es mich auch einen regelrechten Kampf, sie dazu zu bekommen, Reispudding zu essen.»

«Haben Sie den Hund aus dem Kiefernwald nach diesem Wrolf benannt?», wollte Maria wissen. Sie zögerte ein wenig, ehe sie das große Tier in der Halle als Hund bezeichnete, weil sie ihn irgendwie immer noch nicht als solchen sehen konnte.

«Das habe ich», antwortete Sir Benjamin. «Denn jener Wrolf Merryweather hatte nach der Überlieferung kastanienbraunes Haar, und dieser Hund hat, wie du sicher bemerkt hast, eine rötliche Mähne.»

«Ja, das ist mir aufgefallen», stimmte Maria zu.

Sir Benjamin war vor einer Tür stehen geblieben. «Hier, meine Damen, werde ich sie allein lassen», erklärte er. «Das ist Miss Heliotropes Zimmer, hier über dem Salon. Marias liegt noch weiter oben, ganz oben am Ende des Turmes.» Und er verneigte sich vor ihnen und ging mit seiner Kerze wieder die Treppe hinunter.

Miss Heliotrope, die schon befürchtet hatte, vielleicht auf einer Strohmatratze auf einem binsenbestreuten Boden schlafen zu müssen, atmete erleichtert auf, als sie ihr Zimmer sah. Es war ein angemessen großer Raum, und der Eichenboden war fast vollständig mit einem karmesinroten Teppich bedeckt. Es war ein ziemlich zerschlissener Teppich mit Löchern darin, aber es war ein Teppich und keine Binsen.

In dem Zimmer stand ein großes Himmelbett, zu dem ein paar Stufen hinaufführten, und karmesinrote Samtvorhänge zu beiden Seiten hielten die Zugluft ab. Außerdem war da eine bauchige Mahagonikommode, eine große Mahagonigarderobe, ein Ankleidetisch mit Chintzvorhang und ein Lehnstuhl mit einem Schemel für die Füße. Die Steinmauern waren mit warmem, dunklem Holz verkleidet, das Fenster mit Läden fest verschlossen und mit Chintzgardinen verhängt. Alle Vorhänge hätten einiger Flickarbeiten bedurft, aber die Möbel waren ordentlich poliert, und alles war makellos sauber.

Und jemand, so schien es, hatte sich viel Gedanken um ihre Behaglichkeit gemacht, denn im Kamin brannte ein helles Feuer, Kerzen flackerten auf der Kommode und auf dem Ankleidetisch, und zwischen den Laken lag eine Bettflasche. Ihr Gepäck war bereits säuberlich am Fußende des Himmelbettes aufgestapelt.

Aber Maria hielt sich nicht lange in Miss Heliotropes Zimmer auf. Sie wartete nur ab, ob sie zufrieden wäre, dann nahm sie leise ihre Kerze und setzte ihren Weg die Turmtreppen hinauf fort. Schier endlos im Kreis immer weiter nach oben. Ein eigenes Zimmer! Nie zuvor hatte sie ein Zimmer für sich allein gehabt. Sie hatte immer mit Miss Heliotrope zusammen geschlafen, und da sie diese so sehr liebte, hatte es sie auch nie gestört; doch in jüngster Zeit hatte sie öfter gedacht, dass es angenehm wäre, ein eigenes Zimmer zu haben.

3

Die Wendeltreppe endete vor einer Tür, die für einen großen Erwachsenen eindeutig zu klein war, aber für ein schlankes Mädchen von dreizehn war sie genau richtig. Maria blieb stehen und betrachtete sie mit klopfendem Herzen, denn obgleich diese kleine, schmale, niedrige Tür offensichtlich Hunderte von Jahren alt war, hatte sie das Gefühl, sie sei genau für sie gemacht. Denn hätte Maria sich ihre eigene Tür aussuchen können, sie hätte sich genau für diese entschieden. Sie wirkte eher wie eine Eingangs- denn wie eine Schlafzimmertür, wie die Tür zu ihrem eigenen, ganz persönlichen Haus. Sie bestand aus silbern schimmerndem, grauem Eichenholz, war dicht mit Silbernägeln beschlagen und besaß als Türklopfer das kleinste, zierlichste Hufeisen, das Maria jemals gesehen hatte und das so auf Hochglanz poliert war, dass es wie Silber glänzte. Bei diesem Anblick musste Maria sofort an das hübsche kleine weiße Pferd denken, das sie im Park gesehen und auf das sie Miss Heliotrope aufmerksam gemacht hatte ... allerdings hatte Miss Heliotrope es nicht sehen können ... Die Tür ließ sich durch einen Silberriegel öffnen, der so wohlklingend klickte, als Maria ihn anhob, als wollte er sie willkommen heißen.

Sie ging hinein, verriegelte die Tür hinter sich, stellte ihre Kerze vorsichtig auf dem Boden ab, lehnte sich mit dem Rücken gegen die Tür und schaute sich mit offenem Mund fassungslos um, sodass ihr sonst bleiches Gesicht wie eine rosafarbene Rose glühte und ihre Augen wie Sterne funkelten.

Keine Beschreibung könnte vermutlich dem außergewöhnlichen Reiz und der Schönheit von Marias Zimmer gerecht werden. Es lag ganz oben im Turm und war, da der Turm rund war, ebenfalls von kreisförmiger Grundfläche, weder zu groß noch zu klein, gerade richtig für ein dreizehnjähriges Mädchen. Es hatte drei Fenster, zwei schmale Spitzbogenfenster und ein großes mit einer in die dicke Mauer eingelassenen Fensterbank. Die Vorhänge waren nicht zugezogen, sodass Maria dahinter die Sterne sehen konnte. In jedem der Fenster standen prachtvolle, verzweigte Silberleuchter mit jeweils drei brennenden Kerzen.

Maria wurde klar, dass es das Licht von einem dieser Leuchter gewesen war, das sie von draußen durch die Äste der Zeder hatte scheinen sehen. Die Wände waren nicht holzgetäfelt wie in Miss Heliotropes Zimmer, aber der silbergraue Stein war so hübsch, dass Maria froh darüber war. Die Decke war gewölbt, und über Marias Kopf spannten sich zierliche Steinrippen wie die Zweige eines Baumes, um am höchsten Punkt der Decke zu der gemeißelten Darstellung einer von Sternen umgebenen Mondsichel zusammenzulaufen.

Auf dem silbrigen Eichenboden lag kein Teppich, wohl aber gab es ein kleines weißes Schaffell vor dem Bett, sodass ihre Füße auf etwas Warmes, Weiches traten, wenn sie morgens aufstand. Bei dem Bett handelte es sich um ein kleines Himmelbett mit hellblauen, mit silbernen Sternen bestickten Seidenvorhängen aus dem gleichen Material wie die Fenstervorhänge. Über dem Bett lag eine Patchworkdecke aus prächtigen Quadraten in Samt und Seide in allen Regenbogenfarben, die fröhlich und hübsch aussah.

Der Raum war spärlich möbliert mit zwei Silbereichentruhen für Marias Kleider, einem kleinen runden Spiegel über der einen und einem Schemel, auf dem ein Silberkrug und eine Waschschüssel standen. Aber Maria hatte das Gefühl, dass sie nicht mehr gewollt hätte. Schweres Mobiliar wie in Miss Heliotropes Zimmer hätte den prachtvollen kleinen Raum verunstaltet. Und es machte ihr auch nichts aus, dass der Kamin der kleinste war, den sie jemals gesehen hatte. Er war tief in die Wand eingelassen und groß genug für ein Feuer aus Tannenzapfen und Reisig, das nun darin brannte und den Raum mit köstlichem Duft erfüllte.

Doch als Maria sich daran machte, ihr Zimmer genauer in Augenschein zu nehmen, stellte sie fest, dass es durchaus gewisse luxuriöse Besonderheiten aufwies. Über dem Kamin hing ein Regal, und darauf stand eine blaue Dose voller feiner Kekse mit Zuckerblüten darauf, falls sie zwischen den Mahl-

Die Decke war gewölbt, und über Marias Kopf spannten sich zierliche Steinrippen wie die Zweige eines Baumes.

zeiten Hunger bekäme. Und neben dem Kamin stand ein großer Korb mit weiteren Holzspänen und Tannenzapfen – genügend, um das Feuer die ganze Nacht in Gang zu halten.

Alles war perfekt. Das war das Zimmer, das Maria für sich selbst entworfen hätte, wenn sie die Kenntnisse und die Geschicklichkeit dazu besessen hätte. Denn ihr war klar, dass dieser Raum mit viel Sachkenntnis und Geschick ausgestattet worden war. Kunstfertige Handwerker hatten Mond und Sterne gemeißelt und die Möbel gebaut, und eine erstklassige Näherin hatte die Patchworkdecke gefertigt und die Vorhänge bestickt.

Sie ging von einer Ecke zur anderen, legte ihren Mantel, ihr Häubchen und den Muff in eine der Truhen, strich vor dem Spiegel ihr Haar glatt, wusch sich die Hände in dem Wasser, das sie aus der kleinen Silberkanne in die Silberschale goss, und berührte all die schönen Dinge mit den Fingerspitzen, als könnte sie sich mit dieser Liebkosung in ihrem Herzen bei den Menschen bedanken, die das alles geschaffen und hergerichtet hatten. War es Sir Benjamin gewesen? Doch das konnte nicht sein, er wäre nicht durch die Tür gekommen.

Es klopfte an der Tür, und die erschreckte Stimme von Miss Heliotrope draußen brachte ihr zu Bewusstsein, dass ihre Gouvernante bei ihrer Körpergröße und mit ihrem Reifrock ebenfalls nicht durch die Tür passen würde, und trotz ihrer Liebe zu Miss Heliotrope überlief sie bei diesem Gedanken ein angenehmer Schauer.

Dieses Zimmer gehörte wirklich ausschließlich ihr ... Als sie die Tür öffnete, zeigte sich ein keckes Grübchen auf ihrer linken Wange, das zuvor nicht dort gewesen war.

«Meine Liebe! Meine Liebe!», jammerte Miss Heliotrope, die nun ihre Reisekleidung abgelegt und gegen ihr Häubchen und ihren auf der Brust gekreuzten Schal ausgetauscht hatte, «was für eine lächerlich kleine Tür! Ich werde dein Zimmer niemals betreten können!»

«Nein!», kicherte Maria.

«Aber was sollen wir nur tun, wenn du krank bist?», fragte die arme Miss Heliotrope.

«Ich *werde* nicht krank werden», erklärte Maria. «Nicht hier.»

«Ich bin überzeugt, dass die Luft hier gesund ist», stimmte Miss Heliotrope zu, dann fiel ihr Blick auf das Innere von Marias Zimmer, und ihre Augen weiteten sich vor Entsetzen. «Was für eine ungewöhnliche kleine Unterkunft! Ganz und gar eigentümlich! Oh, mein armer kleiner Liebling Maria! Wie sollst du hier nur schlafen können? Du wirst dich zu Tode grausen!»

«Mir gefällt es!», erklärte Maria.

Und als Miss Heliotrope Marias rosige Wangen, die leuchtenden Augen und das völlig neue Grübchen sah, konnte sie nicht mehr daran zweifeln, dass das stimmte. Und als sie den außergewöhnlichen kleinen Raum noch einmal genauer betrachtete, stellte sie fest, dass er zu Maria passte. Wie das Mädchen in seinem grauen Kleid so schlank und aufrecht dastand, schien ihr Zimmer sich um sie zu wölben wie die Blütenblätter einer Blume um deren Fruchtknoten; sie ergänzten einander.

«Nun gut!», meinte Miss Heliotrope. «Wenn du nur zufrieden bist, meine Liebe. Und jetzt, denke ich, sollten wir zum Essen hinuntergehen.»

Mit den Kerzen in den Händen, dicht gefolgt von Wiggins, machten sie sich wieder an den Abstieg.

«Ich frage mich», sagte Miss Heliotrope, «wer hier die Hausarbeiten verrichtet. Ich habe noch keine Spur von einem Zimmermädchen gesehen, und doch ist alles peinlich sauber und ordentlich. Es bedarf überall einer ausbessernden Nadel, wie du zweifellos bemerkt hast, aber ansonsten ist bislang nicht das Geringste am Personal auszusetzen ... Aber wo stecken sie nur?»

«Vielleicht tragen sie das Essen auf», meinte Maria.

4

Doch niemand trug auf. Sie bedienten sich selbst. Das Essen war köstlich. Es gab knuspriges, selbst gebackenes Brot, heiße Zwiebelsuppe, wohlschmeckendes Kaninchengulasch, gebackene Äpfel auf einer Silberschale, Honig, dottergelbe Butter, einen riesigen blauen Krug voll warmen, würzigen Bordeauxweins und heiße, geröstete, in eine Serviette eingeschlagene Maronen.

Miss Heliotrope beschränkte sich auf den Verzehr von Brot und Butter und nippte ein wenig an dem Rotwein, aber das tat sie mit einem Genuss, der sie selbst überraschte. Maria aß von allem, was es gab, nur ein Häppchen, wie es ihre Art war, aber das mit einem Appetit, der bei einem so ätherisch wirkenden Wesen verwundern musste. Ihr Vetter vermerkte ihren guten Appetit mit wohlgefälligem Kichern. «Eine eiserne Verdauung, wie alle Merryweathers», sagte er anerkennend. «Und dein kleiner Hund ist auch kein Kostverächter.»

Wiggins war ein Teller Gulasch genehmigt worden, dem er tüchtig zusprach. Er teilte sich den Kamin mit Wrolf; die beiden zeigten keine große Freundschaft, doch sie schienen sich auch nicht feindlich gesinnt ... Und der riesige Kamin war breit genug für beide.

«Ich habe oft gehört, die Frauen von West Country seien

hervorragende Köchinnen», sagte Miss Heliotrope mit leicht fragendem Unterton.

«Sie und Maria sind nach zwanzig Jahren wieder die ersten Angehörigen des schönen Geschlechts, die ihren Fuß in dieses Haus setzen», klärte Sir Benjamin sie auf.

«Aber warum, Sir?», fragte Maria, und ihr Silberlöffel blieb mitten in der Luft schweben. «Mögen Sie Frauen nicht?»

«Im Prinzip nicht», antwortete Sir Benjamin. Dann verneigte er sich ganz galant, erst zu Miss Heliotrope, dann zu Maria. «Aber die Ausnahmen von der Regel haben stets etwas besonders Erfreuliches an sich», sagte er.

Er sprach mit solcher Aufrichtigkeit, dass weder Miss Heliotrope noch Maria durch den Gedanken eingeschüchtert wurden, im Haus eines frauenfeindlichen Junggesellen zu leben. Doch sie schauten einander überrascht an. Es war schwer zu glauben, dass ein einfacher Mann in der Lage sein sollte, eine so köstliche Suppe und ein so fürstliches Gulasch zuzubereiten.

Aber sie stellten keine weiteren Fragen, weil Wiggins in diesem Augenblick für eine Ablenkung sorgte. Als ihn die Gier übermannte, verschüttete er ein bisschen, und aus seinem Napf schoss ein kleines Stückchen Karotte und landete auf Wrolfs Nase. Diese Unverschämtheit war zu viel für Wrolf. Empört erhob er sich und verließ langsam und gemessenen Schrittes den Raum, den Riegel der Eingangstür mit der Nase anhebend. Sein Betragen war so majestätisch, seine Würde so unvergleichlich, dass es sich weniger um einen Abgang als um einen königlichen Auftritt handelte, der sämtliche Blicke auf sich zog.

Als er ging, verstummten für einen Augenblick alle Gespräche, jeder hielt im Kauen inne, und Maria sah ihn zum ersten Mal richtig in seiner vollen Größe. Ein Hund? Was immer

Sir Benjamin sagen mochte, sie konnte nicht glauben, dass dies ein Hund war. Niemals zuvor hatte sie einen Hund mit so mächtigem Kopf und so breiter Brust und gleichzeitig so eigentümlich schmalen Flanken gesehen; oder mit so gewaltig wallender sandfarbener Mähne. Auch sein Schwanz mit der seltsamen Haarquaste am Ende war nicht der eines Hundes, ebenso wenig sein Gang und …

«Kannst du gut reiten, Maria?», erkundigte sich Sir Benjamin unvermittelt, und sie wandte pflichtbewusst ihre Aufmerksamkeit wieder ihrem Gastgeber zu.

«Ich liebe Pferde; aber ich habe niemals reiten gelernt, Sir.»

«Nicht reiten gelernt!», stieß Sir Benjamin entsetzt hervor. «Was hat dein Vater sich da eigentlich gedacht? Kein Merryweather, gleichgültig ob männlich oder weiblich, ist jemals wirklich glücklich, bevor er nicht im Sattel sitzt.»

«Mein Vater war so selten zu Hause», erklärte Maria.

«Maria besitzt kein Reitkostüm», warf Miss Heliotrope besorgt ein; denn die Vorstellung, dass ihre teure Maria auf einem Pferd durch die Gegend galoppieren würde, versetzte sie in Furcht und Schrecken.

«Das ist unwichtig», meinte Sir Benjamin heiter. «Wichtig ist, dass ich ein Pony in genau der richtigen Größe für sie habe.»

Marias blasses Gesicht rötete sich erneut, und ihre Augen funkelten. «Das weiße?», fragte sie mit ganz außergewöhnlichem Eifer.

Sir Benjamin schaute erstaunt drein. «Weiß? Nein, ein Grauschecke. Hast du dein Herz ausgerechnet an ein weißes Pferd gehängt?»

«… nein», antwortete Maria nicht ganz wahrheitsgemäß. «Nur … ich dachte, ich hätte bei unserer Ankunft ein kleines weißes Pferd im Park gesehen.»

Wenn sie ihren Verwandten eben schon erschreckt hatte, so verblüffte sie ihn nun völlig. Er stellte so hastig sein Weinglas ab, dass er ein wenig von dem köstlichen Bordeaux verschüttete, und betrachtete sie mit einem ganz seltsamen Gesichtsausdruck, einer Mischung aus Erstaunen, Erleichterung und inniger Zuneigung, dass Maria ganz seltsam zumute wurde. Sie war froh, als er den Blick von ihr abwandte, sein Glas leerte und sich erhob.

«Zwei so erschöpfte Reisende – drei, wenn wir den kleinen Hund mitrechnen – müssen sich nach dem Bett sehnen», sagte er.

Sie wurden unvermittelt entlassen, begriffen Maria und Miss Heliotrope, doch sie gingen gelassen zu Bett, denn eine gewisse Eigenheit im Verhalten eines Mannes, der zwanzig Jahre lang den sittlichen Einfluss weiblicher Gesellschaft hatte entbehren müssen, war nur allzu verständlich. Außerdem hatte er sich erschreckt.

«Du musst darauf achten, ihn nicht zu erschrecken, meine Liebe», sagte Miss Heliotrope, als sie wieder mit den Kerzen in den Händen und Wiggins dicht hinter sich den Turm erklommen. «Er ist ein Mann in fortgeschrittenem Alter und hat seinen eigenen Lebensstil, ständige Schocks wären seinem Kreislauf nicht förderlich.»

«Ich wollte ihn doch nicht erschrecken», wandte Maria ein. «Ich sagte nur, dass ich gesehen habe, wie ...»

«Du siehst sehr eigenartige Dinge», fiel Miss Heliotrope ihr ins Wort. «Ich selbst war bisweilen ziemlich erschreckt über das, was du sahst und was ich nicht sehen konnte. Mal hast du gesehen, wie ein Kuckuck aus einer Kuckucksuhr flog, sich auf das Gehäuse setzte und seine Federn plusterte. Und dieser eigentümliche Spielkamerad aus deiner Fantasie, den du dir als kleines Mädchen ausgedacht hast, dieser Junge mit der Feder am Hut, der immer mit dir in der Grünanlage vom Square gespielt hat.»

«Ich habe ihn mir nicht ausgedacht», fuhr Maria hoch. «Es gab ihn wirklich. Es gibt ihn wirklich. Ich weiß, dass er noch irgendwo am Leben ist, auch wenn er nicht mehr mit mir spielen kommt. Er heißt Robin und sieht auch wie ein ‹Robin›, ein Rotkehlchen aus, mit strahlenden, dunklen Augen, rosigen Wangen und ...»

«Meine Liebe», schnitt Miss Heliotrope ihr wieder das Wort ab, und das klang nun fast streng, «du hast mir tausendmal erzählt, wie er aussieht oder wie du dir damals eingebildet hast, dass er aussieht, und ich kann nur wiederholen, dass es eine solche Person nicht gab und nicht gibt.»

Maria schwieg, weil sie sich nicht mit Miss Heliotrope streiten wollte. Das einzige Thema, über das sie und ihre Erzieherin jemals etwas hitzige Auseinandersetzungen gehabt hatten, war die Existenz von Robin. Miss Heliotrope war zutiefst bekümmert gewesen über Marias Unfähigkeit, zwischen Fantasie und Wirklichkeit zu trennen, und Maria war gleichermaßen bekümmert gewesen, weil man ihre Worte anzweifelte, denn sie war von Grund auf ehrlich, und wenn sie etwas sagte, machte sie nichts trauriger, als wenn die Leute behaupteten, dass es so nicht zuträfe.

An der kleinen Tür mit dem Silberklopfer gaben sich Maria und Miss Heliotrope einen herzlichen Gutenachtkuss, und die kleine Unstimmigkeit zwischen ihnen war schon wieder völlig vergessen.

«Behalten Sie Wiggins lieber für die Nacht bei sich», meinte Maria. «Wenn dann eine Maus kommt, kann er sie verjagen.»

Aber Wiggins war da ganz anderer Ansicht. Durch die offene Tür hatte er das kleine Himmelbett mit der Patchworkdecke gesehen, und er dachte bei sich, dass dieses Bett weicher wäre als das Miss Heliotropes … Außerdem glaubte er, Kekse riechen zu können … Er trottete hinein, tat einen weiten Satz und landete auf dem Bett.

«Ja, ist das nicht ergreifend!», sagte Miss Heliotrope, und Tränen der Rührung stiegen ihr in die Augen. «Er weiß, dass du seine kleine Herrin bist. Er spürt, dass er auf dich aufpassen muss, da du das erste Mal alleine schläfst.»

Wiggins lag zusammengeringelt auf dem Bett, wedelte mit dem federbuschartigen Schwanz, und seine schönen Augen leuchteten sanft im Kerzenschein.

«O mein Wiggins, was bist du doch für ein süßer Kerl!», rief Maria und lief zu ihm, um ihm einen Kuss zu geben, nachdem Miss Heliotrope die Tür zugezogen hatte und weggegangen war. «So ein liebevoller, anhänglicher Wiggins. Du sollst einen Keks haben, Wiggins. Du bekommst das größte von den Zuckerplätzchen.»

Maria suchte für Wiggins das größte Plätzchen aus – rund, mit einer rosafarbenen Zuckerrose darauf – und bemerkte, dass das Feuer neu entfacht, der Silberkrug mit heißem Wasser aufgefüllt und ein Glas Milch auf das Regal neben die Keksdose gestellt worden war. Wer hatte das nur getan? Sicherlich nicht der alte Kutscher. Er war vielleicht klein genug, um durch die Tür zu kommen, doch es führte augenscheinlich kein anderer Weg zu ihrem Zimmer als der durch die Halle, und sie hatte nicht gesehen, dass er hindurchgegangen wäre, während sie zu Abend speisten.

Nun, wer immer es gewesen sein mochte, es vermittelte ihr ein beglückendes Gefühl von Wärme und Geborgenheit, so umsorgt zu werden. Während sie sich auszog, nippte sie an der Milch; sie war warm und süß, genau wie sie es mochte. Und das Plätzchen, das sie dazu verzehrte – länglich geformt und mit einem grünen Kleeblatt verziert –, war ebenfalls köstlich. Also sollte das Leben auf dem Lande doch nicht so ungemütlich werden. Diese klapprige Kutsche war ganz und gar irreführend gewesen.

Sie zog sich aus, wusch sich, schlüpfte in ihr langes weißes Nachthemd, setzte ihre weiße Nachthaube mit den Spitzenrüschen auf, blies die Kerzen aus und stieg ins Bett. Eines der Fenster stand offen, und die Nachtluft, die hereinwehte, war nicht kalt, sondern frisch und süß. Ihre Matratze, so stellte sie fest, war mit den zartesten Federn gefüllt, ihre Laken und Kissenbezüge waren aus feinstem Leinen und dufteten nach Lavendel. Offensichtlich hatte man am frühen Abend in ihr Bett ebenso eine Bettflasche gelegt wie in das von Miss Heliotrope, denn es fühlte sich wohlig warm an, als sie ihre Zehen ausstreckte. Es war ein herrliches Bett, und mit zufriedenem Seufzen vertilgten sie und Wiggins die letzten Kekskrümel und kuschelten sich zum Schlafen zusammen.

Wiggins schlief sofort tief und fest, doch Maria lag noch einige Zeit zwischen Wachen und Schlafen, dachte an den wundervollen Park, durch welchen sie zu diesem gemütlichen Haus gefahren waren, und malte sich aus, wie sie über eine seiner Lichtungen rannte. Dann ging ihre Fantasie in einen Traum über, und sie stand im Park mit seinem Blumenduft und den Frühlingsbäumen, die sich über ihrem Kopf unterhielten.

Aber in ihrem Traum war sie nicht allein, sondern Robin lief neben ihr her und lachte mit ihr. Und er war ganz unverändert – genau wie er in ihrer Kindheit gewesen war, wenn man sie zum Spielen in die Grünanlage auf dem Square geschickt und sie sich einsam gefühlt hatte und er durch die Bäume gelaufen kam, um ihr in ihrer Verlassenheit Gesellschaft zu leisten. Er war genauso alt wie sie – oder vielleicht ein wenig älter, weil er einen Kopf größer und viel breiter war als sie.

Robin hatte nichts Ätherisches an sich – ganz im Gegenteil – was für Maria schon bewies, dass er ein wirklicher Junge und nicht nur ein Fantasieprodukt war. Er war stämmig, kräftig und rotbackig, mit von Sonne und Wind gebräunter Haut. Seine dunklen Augen funkelten schalkhaft, und die dichten, kurzen schwarzen Wimpern unter den deutlich abgezeichneten schwarzen Augenbrauen wirkten freundlich. Er hatte eine leichte Stupsnase, die etwas keck über dem lachenden, breiten Mund und dem kräftigen Kinn mit der Kerbe hervorragte. Das dichte kastanienbraune Haar fiel ihm tief in die Stirn und kringelte sich wie Schaffell um seinen Kopf, sodass die letzte Locke in seinem Nacken einen eigentümlichen Zopf bildete wie ein kleiner Drachenschwanz. Er war ganz in Braun gekleidet, ein derbes braunes Wams in der Farbe gefallener Buchenblätter, braune Lederreithosen und Gamaschen, und schräg auf seinem Kopf saß ein verbeulter, alter brauner Hut mit einer langen grünen Pfauenfeder daran …

So hatte Robin ausgesehen, als er im Park des London Square zu ihr zum Spielen gekommen war; so begleitete er sie in ihren Träumen während ihrer ersten Nacht auf Moonacre Manor: stark, freundlich und fröhlich, warm und strahlend wie die Sonne und der beste Kamerad auf der Welt.

In dem kleinen Zimmer ganz oben im Turm vermischten Mondschein und Feuerglanz ihr silbernes und goldenes Licht, und Maria lächelte im Schlaf.

Maria erkundet ihr neues Zuhause

I

Sie erwachte plötzlich, als ihr die Sonne in die Augen schien, und war einen Augenblick durch das Licht, die Stille und die Kühle ein wenig verwirrt. Dann fiel ihr alles wieder ein, und sie schlug mit einer schnellen, energischen Bewegung die Patchworkdecke über den noch schlafenden Wiggins und schlüpfte aus dem Bett, wo ihre nackten Zehen dankbar in den warmen, weichen, kleinen Schaffellteppich sanken.

Obgleich es noch sehr früh war, herrschte in ihrem Zimmer eine angenehme Temperatur, und als sie sich umschaute, stellte sie zu ihrem Erstaunen fest, dass das Feuer entzündet worden war und helle Flammen im Kamin hüpften. Offensichtlich war es ein sehr geschickt entfachtes Feuer, und nur jemand so Leichtfüßiges wie eine Fee konnte hereingeschlüpft sein und es gemacht haben, ohne dass sie davon erwacht war. Sie wärmte die Hände an den Flammen, schaute sich um und fragte sich, was diese feenhafte Gestalt wohl noch für ihr Wohlbefinden getan haben mochte.

Wie sie schon erwartet hatte, war der Krug wieder mit heißem Wasser gefüllt und – was lag da auf einer der Eichentruhen? Ein neues Kleid? Sie nahm es hoch, und es stellte sich als prachtvolles Reitkostüm heraus, aus edelstem dunkelblauem Tuch mit silbernen Borten. Daneben lag ein Hut, ebenfalls dunkelblau und mit einer weißen Straußenfeder besetzt. Und eine Reitgerte, ein Paar Handschuhe und ein kleines Paar kräftiger Reitstiefel ... Und auf der gesamten Ausrüstung lag ein Bund Schneeglöckchen, die noch feucht waren vom Morgentau.

Vor Aufregung ein wenig zitternd, kleidete sie sich an. Aber wie zitterte sie erst, als sie feststellte, dass die kleine Ausstattung wie angegossen passte. Sie wusste, dass sie nicht für sie angefertigt worden war, denn sie war vom Stil her altmodisch (nicht dass ihr das an diesem zeitlosen Ort etwas ausgemacht hätte!) und sie konnte sehen, dass sie getragen worden war; unten am Saum war ein dreieckiger Riss mit spinnenfeiner Seide erstklassig geflickt worden. Handschuhe und Stiefel waren ebenfalls an einigen Stellen abgewetzt, und in einer der Manteltaschen steckte ein zartes Taschentuch mit den Initialen L.M.

Doch die heikle Maria stellte fest, dass es ihr nichts ausmachte, dass die Kleider schon getragen waren. Sie hatte das eigentümliche Gefühl, dass L.M., wer immer sie gewesen sein mochte, liebevoll die Arme um sie schlang, als sie die Jacke des Kostüms zuknöpfte und die Schneeglöckchen an ihr Revers heftete. «So lange ich dieses Kleid trage, wird mir niemals etwas geschehen», dachte sie. «Die Menschen sind in den Armen ihrer Mütter immer in Sicherheit.»

Sie stellte sich vor den kleinen runden Spiegel, bürstete ihr glattes karottenrotes Haar, steckte es oben am Kopf fest und nahm sich dann die Zeit, einen Blick aus den Fenstern zu werfen.

Zuerst trat sie an jenes mit der Fensterbank, an das Südfenster mit dem Blick auf den Ziergarten. Es war das Fenster, dessen Licht sie bei der Ankunft begrüßt hatte, und es gab geradewegs den Blick frei auf die obersten Zweige der großen Zeder.

Jeder, der einigermaßen beweglich war, konnte ohne Schwierigkeiten vom Fenster in den Baum und dann hinunter in den Garten klettern. Sie stellte sich auf die Fensterbank, öffnete weit die Fensterflügel und beugte sich hinaus. Durch den Baum konnte sie nicht allzu viel sehen, doch sie gewahrte Fluten goldenen Sonnenlichts und einen blassblauen, wolkenlosen Himmel. Und als sie durch die Zedernäste nach unten schaute, bot sich ihr der Anblick des Gartens nicht mehr in Ebenholzschwarz und Elfenbeinsilber, sondern in Weiß und Gold strahlend von Schneeglöckchen und gelbem Winterling, mit kräftigen Farbflecken dazwischen, wo die ersten goldenen und purpurnen Krokusse ihre Kelche der Sonne entgegenreckten.

Die Eiben, jene seltsamen, fantastischen Formen von Hähnen und Rittern, wirkten am heutigen Vormittag nicht bedrohlich, denn die strahlenden Frühlingsblumen besiegten deren bedrückende Dunkelheit völlig. Sie konnte jetzt erkennen, dass der Garten nicht besonders ordentlich war. Die Eiben hätten geschnitten, die Blumenbeete um den Seerosenteich gejätet werden müssen, und die Pflastersteine der Wege waren von hellgrünem Moos überwuchert. Aber irgendwie steigerte diese Nachlässigkeit noch den Reiz von alledem und verlieh ihm eine selbstverständliche Lieblichkeit, die es einem warm ums Herz werden ließ. Als Kind hatte man sie gescholten, wenn sie beim Spiel mit Robin in eines der makellosen Blumenbeete auf dem Square getreten war, aber hier würde sich niemand daran stören, was sie tat.

«Ach, wenn Robin doch nur wiederkäme und hier mit mir spielte!», flüsterte sie bei sich.

Aber Robin war vor zwei Jahren aus ihrem Leben verschwunden; sobald sie begonnen hatte, sich das Haar hochzustecken und Erwachsenenmanieren anzunehmen, war er gegangen.

Sie kletterte von der Fensterbank und wandte sich zu dem Spitzbogenfenster, das nach Westen lag und eine Aussicht umrahmte, deren Schönheit ihr den Atem nahm. Direkt unterhalb lag ein überwucherter Rosengarten mit einer rosenfarbenen Laube in der Mitte und farnbewachsenen Wegen, die sich zwischen herzförmigen Rosenbeeten wanden.

Der Garten war wunderschön, obwohl die wilden Rosenbüsche erst wenige, winzige Blättchen hatten, und sie konnte sich bereits vorstellen, wie prachtvoll es im Juni sein musste, wenn der Blütenduft an den alten Festungsmauern emporzog und sich in einer Woge aus Farbe und Licht daran brach. Doch schon jetzt sah man allerhand Farben, denn im Rosengarten wimmelte es von Vögeln: Meisen mit blaugestreiften Flügeln und Buchfinken mit rosaroten Brüstchen, fröhliche kleine Geschöpfe, deren Schönheit Maria zu Herzen ging.

Doch diese kleinen Geschöpfe waren nicht die einzigen gefiederten Wesen an diesem Morgen. Auf ein Geräusch hin wandte Maria den Blick nach oben und sah einen Schwarm Seemöwen von Osten nach Westen über das Herrenhaus ziehen. Eine nach der anderen kam angeflogen. Das Morgenlicht fing sich auf prachtvolle Weise in ihren weiten, schlagenden Flügeln, und ihre eigentümlichen, schrillen Schreie ließen Marias Herz vor Aufregung schneller schlagen. Sie sagten ihr, dass die See nicht allzu weit entfernt sein konnte, sondern in östlicher Richtung hinter ihr lag, und sie hatte doch noch nie zuvor das Meer gesehen …

Kurze Zeit wurde sie von dem strahlenden Morgenlicht auf den Flügeln so geblendet, dass sie nicht richtig sehen konnte. Dann rieb sie sich mit den Fingerknöcheln die Augen und richtete den Blick wieder auf die wunderschöne Aussicht vor ihrem Fenster.

Zwischen den Zinnen hindurch sah sie in den Park von Moonacre. Niemals zuvor in ihrem kurzen Leben hatte sie so wunderschöne Bäume gesehen; riesige Buchen im silbernen Panzer ihrer Rinde, knorrige Eichen, prachtvolle Kastanien und zarte Birken, die im Licht schimmerten. Sie hatten noch kein Laub, doch die Knospen schwollen an, und zwischen den Zweigen schien ein zarter Farbschleier zu hängen – Amethyst, Chrom, Rosenrot und Blau verschwammen ineinander wie die Farben eines Regenbogens, der einen Augenblick lang durch die Wolken scheint, es sich dann anders überlegt und verschwindet.

Die Bäume standen nicht zu dicht. Zwischen ihnen öffneten sich die Lichtungen, die am vorangegangenen Abend silbern gestrahlt hatten und nun das gelbbraune Gras des frühen Frühlings zeigten. Bald, so vermutete Maria, würde es leuchtend grün sein und voller Primeln. Der Stechginster stand bereits in Blüte, sodass die strahlenden goldenen Blütendolden fast den Blumen im Garten Konkurrenz machen konnten. Auf den Lichtungen des Parks grasten Schafe mit ihren Lämmern, und Maria sah auch ein paar Rehe. Doch so sehr sie ihre Augen auch anstrengte und mal in diese, mal in jene Richtung schaute, das kleine weiße Pferd konnte sie nirgends entdecken.

Hinter dem Park stiegen allmählich Hügel an, jene sanft geschwungenen grünen Vorberge des West Country, die sie bald so inbrünstig lieben sollte. Sie schienen das Tal zu umschließen wie die zinnenbesetzten Mauern den Herrensitz. Unter den nächststehenden Hügeln befand sich einer, der ihr besonders gefiel, ein hoher Kegel mit einer Baumgruppe auf dem Gipfel, der ihr wie ein freundlicher Nachbar erschien. Vor dem Hintergrund der Hügel sah sie einen hohen grauen Kirchturm und nahm an, dass sich dort das Dorf Silverydew an den Hügel schmiegte.

Dann trat sie ans Nordfenster. Unter ihr befand sich ein Haufen alter, verwitterter, moosbewachsener Ziegel, wo das Hausdach an die Nordzinnen stieß, und direkt dahinter dehnte sich ein Kiefernwald an einem Berghang empor; und der Kiefernwald jagte ihr Furcht ein. Er war so dunkel, dicht und geheimnisvoll …

Der geheimnisvolle, Furcht erregende Wrolf, so fiel ihr wieder ein, war aus diesem Kiefernwald gekommen … Während sie so dastand, hörte sie irgendwo in den Tiefen des Waldes einen Hahn krähen und das üblicherweise beruhigende Geräusch wirkte seltsam erschreckend.

Ein lautes Bellen hinter ihr lenkte ihre Aufmerksamkeit ins Zimmer zurück. Wiggins war aufgewacht und verlangte seinen Morgenauslauf. Zu Hause in London hatte er stets vor dem Frühstück eine Runde an der frischen Luft gedreht, und er sah keinen Grund, warum ein Wohnungswechsel seine Gewohnheiten durcheinanderbringen sollte. Ein Auslauf vor dem Frühstück förderte seine Verdauung beträchtlich.

«Komm, Wiggins», sagte Maria, griff nach Hut, Gerte und Handschuhen, machte die kleine Tür auf und rannte, immer dicht gefolgt von Wiggins, die Treppenstufen hinab, öffnete eine Tür am Ende des Stiegenhauses und befand sich im Wohnzimmer.

2

Am vergangenen Abend hatte sie es nicht richtig gesehen, doch jetzt enthüllten das durch die Westfenster hereinflutende Licht und das Kaminfeuer seine ganze ergreifende Schönheit. Es war ein allerliebstes kleines Zimmer, allerdings eines, das offenbar nie benutzt wurde. Aber es wollte benutzt werden. Jedes kleine, schöne Detail schrie danach; allerdings war es ein Raum für Frauen, und da seit zwanzig Jahren kein weibliches Wesen mehr Moonacre Manor betreten hatte, waren die Schreie ungehört verhallt …

Fast ohne zu wissen, was sie tat, stürzte Maria zu dem alten Cembalo, ließ sich auf dem Schemel davor nieder, warf Hut, Handschuhe und Gerte zu Boden und ließ die Finger über die Tasten gleiten. In ihrem Haus in London hatte ein Cembalo gestanden, und Miss Heliotrope hatte ihr sehr hübsch zu spielen und zu singen beigebracht. Als sie jetzt spielte, schaute sie sich begeistert um.

Der freundliche Raum war mit Eichenholz getäfelt, und das Westfenster mit seiner tiefen Fensterbank gab den Blick auf den Rosengarten frei. Vielleicht hatte derjenige, der den Salon eingerichtet hatte, ihn deshalb zu einem Rosenzimmer gemacht. Die cremefarbenen, verschlissenen, aber kostbaren Brokatvorhänge waren gemustert mit kleinen, feurig roten, verstreuten Rosenknospen, und der hochlehnige Sessel am

Kamin war mit dem gleichen Brokat bezogen. Der Perserteppich auf dem Boden war über und über mit goldenen Rosen auf meergrünem Grund gemustert. Die Rückenlehnen der sechs Sheraton-Stühle, die steif an den Wänden aufgereiht standen, zeigten in Petit-Point-Stickerei weiße Wildrosen mit goldenen Staubgefäßen auf einem Hintergrund, der dem Meergrün des Teppichs entsprach. Rosarote Rosen waren nirgendwo zu sehen. Der Schöpfer dieses Raumes hatte Rosa offensichtlich nicht gemocht.

«Ist das nicht hervorragend», sagte sich Maria. «Denn ich mag es auch nicht. Ich hasse Rosa. Es sieht schrecklich aus zu meinem Haar.»

Ihr Blick schweifte weiter durch den Raum, während sie spielte. Da war ein wunderschöner, graziöser Adam-Kamin, dessen geschnitztes Mantelholzwerk schwungvoll zu einem Bilderrahmen emporführte mit zarten seitlichen Säulen und einem eingeschnitzten Spruch: «*Eine tapfere Seele und ein reiner Sinn werden vereint mit einem fröhlichen, liebenden Herzen das Königreich erben.*» Der Rahmen umschloss ein seltsames, undeutliches Ölgemälde. Maria musste es eine Weile betrachten, ehe sie die Darstellung erkennen konnte, doch als es ihr schließlich gelang, blieb ihr für einen Augenblick das Herz stehen. Denn das Bild zeigte ein kleines, strahlend weißes Pferd und ein tapfer aussehendes, orangebraunes Tier, das Wrolf recht ähnlich sah, wie sie gemeinsam über eine Waldlichtung trabten.

Obgleich das Gemälde so düster war, dass die Figuren kaum zu erkennen waren, wirkten sie doch so fröhlich, als liebten sie einander und wären gerne zusammen. Der Kaminmantel war nicht verziert, und es befand sich kein weiteres Bild darüber; das kleine weiße Pferd und das orangebraune Tier herrschten hier uneingeschränkt. Auf einem Tisch an der Wand stand ein geschnitzter Zedernholzkasten, dessen Deckel so fest auflag, dass man glauben mochte, er wäre seit Jahren nicht geöffnet worden, und daneben ein Schachbrett mit säuberlich plazierten Elfenbeinfiguren. Sie waren kunstvoll geschnitzt, und bei diesem speziellen Spiel wurden die Springer durch Helme mit Federbüschen dargestellt, die roten Bauern hatten Hundeköpfe und die weißen Bauern waren kleine weiße Pferde. Aber es war so lange her, seit jemand mit ihnen gespielt hatte, dass sie wie erstarrt wirkten.

Maria empfand große Sehnsucht, den Deckel des Nähkastens zu heben und die Figuren wieder in den Kampf zu führen. Doch sie konnte nicht aufhören, Cembalo zu spielen. Eine liebliche, sprudelnde Weise, die sie gar nicht kannte, floss unter ihren Fingern dahin. Sie hatte stets gut auf «dem Instrument», wie Miss Heliotrope es nannte, improvisiert, aber sie hatte nicht das Gefühl, als stamme diese Melodie von ihr selbst; sie hatte das Gefühl, als wäre diese Weise in das Cembalo eingeschlossen worden, als es zum letzten Mal gespielt worden war, und hatte sich jetzt befreien können. Es war ein großartiges kleines Stück, und Maria gab sich ihm freudig hin, aber plötzlich hielt sie inne ... Jemand hörte zu ...

Kein Laut war zu hören gewesen, aber Maria spürte, dass jemand aufmerksam ihrem Spiel lauschte. Sie stand auf, lief zum offenen Fenster und sah hinaus, doch im Rosengarten konnte sie niemanden erblicken, dort waren nur die Vögel. Dann rannte sie zur Tür, die vom Salon zur großen Halle führte, und riss sie auf; sie sah, dass Wrolf am Feuer saß und Sir Benjamin, heute Morgen in dunkelgrüner Reitkleidung, die Halle gerade durch eine Tür am anderen Ende betrat. Er schenkte ihr ein Lächeln, das so anregend und warm war wie die aufgehende Sonne am ersten Frühlingstag des Jahres, doch er machte keine Anspielung auf ihr Musizieren, und sie glaubte nicht, dass er es gehört hatte.

«Wie hast du geschlafen, meine Liebe?», erkundigte er sich.

«Ich habe gut geschlafen, Sir», antwortete Maria mit einem Knicks und stellte sich dann auf die Zehenspitzen, um ihm einen Kuss zu geben. Das war gewiss ziemlich kühn von ihr, denn zu jener Zeit küssten Kinder ihre älteren Verwandten nur, wenn sie es geheißen wurden. Aber sie hatte das Gefühl, ihn sehr lieb zu haben. Und es schien Sir Benjamin nicht zu stören. Er schien sich im Gegenteil sogar zu freuen, denn obwohl sie eine fast erwachsene junge Dame von dreizehn war, hob er sie nun hoch und drückte sie wie ein großer Bär an sich. Dann setzte er sie ab, und als sie etwas Warmes, Weiches an ihrer Hand spürte, schaute sie sich um und sah zu ihrer Verwunderung, dass Wrolf aufgestanden und neben sie getreten war und nun ihre Hand leckte, wobei sein langer Schwanz langsam von einer Seite zur anderen wedelte.

«Nun sieh dir das an!», rief Sir Benjamin triumphierend. «Wrolf weiß Bescheid. Du bist aus dem wahren Merryweatherstoff, meine Liebe, und Wrolf weiß es.»

Scheu legte Maria ihre Hand auf Wrolfs großen Kopf und wagte mit klopfendem Herzen, direkt in seine großen, glühenden gelben Augen zu schauen. Er erwiderte ihren Blick, und seine Augen nahmen sie völlig gefangen. Plötzlich verflog all ihre Furcht vor ihm, sie schlang die Arme um seinen Hals und vergrub ihr Gesicht in seiner orangebraunen Mähne.

Dann schaute sie wieder zu Sir Benjamin hoch. «Ich habe die herrlichen Aussichten von meinen Fenstern aus genossen, Sir», sagte sie. «Zu welcher Seite hin liegt Ihr Zimmer?»

«Nach Süden und Osten, meine Liebe», sagte er. «Das Haus hat einen zweiten Turm, und mein Zimmer entspricht dem von Miss Heliotrope. Zu Lebzeiten meiner Mutter war es ihr Zimmer, aber heute benutze ich es. Der kleine Raum darüber, der dem deinen ähnelt, allerdings keine Steinmetzarbeiten und eine normale Tür aufweist, war meiner, als ich noch ein Junge war. Aber jetzt ist das Zimmer zu klein für mich und wird nicht mehr bewohnt.» Dann zeichnete er mit einem verkohlten Stock den Grundriss des Hauses in die Asche vor dem Kamin.

Das Erdgeschoss des Herrensitzes war mehreren Vorratskammern und Digweeds Schlafzimmer vorbehalten. Die große Halle mit dem Deckengewölbe bis zum Dach und der Küche zur einen, dem Salon zur anderen Seite beherrschte den ersten Stock. Über dem Salon lag Miss Heliotropes Schlafzimmer, das von Sir Benjamin lag über der Küche.

«Und jetzt werde ich dir die Umgebung zeigen.»

Er zog eine Schublade an einem alten Sekretär auf, der an der Wand stand, nahm eine Pergamentrolle heraus, ließ die Schreibplatte herab und breitete das Schriftstück aus. «Das kannst du herausholen und nach Lust und Laune studieren, meine Liebe», erklärte er ihr. «Es zeigt das ganze Moonacre-Reich Eurer königlichen Hoheit. Jetzt aber wirf nur einen kurzen Blick darauf und sieh dir die Lage des Landes an.»

Es war eine alte Karte des Anwesens, und Maria beugte sich mit pochendem Herzen darüber; denn zeigte sie auch nur ein paar Quadratmeilen von Englands West Country, so waren das doch ein paar Quadratmeilen, die nach Sir Benjamin die ihren waren – ihr Königreich. Und auf der rechten Seite der Karte war ein blauer Halbmond, der die See darstellte – Merryweather Bay … Es schien, als gehörte Maria Merryweather, die noch niemals das Meer gesehen hatte, tatsächlich ein ganzer Halbmond blauen Gewässers …

Auf der linken Seite war die Kirche zu erkennen, die sie von ihrem Westfenster aus gesehen hatte. Sie hieß Kirche zur Heiligen Jungfrau, und der hübsche Hügel dahinter nannte sich Paradiesberg. Die Namen auf der Karte klangen bei all ihrer Gewöhnlichkeit in Marias Kopf wie die Töne eines geliebten, vertrauten Musikstücks. Sie schaute in Sir Benjamins Gesicht hoch, lächelte wortlos, und er nickte verständnisvoll.

«Du bist nach Hause gekommen, meine Liebe», sagte er. «Aber du vermagst deine Gefühle nicht in Worte zu kleiden. Kein Merryweather ist dazu in der Lage. Wir tragen unser Herz nicht auf der Zunge.»

«Bitte, Sir», sagte Maria, «was bedeuten die Worte über dem Kamin im Salon?»

«‹Eine tapfere Seele und ein reiner Sinn werden mit einem fröhlichen, liebenden Herzen das Königreich erben›», zitierte Sir Benjamin. «Das ist unser Familien-Leitspruch, meine Liebe. Es war bereits zur Zeit des ersten Sir Wrolf unser Wahlspruch. Ich denke, er bezieht sich auf die beiden Typen Merryweathers, die Sonnen- und die Mond-Merryweathers, die stets fröhlich sind, wenn sie einander lieben. Vielleicht ist es auch ein Hinweis, die vier Eigenschaften zu verknüpfen, die zur Vollkommenheit führen: Tapferkeit, Reinheit, Liebe und Fröhlichkeit.» Sir Benjamin hielt einen Augenblick lang inne und rief dann mit deutlicher Erleichterung: «Würstchen!»

Einen Augenblick lang glaubte Maria, «Würstchen» wäre ein Weiteres, über das man verfügen müsste, um Vollkommenheit zu erlangen, doch dann verriet ihr ein köstlicher Duft, dass ihr Vetter aus geistigen Höhen in die Niederungen des profanen Lebens herabgestiegen war, wo er sich vermutlich wirklich glücklicher und mehr zu Hause fühlte.

Fast im gleichen Augenblick tat sich die Salontür auf, um Miss Heliotrope einzulassen mit ihrem raschelnden Reifrock, dem schwarzen Schal und dem weißen Häubchen, froh und lächelnd nach einer ausgezeichneten Nacht, die sie unerwartet ohne die Albträume von Verdauungsstörungen verbracht hatte, und durch die Küchentür trug der alte Kutscher eine gewaltige Schüssel mit dampfenden Würstchen herein.

«Guten Morgen, Digweed», sagte Sir Benjamin.

«Guten Morgen Sir; guten Morgen, die Damen!», antwortete Digweed.

Als Maria den alten Digweed nun ohne Hut und bei Tageslicht sah, mochte sie ihn auf Anhieb. Er hatte große, unschuldige blaue Augen wie ein Baby, eine hohe, runzlige Stirn und einen völlig kahlen Schädel. Sein geflickter Herrenmantel war einem mausgrauen Jackett mit Weste und einer großen, um die Taille geschlungenen Lederschürze gewichen. Das Lächeln, das er Maria und Miss Heliotrope schenkte, war sanft und liebevoll, und er stellte die Würstchen mit einer Geste auf den Tisch, die eine Aufforderung darstellte, nach Herzenslust zuzugreifen.

Doch es gab nicht nur Würstchen zum Frühstück. Digweed brachte noch einen riesigen selbst geräucherten Schinken, braune gekochte Eier, Kaffee, Tee, frischbackenes Brot, Honig, Sahne mit einer dicken gelben Rahmschicht darauf, frisch gestampfte Butter und Milch, die noch warm war und schäumte. Die Auswahl war so groß und köstlich, dass Maria sich in ihrem Appetit selbst übertraf; Wiggins desgleichen, dessen grüner Napf inzwischen ausgepackt, vor den Kamin gestellt und von Sir Benjamins großzügiger Hand mit Würstchen gefüllt worden war … Wrolf, so schien es, bekam seine Mahlzeiten immer in der Küche, weil er sich einseitig von rohem Fleisch ernährte und kein sehr wohlerzogener Esser war … Sogar Miss Heliotrope, durch das Ausbleiben des Albdrückens ermutigt, wagte sich an ein braunes gekochtes Ei. Was nun Sir Benjamin anging, so waren die Mengen dessen, was er verzehrte, unglaublich, und der Anblick seines Appetits in Zusammenhang mit seinem Leibesumfang ließ Maria einen Augenblick lang zögern, gleichermaßen Wurst und Ei zu essen.

«Du brauchst keine Angst zu haben, meine Liebe», beruhigte sie Sir Benjamin. «Nur die Sonnen-Merryweathers neigen zur Fettleibigkeit. Die Mond-Merryweathers können essen, so viel sie wollen, und bleiben stets schmal und bleich wie eine Mondsichel.»

Maria grinste von einem Ohr zum anderen und nahm sich ein Würstchen.

«Wo stammt denn das Kostüm her, Maria?», erkundigte sich Miss Heliotrope plötzlich.

«Ich fand es in meinem Zimmer», erklärte Maria.

«Ich denke, es wäre besser gewesen, du hättest für deinen Vormittagsunterricht dein übliches Kleid angezogen», meinte Miss Heliotrope tadelnd. «Dieser kleine Salon wird einen hervorragenden Unterrichtsraum abgeben, und wir werden uns gleich nach dem Frühstück an die Arbeit machen.»

Maria sah verzweifelt und flehentlich hoch und stellte fest, dass Sir Benjamin ihr Gewand verwundert musterte. Es schien, dass er es zuvor nicht bemerkt hatte. Doch er fasste sich rasch und reagierte auf ihren flehentlichen Blick.

«Sie sind zu gewissenhaft, Madam», sagte er zu Miss Heliotrope. «Sie sollten sich einen freien Vormittag gönnen, um sich in Ihrem neuen Zuhause einzurichten, und sich von den Anstrengungen der Reise ausruhen. Heute Vormittag werde ich Sie bei der Unterweisung Ihrer Schülerin ablösen.»

Er sprach mit äußerster Höflichkeit, aber zugleich auch mit äußerster Entschiedenheit, sodass sich Miss Heliotrope sogleich fügte. Sie gab sogar gerne nach, denn ein ruhiger Vormittag, um alles in ihrem reizenden Zimmer einzurichten, war genau das, wonach sie sich sehnte.

«Nun, Maria», sagte Sir Benjamin, sobald das Frühstück beendet war, «setz deinen Hut auf, nimm eine Hand voll Zuckerstücke aus der Schale und komm mit ... Wrolf ... Wiggins ... Kommt.» Und dann mit einer Verbeugung vor Miss Heliotrope: «Auf Wiedersehen, Madam, fürchten Sie nicht um Ihren Schützling. Sie wird in meiner Gesellschaft sicher sein.»

«Das weiß ich, Sir», sagte Miss Heliotrope, schaute bereits ihrer geliebten Maria nach, wie diese mit ihr unbekanntem Ziel aus der Halle ging, und war unbesorgt, so groß war ihr Vertrauen zu Sir Benjamin.

«Oh!», rief Maria mit einem lang gezogenen Freudenschrei, als sie mit ihrem Beschützer auf den Stufen vor dem Hauseingang stand und auf das hinabschaute, was sie unten erwartete.

3

Am Fuße der Treppe wartete Digweed und hielt die Zügel eines schönen, kräftig gebauten kastanienbraunen Reitpferdes und die Longe eines kleinen, runden, fetten grau gescheckten Ponys mit sehr kurzen Beinen, langem Schweif, zottiger Mähne und fröhlichem Blick.

«Atlas und Immergrün», stellte Sir Benjamin sie vor. «Ich glaube, ihre Namen sind gut gewählt. Er heißt Atlas, weil er sich unter meinem Gewicht heldenhaft aufrecht hält, und Immergrün taufte ich nach der Blume, die so dicht am Boden wächst und von den Leuten auf dem Land auch ‹Bodenfreude› genannt wird. Immergrüns Beine sind ungewöhnlich

… hinaus in die Pracht des Parks.

kurz, und sie ist alt und übermäßig korpulent, aber sie bewegt sich mit der größten Freude.»

Doch Maria hatte ihm gar nicht zugehört. Sie war die Stufen hinabgestürmt und hielt Immergrün eine Hand voll Zuckerstückchen hin. Als sie das weiche, warme Maul in ihrer Hand fühlte, durchfuhr sie ein freudiger Schauer. Mit der freien Hand tätschelte sie den gefleckten Hals des kleinen Ponys und flocht ihre Finger in die lange graue Mähne, die so zottig und doch so hübsch über die hell funkelnden Augen fiel. «Immergrün! Bodenfreude!», flüsterte sie, und kaum war der Zucker vertilgt, setzte sie sich ihren reizenden Federhut schräg auf den Kopf, legte eine Hand in Digweeds dargebotene Handfläche, setzte ihren Fuß auf den Aufsteigbock neben den Stufen und schwang sich in den Sattel, als hätte sie das schon immer so gemacht ... Digweed kicherte anerkennend, und Sir Benjamin, der nun die Stufen herunterkam, stieß vor Begeisterung ein dröhnendes Gelächter aus.

«Einer Merryweather muss man das Reiten gar nicht erst beibringen, Digweed», sagte er. «Die Longe wäre eine Beleidigung für das junge Fräulein. Nimm sie fort ...» Und mit einem Grunzen hievte er sich auf den Aufsteigebock und von dort auf Atlas' breiten, geduldigen Rücken, dann trotteten sie mit Wrolf und Wiggins im Gefolge durch den hellen Sonnenschein und die Schönheit des Frühlingsanfangs in den Ziergarten und durch die Pforte der alten Festungsmauer hinaus in die Pracht des Parks.

Maria würde diesen Morgen niemals vergessen. Es stimmte nicht ganz, dass sie keine Unterweisung zum Reiten brauchte. Sir Benjamin musste ihr beibringen, wie sie sich dem Rhythmus von Immergrüns trottenden Hufen anpassen sollte, mit Zügeln und Gerte umging und wie sie sich im Sattel hielt, wenn Immergrün auf dem herrlichen Rasen vor Freude losgaloppierte.

Doch sie lernte in diesen zwei Stunden, wozu andere zwei Wochen benötigt hätten, denn sie hatte keine Angst, und nach jedem Abwurf stand sie benommen und verschrammt, aber lachend wieder auf und saß schon fast wieder im Sattel, ehe Sir Benjamin die Zeit hatte, die Zügel anzuziehen.

Er hatte gewaltige Freude an ihr. Ihm wurde klar, dass sie Ausdauer und Geschick besaß und jenen Sinn für das Einssein mit dem Tier, das die wahre Reiterin ausmacht. Auch Immergrün war erfreut und unterstützte den Unterricht nach besten Kräften, und es war offenkundig, dass sie von Maria ebenso begeistert war wie umgekehrt.

«Hör zu, meine Liebe», sagte Sir Benjamin, als sie wieder heimwärts trabten, «mit Wrolf und Immergrün kannst du dich im ganzen Tal ungehindert bewegen. Alleine solltest du nicht durch die Gegend streifen, aber in ihrer Gesellschaft kannst du überallhin gehen.»

Maria betrachtete ihren Beschützer mit vor Erstaunen und Freude geweiteten Augen. Zu jener Zeit hielt man es nicht für schicklich, dass junge Damen sich ohne die Begleitung einer Zofe irgendwohin begaben, ein Brauch, der die selbstständige Maria stets gestört hatte.

«Sie meinen», flüsterte sie und konnte es kaum glauben, «dass ich ins Dorf, zur Merryweather Bay und zum Paradiesberg gehen darf, ohne Sie vorher um Erlaubnis zu bitten?»

«Zur Merryweather Bay nicht», sagte Sir Benjamin. «Das ist die einzige Ausnahme. Es wäre mir lieber, wenn du nicht dorthin gingst, und ich werde dir auch erklären, warum. Die Fischerleute dort unten sind ein raues Völkchen. Sie leben weder mit den Dorfbewohnern noch mit uns auf dem Herrensitz in gutem Einvernehmen. Das ist äußerst ärgerlich, denn sie wollen uns aus diesem Grund ihren Fisch nicht verkaufen, und ein wenig frischer Fisch hie und da wäre nicht zu verachten. So bekommen wir nur den Fisch, den wir in dem Marktflecken hinter den Bergen kaufen können, und der ist niemals ganz frisch. Also spar die Merryweather Bay aus, meine Liebe, aber im Übrigen kannst du hingehen, wohin du magst, vorausgesetzt, du hast Wrolf oder Immergrün oder beide bei dir.»

«Ich weiß nicht, was Miss Heliotrope dazu sagen wird, wenn ich nur in Gesellschaft der Tiere ausgehe», sagte Maria. «In London durfte ich unbewacht nicht einmal bis ans Ende der Straße.»

«Ich werde mit ihr reden», versprach Sir Benjamin. «Eine zur Regentschaft über ein Königreich berufene Prinzessin muss ihren Herrschaftsbereich durch und durch kennen, wenn sie sinnvoll regieren will. Und wie soll sie ihn kennen lernen, wenn sie sich nicht frei darin bewegen kann?»

Maria starrte ihn an. Das war das zweite Mal, dass er von Moonacre als ihrem Besitz gesprochen hatte. Wollte er andeuten, dass sie nach seinem Tode die Erbin wäre? Aber die Vorstellung, dass Sir Benjamin sterben sollte, war so entsetzlich, dass sie sie gleich verdrängte. Und Sir Benjamin befasste sich auch nicht mehr damit, denn inzwischen waren sie wieder im Garten angelangt und ritten zu den Stallungen an der Ostseite des Hauses.

In den Stallhof von Moonacre gelangte man durch einen breiten Torbogen in der dicken Steinmauer. Es war ein reizender Ort. Direkt hinter dem Tor stand ein großer Taubenschlag, und das Gurren der Tauben und ihr schönes Gefieder machten einen Großteil des Liebreizes aus. Der Hof war mit abgerundeten, pastellfarbigen Steinen gepflastert, die wie Opale schimmerten; dazwischen wuchs in dicken Büscheln hellgrünes Moos. In der Mitte befand sich ein Brunnen mit einer steinernen Mauer darum herum.

Maria stieg ab und lief eilends zu dem Brunnen. Innen an den Mauern sprossen üppige Farne bis hinab zum Wasser, denn ein Dach aus verwitterten Ziegeln, das von Steinsäulen getragen wurde, bewirkte im Innern Kühle und Dunkelheit. Das überschattete Wasser war so tintenschwarz, dass Maria, wenn sie sich darüberbeugte und hineinschaute, ihr Spiegelbild mit erschreckender Deutlichkeit sehen konnte. Außerdem war es eiskalt, als sprudele das Wasser aus unergründlichen Tiefen hervor.

«Ist es sehr tief?», flüsterte sie ehrfurchtsvoll Sir Benjamin zu, als er ebenfalls abstieg und Digweed, der aufgetaucht war, um Atlas und Immergrün zu ihrem Frühstück zu führen, die Zügel übergab.

«Keiner weiß, wie tief er ist», antwortete er. «Selbst in den schlimmsten Dürrezeiten soll das Wasser noch nie versiegt sein, und in der sommerlichen Hitze ist es ebenso kalt wie im Januar. Am heißesten Tag können wir darin noch unsere Milch und unsere Butter kühlen. Schieb doch einmal die Farne beiseite, meine Liebe, und sieh dir an, was dahinter liegt.»

Maria tat wie geheißen und stellte fest, dass direkt oberhalb des Wasserspiegels Steine aus der Wand genommen worden waren, sodass sich kleine Nischen bildeten, in denen Schüsseln voll Sahne und Milch und in ausgekochten Musselin eingeschlagene Butterklumpen standen. Beim Anblick dieser Geheimfächer stieß sie einen leisen Schrei des Entzückens aus und dachte bei sich, was für wundervolle Verstecke sie auch für andere Dinge als Butter und Milch abgeben würden. Hätte sie in Zeiten der Unruhe und Kriege als Merryweather-Lady gelebt, hätte sie gewiss hier ihren Schmuck versteckt.

Im Westen wurde der Stallhof vom Haus begrenzt, und hier führten mehrere Stufen zum Hintereingang hinauf, mit einem weiteren Aufsteigeblock am Treppenfuß und Türen zur

Linken und Rechten, die, wie Sir Benjamin Maria erklärte, zu den Vorratskammern und zu Digweeds Zimmer führten.

Im Süden bildete die Mauer mit dem Torbogen zum Garten die Grenze, im Norden die Ställe und im Osten die Geschirrkammern und Remisen für die Kutschen. Ein Tunnel führte durch die Gebäude nach Osten, und als Maria hindurchschaute, sah sie dahinter den Gemüsegarten. Niemals zuvor hatte sie ein solches Anwesen besichtigt, und als Sir Benjamin sie herumführte, war sie begeistert von den großen Remisen, wo die schäbige, alte Karosse, mit der man sie von der Poststation abgeholt hatte, neben Sir Benjamins Einspänner stand und einer kleinen Ponykutsche, die vor Altersschwäche fast auseinander fiel. Sie mochte auch die Pferdeboxen, die mit Heu gefüllten Krippen, die Geschirrkammer und den großen Heuboden über den Ställen im Norden. Sir Benjamin zeigte ihr, wie man Immergrün das Zaumzeug und den Sattel abnahm und wieder anlegte, sodass sie nicht auf Digweed angewiesen wäre, und er stellte ihr die anderen Stallbewohner vor, die beiden fetten Kutschpferde Darby und Joan, Speedwell, die cremefarbene Mähre, die den Einspänner zog, und das große schwarze Jagdpferd Herkules, das ebenfalls schon alt war, aber noch immer gewaltige Stärke und Kraft besaß; die musste ein Pferd zwangsläufig haben, um Sir Benjamins Gewicht tragen zu können.

«Wer hat denn früher Immergrün geritten und eingespannt?», erkundigte sich Maria plötzlich. Die Ponykutsche war offenbar jahrelang nicht benutzt worden, doch irgendjemandem musste sie einmal gedient haben, denn Immergrün schien an eine Reiterin gewöhnt zu sein.

«Wie?», stieß Sir Benjamin hervor, als hätte er sie nicht verstanden, obgleich er nicht im Geringsten schwerhörig war, und sagte dann unvermittelt: «Ach, sieh dir doch mal diese

Tauben im Sonnenschein an, meine Liebe! Hast du jemals etwas so Hübsches gesehen?»

Und als Maria zu den weißen Flügeln emporschaute, die wie reiner Schnee im klaren Silberlicht des West Country strahlten, glaubte sie tatsächlich nicht, dass sie jemals etwas Hübscheres gesehen hatte; außer vielleicht jenen Möwen, die heute am frühen Morgen landeinwärts geflogen waren.

«Gerade noch genügend Zeit, einen Blick in den Gemüsegarten zu werfen, ehe wir zum Essen gehen», sagte Sir Benjamin und schritt vorweg durch den Torbogen.

Der Gemüsegarten war ebenfalls ein bezauberndes Fleckchen Erde. Er war im Norden und Osten von alten, zinnenbewehrten Steinmauern umgeben, an denen Obstbäume emporwuchsen: Pflaumen und Pfirsiche, Nektarinen und Aprikosen. Inmitten des Gartens stand ein Maulbeerbaum, der so alt war, dass seine Äste mit Ketten gehalten werden mussten; darunter stand eine Bank, und darum herum dehnten sich ordentliche Streifen mit Erdbeerbeeten, Himbeersträuchern, Johannis- und Stachelbeerstöcken und Kräuterbeeten, und zwischen ihnen allen verliefen gepflasterte, mit Buchs begrenzte Wege. Es stand auch reichlich Unkraut, aber Sir Benjamin entschuldigte sich mit der Erklärung, dass sie keinen fest angestellten Gärtner hätten. Digweed machte sich im Garten nützlich, wann immer er konnte, ebenso Sir Benjamin und der Schäferjunge, aber einen regulären Gärtner gab es nicht.

«Der Schäferjunge?», dachte Maria. «Den habe ich noch gar nicht gesehen.» Und bei dem Gedanken, dass es hier einen Schäferjungen gab, befiel sie plötzlich unverhältnismäßige Aufregung. Ein Tor in der Ostmauer führte in den Obstgarten; Sir Benjamin schloss es nun auf, sodass Maria hindurchspähen und die knorrigen, alten, mit silbernen Flechten überwucherten Apfelbäume, Birnen-, Kirsch- und Mispelbäume sehen konnte. Im gelbbraunen Gras unter den Bäumen sprossen bereits ein paar Schneeglöckchen, und bald, erklärte ihr Sir Benjamin, als sie unter den Bäumen stand und in die Höhe blickte, würde sie durch den rosenroten und weißen Blütenbaldachin nicht mehr den blauen Himmel über sich sehen können.

Als sie durch den Gemüsegarten wieder zum Stallhof zurückkehrten, bemerkte Maria links von der Einfahrt eine Regentonne und ein kleines Gitterfenster darüber; in dem Fenster standen wundervolle, dicke Geranien in tiefem Lachsrot. Was für ein Fenster war das? Die Wagenremisen rechts und links des Tunnels hatten bis zum Dach gereicht. Über ihnen hatte sich kein Geschoss mehr befunden. Lag über dem Tunnel ein kleines Zimmer? Sie hätte Sir Benjamin danach gefragt, aber in diesem Augenblick zog er seine große Zwiebeluhr heraus und rief überrascht: «Liebe Güte! Wie die Zeit verflogen ist. Es reicht gerade noch, um sich zum Essen umzuziehen.»

Der Rest des Tages verlief ruhig. Miss Heliotrope und Maria speisten mit Sir Benjamin, danach setzten sie sich in den Salon, und Maria sang und spielte für ihren Beschützer, während Miss Heliotrope in ihrem hohen Lehnsessel döste. Dann trug Digweed alles Notwendige zum Tee herein, und Maria bereitete ihn für sie alle zu. Danach ging Sir Benjamin seinen eigenen Geschäften nach, und Miss Heliotrope und Maria lasen einander vor und stickten. Dann war auch schon Zeit zum Abendessen und zum Schlafengehen.

Erst als sie im Bett lag und schon fast eingeschlummert war, fiel Maria auf, dass sie die Küche nicht gesehen hatte. Und den Kater Zachariah, der zweifellos dort lebte, hatte sie auch noch nicht gesehen.

«Morgen früh», sagte sie bei sich. «Morgen, ganz früh vor dem Frühstück werde ich mir gleich die Küche ansehen … Und Zachariah.»

Maria begegnet dem alten Pastor

I

Aber es kam anders. Am nächsten Morgen verschlief sie und wurde vom Pochen des Türklopfers an ihrer kleinen Eingangstür geweckt. Sie lief hin, um zu öffnen, und sah Miss Heliotrope draußen stehen.

«Maria», sagte Miss Heliotrope ziemlich streng, «heute ist der Tag des Herrn. Heute früh wirst du nicht deine Reitkleidung anlegen. Du ziehst dein bestes lavendelfarbenes Kleid an. Ich habe mich bereits vergewissert, dass Sir Benjamin – wie ich erwartet hatte – regelmäßig am Sonntag den Gottesdienst besucht. Wir werden ihn begleiten.»

«Oh», antwortete Maria und fügte dann zögernd hinzu: «Vielleicht kann ich heute Nachmittag ausreiten?»

«Sicher nicht», erklärte Miss Heliotrope. «Am Tag des Herrn auf dem Pferderücken herumzuziehen wäre höchst unschicklich. Nun beeil dich, Maria, der Würstchenduft zieht bereits durchs Haus.»

Maria wusch sich eilends mit dem warmen Wasser, das wie zuvor wieder bereitgestellt worden war, und zog sich neben dem Feuer an, das von einer guten Fee entzündet worden war, während sie noch schlief, und schaute sich dann nach ihrem lavendelfarbenen Kleid um.

Aber sie musste nicht lange suchen. Auf der Truhe, wo sie gestern das Kostüm gefunden hatte, lag es, säuberlich gefaltet, zusammen mit ihrem besten Sonntagsmantel, dem Häubchen und dem Muff aus purpurnem Samt mit weißen Schwanenfedern und ihren purpurnen Seidenhandschuhen. Und neben dem Kleiderstapel lag ein dickes schwarzes, mit einer goldenen Spange verschlossenes Gebetbuch, und obenauf lag ein Bündchen violettblauer Veilchen, an denen noch der Morgentau haftete.

Maria öffnete die goldene Schließe und spähte in das Gebetbuch hinein. Es war offensichtlich ein altes Buch, denn das Deckblatt war vergilbt. Darauf waren in zierlicher Handschrift *L.M.* und der Familienspruch geschrieben. Maria lächelte und blinzelte, denn wieder war ihr fast zum Weinen zumute. «Ich werde meine Gebete ganz anständig aufsagen, L.M.», versprach sie. «Ich werde meine Gebete aus deinem Buch so gut aufsagen, wie ich nur kann.» Dann zog sie sich ihr Sonntagskleid über den Kopf und machte den Veilchenbund daran fest.

Sir Benjamin, der bereits für den Kirchgang gekleidet war, bot beim Frühstück einen prachtvollen Anblick. Er trug die wundervolle Satinweste mit den Rosen- und Nelkenstickereien, den großen Rubinring und die Krawatte aus Honitonspitze, die er am Abend ihrer Ankunft zu ihrer Begrüßung angelegt hatte, und seine dicke weiße Blumenkohlperücke war in der vergangenen Nacht augenscheinlich gewaschen und frisch gepudert worden, denn sie strahlte weißer denn je. Doch anstelle des Reitjacketts und der Reithosen trug er einen Rock aus maulbeerfarbenem Samt, maulbeerfarbene Beinkleider, die an den Knien mit Seidentroddeln geschnürt waren, und schwarze Schuhe mit Silberschnallen.

Rock und Hosen glänzten an den Säumen und waren ihm so eng, dass er sich ganz langsam am Frühstückstisch niederlassen musste, wobei es noch bedrohlich knackte. Die Schuhe waren an den Zehen abgestoßen. Doch auf dem Samt lag kein einziges Staubkörnchen, und Schuhe und Schnallen waren so auf Hochglanz poliert, dass sie fast blendeten. Sir Benjamins Gesicht war rasiert und dann derartig geschrubbt worden, dass es von tiefem Scharlachrot war und mit den Schuhen fast um die Wette glänzte.

«Reinlichkeit», kicherte Sir Benjamin, als er den begeisterten Blick seiner Nichte auf sich ruhen fühlte, «kommt gleich nach der Göttlichkeit, wie Maria? Das war schon immer die Ansicht der Merryweathers. Immer.»

Digweed fuhr sie mit der Kutsche, deren Verdeck an diesem Tag wegen der milden Luft zurückgeschlagen war, zur Kirche. Man hatte den Wagen offenbar für den Sonntag geschrubbt, denn der Boden war noch feucht, als Miss Heliotrope, Sir Benjamin und Maria hineinkletterten und sich feierlich in einer Reihe auf der Rückbank niederließen, Miss Heliotrope in der Mitte und Sir Benjamin und Maria jeweils schützend an ihrer Seite.

Vielleicht wirkten sie so in einer Reihe etwas komisch und ein wenig beengt durch Miss Heliotropes Reifrock und Sir Benjamins Leibesumfang. Miss Heliotrope hatte freilich auch ihren Regenschirm und ihr Netzchen bei sich, und alle trugen dicke schwarze Gebetbücher.

Aber waren sie schon auf die eine oder andere Weise etwas beengt, so stellte Digweed doch noch alles in den Schatten, denn er hatte einen Kasten mit dem größten Musikinstrument neben sich, das Maria jemals gesehen hatte … Es war doppelt so groß wie Digweed.

«Ein Kontrabass», erklärte Sir Benjamin. «Er spielt ihn in der Kirche. Er ist der leitende Mann im Kirchenchor, wisst ihr. Digweed ist ein guter Musiker. Ein ausgezeichneter.»

Digweed lächelte, schnalzte Darby und Joan zu, und schon ging es unter den Blicken von Wrolf und Wiggins, die würdig oben auf dem Treppenabsatz nebeneinander standen, los. Wiggins wirkte neben Wrolf geradezu winzig, und Maria war ein wenig ängstlich.

«Wrolf … wird … Wiggins doch nicht fressen, oder?», flüsterte sie mit versagender Stimme Sir Benjamin zu.

«Nein! Nein! Nein!», beeilte sich ihr Beschützer zu versichern. «Wrolf hat dich gestern angenommen. Erinnerst du dich nicht? Nicht nur du, alles was zu dir gehört, steht nun unter seinem besonderen Schutz. Auch wenn er sich von Wiggins selbst nicht angezogen fühlt, würde er doch eher sterben als zulassen, dass ihm ein Haar gekrümmt wird.»

Der Park war an diesem Morgen herrlich im strahlenden goldenen Sonnenlicht. Das Versprechen des herannahenden Frühlings lag wie ein Zauber in der Luft, der jede Blume, jeden Baum und jedes herumtollende Lamm mit einer Art Wunderschein umgab, als wären sie die erste Blume, der erste Baum und das erste Lamm, die jemals geschaffen worden waren. Jede Lichtung sah aus, als müsste sie geradewegs ins Paradies führen, und als sie eine Minute anhielten, weil Darby ein Steinchen im Huf hatte, hörten sie das Jubilieren der Vögel, das himmlischer Musik glich …

Doch obgleich Maria sich nach allen Seiten umschaute,

erblickte sie nicht die geringste Spur des kleinen weißen Pferdes … Und dann vergaß sie es auch schon wieder und hielt eifrig nach dem Felstunnel Ausschau, durch den sie bei ihrer Ankunft in den Park gelangt waren. Doch die Straße gabelte sich, und sie bogen nach rechts ab, sodass sie ihn nicht zu sehen bekam.

«Fahren wir denn nicht durch den Tunnel?», fragte sie Sir Benjamin.

«Nein, meine Liebe», antwortete er. «Erinnerst du dich nicht an die Karte? Moonacre und das Dorf liegen zusammen in einer Talsenke zwischen den Bergen. Jener Tunnel führt direkt durch die Bergwand hinaus in die Außenwelt. Silverydew liegt nicht draußen, sondern in unserer Welt.»

Und so war es denn auch. Sie fuhren nur noch ein kleines Stück, und die Straße endete vor einem alten, zerfallenen Tor, das durch einen Stein offen gehalten wurde, und sie fuhren hindurch auf die Dorfstraße.

«Was für ein hübscher Ort!», rief Maria. «O Sir, es ist das schönste Dorf, das es jemals gegeben hat.»

«Es ist dein Dorf», erklärte Sir Benjamin.

«Und die Leute lächeln mir zu!», rief Maria. «Sir, die Leute lächeln mir zu, als würden sie mich kennen!»

«Es sind deine Leute», meinte Sir Benjamin und erwiderte mit einem Lüften seines lächerlich großen Hutes das Lächeln, die Knickse und die zur Stirn geführten Finger, die aus ihrer Fahrt über die Dorfstraße fast einen königlichen Triumphzug machten. «Das stimmt, Maria. Sie lächeln und küssen dir die Hand. Sie haben viele Jahre auf eine neue Prinzessin von Moonacre gewartet.»

Maria hätte beim Anblick von Silverydew und seinen Menschen am liebsten vor Freude hinausgeschrien. Ein solches Dorf gab es kein zweites Mal im ganzen West Country und auch nicht solche Menschen. Die weiß getünchten Lehmhütten waren mit goldgelbem Stroh gedeckt und standen in ordentlichen Gärten voll bunter Frühlingsblumen. Ein Bach verlief auf einer Seite der Dorfstraße, und jedes Häuschen besaß seine eigene kleine Steinbrücke, die vor jedem Gärtchen über den Bach führte. Hinter den Häusern dehnten sich Obstgärten mit Bäumen, an denen die schwellenden Knospen dicht an dicht saßen.

Die Häuschen sahen alle wohlbestellt und gut gepflegt aus, und außer den Blumen gab es in den Gärten noch Bienenstöcke, Beerensträucher und Kräuterbeete. Und die Menschen wirkten so glücklich und gut versorgt wie ihre Häuser. Die Kinder waren kräftig wie kleine Ponys, gesund und fröhlich, ihre Mütter und Väter kräftig und heiter und die Alten so rosenwangig und zufrieden wie die Kinder. Ihre Kleider waren so bunt wie ihre Gärten, mit Blumen geschmückt und die Hauben mit bunten Bändern geschnürt; die Farben der abgetragenen Anzüge der Männer, flaschengrün, hyazinth- oder pflaumenblau, schienen durchs Alter eher noch gesteigert als gedämpft.

Als Maria an ein paar hässliche Dinge denken musste, die sie in London gesehen hatte – baufällige Häuser, zerlumpte Kinder und arme Bettler, die barfuß gingen –, sagte sie zu sich selbst: «So müsste es sein. So *muss* es in Silverydew immer bleiben. Es gibt nichts, das ich nicht tun würde, um diesen Zustand in Silverydew zu erhalten.» Und sie straffte ihre Schultern, reckte ihr Kinn vor und machte in der Tat einen sehr entschlossenen Eindruck.

«Jetzt befinden wir uns am Friedhofstor», erklärte Sir Benjamin. «Miss Heliotrope – Madam – darf ich Ihnen die Hand reichen?»

Er half ihr aus der Kutsche, bot ihr den einen, Maria den

anderen Arm, und langsam und würdevoll schritten sie durch das alte, gemeißelte Friedhofstor und den steilen Pfad über den Gottesacker hinauf zum Kirchenportal. Über ihnen klangen die Glocken so wundervoll, wie Maria es noch niemals zuvor gehört hatte.

Tatsächlich redeten die Glocken, doch Maria war vor Glück noch zu verwirrt, um die Worte zu begreifen. Sie blickte zu dem hohen Kirchturm hinauf, der im Sonnenlicht glänzte, zu den Hängen des Paradiesberges dahinter, dann schließlich hinauf in den strahlend blauen Himmel und hätte platzen können vor Glück.

2

Die Kirche war innen ebenso bezaubernd wie außen, mit prachtvoll emporsteigenden Säulen gleich Baumstämmen und Bögen, die sich wie Jubelschreie emporschwangen, um sich in einer grandiosen Kurve dem Dachgewölbe zu fügen. Die Fenster erstrahlten in den satten, üppigen Farben sehr alten Bleiglases, und die Sonne, die durch sie hindurchschien, tönte den gefliesten Fußboden in allen Farben des Regenbogens.

Links vom Treppenaufgang zum Chor befand sich eine große Kanzel, zur Rechten eine sehr alte, kleine Kapelle mit schmalem Durchgang, durch welchen Maria gerade die Gestalt eines Ritters erkennen konnte, der in der Rüstung auf seinem Sarg lag. Bei seinem Anblick setzte ihr Herz einen Schlag lang aus, denn sie wusste, ohne dass man es ihr hätte erklären müssen, dass die Kapelle der Schrein der Merryweathers und der Ritter ihr Ahnherr war.

Unter dem Ostfenster befand sich ein schlichter Steinaltar, über den ein sauberes weißes Linnen gebreitet war, und auf der Altarstufe darunter stand ein hoher irdener Krug mit den ersten Weidenkätzchen und goldenen Stechginsterzweigen. Als Dame musste Maria es sich versagen, um sich zu schauen, aber sie vernahm doch das Scharren von Stühlen, gedämpfte Unterhaltung und leises Saitenstimmen und bemerkte, dass sich über dem Westeingang eine Galerie befand, auf der der Chor des Dorfes eingetroffen war mit Geigen, Celli und Digweeds Kontrabass.

In den hohen, seitlich geschlossenen hölzernen Kirchenbänken hatten sich viele Gläubige versammelt, von denen Maria im Vorübergehen gerade die Häubchen der Frauen und die unbedeckten Köpfe der Männer sehen konnte. Als dann auch die Dorfbewohner, denen sie draußen begegnet waren, hereingekommen waren, war die Kirche schließlich gefüllt, denn die Menschen von Silverydew liebten ihre Kirche.

Sie standen an der Tür zur Merryweatherbank, genau unter der Kanzel, und Sir Benjamin winkte ihr zu, Miss Heliotrope hinein zu folgen. Er trat als Letzter ein und zog die Tür mit einem Klicken zu, sodass Maria nun von der Kirche nichts mehr sehen konnte außer den Spitzbögen und dem oberen Teil der Kanzel, denn die Seitenwände waren so hoch, dass sie fast einen kleinen, abgeschlossenen Raum bildeten.

Auf der Polsterbank, die sich an der Rückwand entlang zog, war genügend Platz für eine ganze Familie, und Maria dachte, hier hätten Eltern mit zehn Kindern in einer Reihe ausreichend Platz gehabt. Und als sie die Betschemel zählte, die aufgereiht vor der Bank standen, stellte sie fest, dass es zwölf waren – der Größe nach geordnet – ein großer, dicker für den Familienvater, ein winziger, kaum größer als ein Fliegenpilz, für das jüngste Kind. Auf der Seite gegenüber der Bank zog sich über die ganze Länge ein Regal, das breit genug war, damit der Vater und die Söhne ihre Hüte und die Mutter und die Töchter ihre Täschchen und Schirme ablegen konnten.

Es war alles in allem höchst bequem und behaglich, und als Maria sich auf einen mittelgroßen Betschemel kniete, ihren Muff an der Kette herabbaumeln ließ, ihr Gebetbuch auf das Regal vor sich legte und ihr Gesicht in den behandschuhten Händen verbarg, war sie glücklich, weil sie sich in dieser Kirchenbank ebenso zu Hause fühlte wie auf dem Herrensitz.

«Alle Menschen auf Gottes Erdboden erheben zum Herrn ihre fröhliche Stimme.»

Die dröhnende Stimme, die über ihr ertönte, ließ Maria zusammenfahren. Sie klang wie eine gewaltige Posaune, die das Ende der Welt verkündet, und Maria rappelte sich erschreckt von ihrer Kniebank auf, fast so, als erwarte sie zu sehen, dass das Kirchendach über ihr aufbräche wie ein Blütenkelch und der blaue Himmel darüber sich wie eine Schriftrolle entfalte, um die Engel herniederzulassen. Doch nichts dergleichen geschah. Es war nur der Pfarrer, der das erste Kirchenlied ankündigte.

Aber was für ein Tönen! Maria hatte schon geglaubt, Sir Benjamin besitze eine kräftige Stimme, doch sie war mit der des Pfarrers nicht zu vergleichen. Maria hatte Sir Benjamin für einen eigentümlich aussehenden älteren Herrn gehalten, doch was seine Sonderlichkeit anging, vermochte er dem alten Mann auf der Kanzel nicht das Wasser zu reichen. Als sie nun wieder gefasst und zaghaft unter dem Pfarrer stand und mit behandschuhten Händen ihr Gebetbuch umspannte, blickte sie geradewegs hinauf in sein Gesicht, und er schaute mit einem scharfen, prüfenden Blick direkt in das ihre, so ähnlich, wie Sir Benjamin bei ihrer ersten Begegnung. Er schenkte ihr ein blitzendes Lächeln, und sie lächelte zurück, und von diesem Augenblick an waren Maria Merryweather und der Pastor von Silverydew dicke Freunde.

Kein Zweifel, er war ein ganz außergewöhnlicher alter Mann, einer Vogelscheuche schon recht ähnlich. Er war sehr groß und sehr mager und hatte ein braunes, glatt rasiertes, wettergegerbtes Gesicht, das gut, scharf und stolz geschnitten war, wundervoll geformte braune Hände mit sehr langen Fingern und schneeweißes Haar, das ihm fast bis auf die Schultern reichte. Er trug eine schwarze Soutane und unter dem Kinn einen weißen Stehkragen.

Er musste sehr alt sein, doch die dunklen Augen unter den buschigen weißen Augenbrauen blitzten feurig und was seine Stimme betraf – ihre Kraft und Lautstärke hätten ausgereicht, Tote wieder zum Leben zu erwecken. Sie war wunderbar klar und deutlich und hatte gerade noch den Hauch einer fremden Intonation, die seiner Sprache Charme und Originalität verlieh. Er gestikulierte beim Sprechen mit den Händen, sodass diese ebenfalls zu sprechen schienen.

«Wohl denn, gute Leute von Silverydew», rief er, während seine Augen über die versammelte Gemeinde schweiften, «singt nun zum Lobe des Herrn aus vollen Herzen, Seelen und Kehlen.» Dann warf er den Kopf zurück und blickte zum Chor auf der Galerie. «Und ihr dort oben bleibt um der Liebe Gottes willen im Takt.»

Dann zog er irgendwo aus dem Innern der Kanzel eine Fiedel hervor, klemmte sie sich unters Kinn, hob die rechte Hand, deren braune Finger sich um den Bogen geschlossen hatten, führte ihn mit erstaunlicher Kunstfertigkeit über die Saiten und riss seine Gemeinde mit in die anschwellende Pracht des Old Hundredth.

Was für ein Spektakel! Droben auf der Galerie spielten Geiger, Cellisten und Digweed wie die Besessenen. Wenn Maria

Und sie sangen zum Lobe des Herrn.

sie auch nicht sehen konnte, vermochte sie sich dennoch ihre roten, schwitzenden Gesichter vorzustellen, während ihre Arme vor- und zurückzuckten und ihnen vor Eifer und Freude fast die Augen aus dem Kopf quollen. Und jeder Mann, jede Frau und jedes Kind der Gemeinde sang, was die Stimme hergab.

Maria selbst sang, bis ihr der Hals wehtat, während Sir Benjamin neben ihr wie ein Nebelhorn dröhnte und Miss Heliotrope auf der anderen Seite wie eine Nachtigall jubilierte. Das erstaunte Maria. Niemals zuvor hatte sie Miss Heliotrope jubilieren hören.

Und es schien Maria, deren Fantasie die wundersamsten Blüten trieb, als könnte sie jenseits der Mauern sämtliche Vögel singen hören, als sängen alle Blumen, Schafe, Rehe und Kaninchen im Park, in den Wäldern und Feldern und an den Hängen der hohen Berge. Und irgendwo brandeten die Wellen des Meeres, das sie noch nicht gesehen hatte, in die Merryweather Bay und riefen Amen, als sie sich am Ufer brachen.

Und droben auf der Kanzel stand der Geistliche und spielte die Geige, wie Maria noch nie jemanden Geige spielen gehört hatte und nie wieder hören würde, denn niemand auf der ganzen Welt hatte je so gut Geige gespielt oder würde in Zukunft so gut spielen wie der Pastor von Silverydew.

Die Hymne verklang, und die Gemeinde sank unter dem Rascheln von Röcken und Unterröcken und dem Krachen der Nähte etwas zu enger Gehröcke in die Knie, während der alte Pastor seine Violine beiseite legte, sich ganz aufrichtete, die schlanken braunen Hände faltete, die Augen schloss, den Kopf hob und zu beten begann, wobei seine dröhnende Stimme nun gedämpfter, aber so klar und deutlich klang, dass wenn irgendein Gemeindemitglied hie und da ein Wort versäumte, es keine andere Entschuldigung dafür gab, als dass es stocktaub war.

Maria hatte niemals zuvor jemanden predigen hören wie diesen alten Pastor, und seine Art ließ sie vor Ehrfurcht und Freude erbeben. Denn er sprach zu Gott nicht, als befände er sich oben im Himmel, sondern als stünde er neben ihm auf der Kanzel. Und nicht nur neben ihm, sondern neben jedem Mann, jeder Frau und jedem Kind in der Kirche; als er betete, wurde Gott für Maria lebendig, und sie war so aufgeregt und so glücklich, dass sie kaum noch atmen konnte.

Und als der alte Pastor seinen Gläubigen aus der Bibel vorlas, tat er dies nicht in dem einschläfernden Singsang wie die Priester in London, sondern er las sie wie etwas höchst Aufregendes, zum Beispiel wie einen erst gestern geschriebenen Brief voll großer Neuigkeiten. Und als er predigte und die unermessliche Schönheit der Welt zu seinem Thema machte und die Notwendigkeit, Gott dafür jeden Augenblick zu preisen, wollte man sich nicht einer solchen Undankbarkeit schuldig machen, dass es schon schrecklich war, darüber zu sprechen, war das so aufregend wie ein Gewitter. In London hatte Maria bei der Predigt stets über ihre Kleider nachgedacht oder ihre Aufmerksamkeit anderen Gemeindemitgliedern gewidmet, heute strich sie nur selten über die Falten ihres Mantels oder über ihren Muff, und sie reckte nur einmal den Kopf zu einem flüchtigen Versuch, jenseits der Kirchenbank etwas zu sehen.

Maria lauschte wie gebannt. Und als sie das letzte Kirchenlied mit einer Kraft sangen, dass sich fast das Dach von der Kirche hob, stellte sie fest, dass sie kein bisschen müde war, sondern noch so frisch wie zu Beginn des Gottesdienstes.

Nachdem das letzte Amen verklungen war, kletterte der alte Pastor von der Kanzel und schritt den Gang hinab, um sich ans Westportal zu stellen und die Gläubigen, die an ihm vorbeizogen, zu verabschieden. Maria hatte noch niemals erlebt, dass ein Geistlicher das tat. Aber sie hatte ja noch nie einen Pfarrer erlebt, der diesem alten Mann auch nur im Mindesten ähnlich war, oder einen Gottesdienst leitete, der diesem annähernd gleichgekommen wäre. Nichts in diesem verzauberten Tal schien in irgendeinem Punkt den Verhältnissen anderswo zu gleichen.

Der alte Pastor gehörte wohl zu den Menschen, die ein offenes Wort nicht scheuen, denn während er den Gang hinabschritt, hörte Maria, wie er mit seiner dröhnenden Stimme einen Bauern schalt, der seinen Hund geschlagen hatte, eine Mutter, die ihr Kind mit schmutzigem Gesicht hatte zur Schule gehen lassen, und ein kleines Mädchen, das die Milch ausgetrunken hatte, die für eine Katze bereitgestellt worden war.

Er schien zu wissen, was ein jeder von ihnen in der vergangenen Woche getan hatte, und seine Schelte war so vernichtend, dass Maria dem Himmel dankte, dass er vermutlich nichts von ihren vergangenen Verfehlungen wusste … Wenn er mich jemals wirklich ausschimpfte, ich glaube, ich würde tot umfallen, dachte sie bei sich …

Doch niemand schien ihm sein Schimpfen oder die Tatsache, dass es so laut vorgetragen wurde, dass der Vorbau davon widerhallte, zu verübeln. Sie liefen rot an wie Tomaten, ließen die Köpfe hängen und murmelten ihre Entschuldigung mit aufrichtigem Bedauern. In Silverydew, so hatte es den Anschein, genoss der alte Pastor das Privileg eines Königs.

Aber er konnte auch loben. Ab und zu wich der Zorn aus seiner Stimme und ein tiefer, freudiger Klang stahl sich hinein, wie wenn man Wein in Wasser gießt. Ein kleines Mädchen hatte seiner zarten Mutter beim Waschen geholfen, ein junger Ehemann hatte das Baby versorgt, während seine

Frau auf einem Ausflug war, und ein Junge hatte die verletzte Pfote eines Welpen verbunden; hörte man die Inbrunst, mit der der alte Pastor diese Taten kommentierte, hätte man glauben können, sie hätten mindestens die Königin Viktoria vor dem Ertrinken gerettet.

Dann gelangte die Gesellschaft von Moonacre ans Kirchenportal, und der alte Pastor ergriff Miss Heliotropes Hand, und Miss Heliotrope schmolz schier dahin. Doch das war nicht nötig, denn bei ihrem Anblick zog sich ein Lächeln über das wettergegerbte Antlitz des alten Pastors wie Sonnenschein über den Schnee. «Willkommen, Madam», sagte er und begrüßte sie fast ebenso überschwänglich, wie Sir Benjamin es bei ihrer Ankunft getan hatte.

«Sie ehren die Gegend durch Ihre Anwesenheit.» Dann betrachteten die beiden einander höchst aufmerksam, und es war für alle Beobachter nicht zu übersehen, dass sie großen Gefallen aneinander fanden. Nur widerwillig ließ der alte Pastor Miss Heliotropes Hand los und griff nach der Hand Sir Benjamins.

«Junker», brüllte er mit plötzlichem Zorn, «vergangenen Mittwoch fand ich in Ihrem Park ein Kaninchen in einer Falle. Ich habe Ihnen schon bei früheren Gelegenheiten gesagt und werde es Ihnen erneut erklären, dass Sie Ihre Ewigkeit auch in einer Falle zubringen werden, wenn sie es zulassen, dass Gottes Wildgeschöpfen mit Fallen nachgestellt wird!»

Sir Benjamin, dessen Gesicht ohnehin die meiste Zeit über einer roten Rübe glich und kaum noch roter werden konnte, lief tief purpurn an und geriet außer Fassung. «Es ist nicht meine Schuld, Herr Pastor», sagte er. «Diese finsteren Burschen aus Merryweather Bay stellen ohne mein Wissen auf meinem Grund und Boden Fallen auf.»

«Ich werde keine Ihrer Ausreden akzeptieren, Junker»,

dröhnte der alte Mann. «Gott hat Ihnen den Park in Obhut gegeben, und jeder Quadratzentimeter sollte ständig von Ihnen überwacht sein. Sie werden großer Trägheit und Pflichtvernachlässigung für schuldig befunden, Junker. Unternehmen Sie die notwendigen Schritte, um sicherzustellen, dass solche Grausamkeit nicht wieder vorkommt.»

Sir Benjamin führte nicht, wie er es hätte tun können, an, dass es bei einem so großen Park wie dem seinen ganz unmöglich war, jeden Quadratzentimeter im Auge zu haben. Er sagte gar nichts. Er rieb nur mit dem Zeigefinger seine große scharlachrote Nase und wirkte entsetzlich bekümmert.

Dann war Maria an der Reihe, und sie musste feststellen, dass ihre Vorstellung, der alte Pastor wüsste nichts von ihren Schwächen und Verfehlungen, zu optimistisch gewesen war. «Ein gepflegtes Äußeres ist für eine Frau durchaus angebracht», erklärte er ihr und hielt dabei ihre Hand in einer stählernen Umklammerung, «Eitelkeit hingegen nicht. Eitelkeit ist eine Eingebung des Teufels. Und auch übertriebene weibliche Neugier ist nicht wünschenswert. Ersticke sie im Keim, meine Liebe, so lange noch Zeit dazu ist.»

Er hatte also gesehen, wie sie ihren Mantel und ihren Muff gestreichelt hatte … Und er hatte bemerkt, wie sie versucht hatte, über die Tür der Kirchenbank zu blicken … Sie senkte nicht den Kopf, denn das entsprach nicht ihrem Wesen, doch die Augen, die sie unerschütterlich auf den alten Pastor gerichtet hielt, füllten sich mit Tränen, und sie errötete von der Stirn bis zum Hals … Denn sie merkte, dass sie unbedingt das Wohlwollen des alten Pastors erringen wollte, und das schien sie bereits eingebüßt zu haben.

Aber nein. Der Zorn wich aus seiner Stimme, und der herzliche Ton der Belobigung trat an seine Stelle. «Eine echte Merryweather», stellte er fest. «Komm hierher, wann immer du magst, Kind. Diese Kirche ist ganz besonders ein Haus der Kinder.» Dann schenkte er ihr wieder das strahlende Lächeln, mit dem er sie von seiner Kanzel herab bedacht hatte, und sie knickste; und danach schritten sie, Sir Benjamin und Miss Heliotrope wieder in einem majestätischen Zug vom Kircheneingang zur Friedhofspforte, wobei Sir Benjamin jeden Augenblick stehen blieb, um sie bald dem einen, bald dem anderen der freundlich lächelnden Dorfbewohner vorzustellen. «Das kleine Fräulein ist eine echte Merryweather», versicherten sie immer wieder. Und ein alter Mann flüsterte ihr so leise zu, dass nur sie es hören konnte: «Bewahre dir ein tapferes Herz, mein Liebchen, vielleicht wirst du ja diejenige sein.»

Darauf konnte Maria nur mit einem Lächeln antworten, denn sie wusste nicht, wovon sie redeten.

3

Auf der Rückfahrt in der Kutsche fragte Maria Sir Benjamin, was der alte Pastor damit hatte sagen wollen, dass die Kirche insbesondere ein Haus der Kinder war.

«Er mag es, wenn die Kinder der Gemeinde die Kirche als Spielraum nutzen», erklärte Sir Benjamin. «Er lässt sie mit der kleinen Marienfigur und der Glocke spielen und erzählt ihnen Geschichten. Ich muss dir sagen, Maria, dass der alte Pastor in der Welt jenseits unseres Tales als eigentümlicher Kauz betrachtet wird. In manchen Gegenden wird er überhaupt nicht akzeptiert, aber wir hier im Tal lieben und verehren ihn. Freilich ist er eigenwillig. Er sagt, was er will, und tut, was er will, und das, seit er vor vierzig Jahren hierher kam. Er ist der eigentliche König dieses kleinen Reiches, ein Aristokrat bis zum letzten Blutstropfen. Ich habe nie etwas über seine Vorfahren herausbekommen, aber ich wette meinen Kopf, dass irgendwo in seinen Adern königliches Blut fließt.»

«Sie sagten, er sei vor vierzig Jahren hierher gekommen, Sir?», erkundigte sich Miss Heliotrope.

«Ungefähr», antwortete Sir Benjamin. «Ich weiß nicht das Geringste über seine Vergangenheit. Er hat mir nur erzählt, dass er einst Atheist war, sein Pferd eines Tages bei einem Ausritt im Gewitter durchging und ihn abwarf und dass die üble Gehirnerschütterung, die er sich dabei zuzog, ihn zur Vernunft gebracht hat. Er sah den Irrtum seiner Denkweise ein, war bekehrt und wurde Priester.»

Miss Heliotrope seufzte tief und schwieg, bis der Herrensitz in Sicht kam. Dann riss sie sich plötzlich zusammen.

«Maria», sagte sie, «du sitzt nachlässig. Nimm die Schultern zurück. Richte dich auf. Nach dem Essen musst du eine Stunde auf deinem Lehnbrett verbringen, ehe du mir die Sonntagspredigt vorliest.»

Maria seufzte.

«Noch eine Predigt?», erkundigte sich Sir Benjamin anteilnehmend mit einem Ton des Entsetzens, der für Maria Balsam war. «Nun, die von heute früh hat doch schon fast eine Stunde gedauert.»

«Jeden Sonntagnachmittag», erklärte Miss Heliotrope unumstößlich, «liest mir Maria laut eine von meinem prachtvollen Vater verfasste Predigt vor.»

«Selbst an einem strahlenden Sonntagnachmittag?», fragte Sir Benjamin auf den flehentlichen Blick hin, den Maria ihm über ihren Muff hinweg zuwarf.

«Ich habe das Wetter bei Marias Erziehung niemals in Betracht gezogen», klärte Miss Heliotrope ihn auf. «Meiner

Ansicht nach führt zu viel Rücksichtnahme aufs Wetter zu charakterlicher Instabilität.»

Sie sprach so streng und ihre Nase wirkte so Besorgnis erregend, dass Sir Benjamin nichts mehr sagte und auch Maria nicht. Sie straffte die Schultern und lächelte Miss Heliotrope zu, denn sie wollte in ihr nicht den Verdacht aufkommen lassen, sie liebe sie weniger, nur weil sie an diesen herrlichen Ort gekommen waren. Wo immer sie war, was immer sie tat, wie viele neue und aufregende Leute sie in diesem neuen und aufregenden Leben auch lieb gewinnen mochte, Miss Heliotrope würde ihr stets am liebsten und teuersten sein. Sir Benjamin verfiel derweil in eine unruhige Träumerei, und ab und zu hörte Maria ihn murmeln: «Diese Falle! Nun wenden sie wieder ihre Tricks an! Es nimmt kein Ende. Einfach kein Ende.»

Als Maria nach dem Essen im Salon auf ihrem Lehnbrett lag, das zusammen mit dem Globus, den Schulbüchern, den Federhaltern, Bleistiften, Pinseln und Wasserfarben, die Marias Unterrichtszubehör darstellten, hier aufgebaut worden war, fragte sie sich, was es wohl war, das kein Ende nahm. Bedeuteten diese bösen Menschen, die den Dorfbewohnern ihre Fische nicht verkaufen wollten und im Park Fallen aufstellten, eine ernsthafte Gefahr für das Glück des Dorfes? Die Leute von Silverydew hatten glücklich und zufrieden ausgesehen, aber oft hatten Menschen Kummer, auch wenn sie sich äußerlich nichts anmerken ließen.

«Sie sollen keinen Kummer haben», sagte sie bei sich. «Ich werde herausfinden, was es ist, und es in Ordnung bringen. Ich werde – wie hat die alte Frau noch gleich gesagt? – ‹diejenige› sein, die es in Ordnung bringt.»

Dann musste sie über sich lachen, denn wenn Sir Benjamin, der wusste, was nicht stimmte, es nicht in Ordnung zu bringen vermochte, wie sollte dann sie, die es nicht wusste, dazu in der Lage sein?

«Ich werde es herausfinden», gelobte sie. Und als Miss Heliotrope mit dem Predigtbuch den Raum betrat, lag Maria mit einem solchen Ausdruck eiserner Entschlossenheit auf ihrem Lehnbrett, dass ihre Gouvernante schon glaubte, sie würde sich hartnäckig und heftig gegen das Predigtlesen wehren.

Aber Maria sprang mit einem freundlichen Lächeln auf, ergriff das Buch und las schöner als je zuvor.

«Liebes Kind!», dachte Miss Heliotrope. «Moonacre Manor scheint einen sehr guten Einfluss auf Maria auszuüben.»

Das Abenteuer mit dem Schwarzen Mann

I

Am nächsten Morgen erwachte Maria so früh, dass außerhalb ihres kleinen Zimmers erst der schwache graue Schimmer der einsetzenden Morgendämmerung zu sehen war. Sie blieb ein Weilchen still liegen und lauschte auf die gedämpften Laute der Natur: das Rascheln der Blätter, Vogelgezwitscher, das Blöken der Lämmer im Park und den Schrei einer frühen Möwe, die übers Haus zog. Ineinander verwoben, ergaben diese Laute die Noten einer Melodie, die sie eigentümlich berührte, als wäre ihr Herz selbst das Instrument, aus dem die Musik erklang. Dann streckte sich Wiggins zu ihren Füßen, erwachte und schnaubte, und das ziemlich profane Geräusch, das er von sich gab (er hatte ein sehr weltliches Schnauben) rief ihr augenblicklich ins Gedächtnis zurück, was sie heute früh tun wollte – herausfinden, wie die Küche aussah, und einen Blick auf jenes trügerische Wesen, den Kater Zachariah, werfen. Mit einem Schwung warf sie ihre Decken zurück und sprang aus dem Bett.

Sie war früh aufgewacht, aber nicht zu früh für das gute Wesen, das für ihr Wohlbefinden sorgte; wie zuvor brannte das Feuer, heißes Wasser wartete auf sie und ihr Reitzeug lag bereit.

Maria wusch sich und kleidete sich so schnell an, dass es immer noch grau und düster war, als sie sich mit Wiggins die Turmtreppen hinabstahl. Doch die Vorhänge im Salon waren zurückgezogen, das Feuer in der großen Halle entzündet, und davor lag der wachsame Wrolf ausgestreckt und blinzelte in die Flammen. Er stand auf, als er sie sah, und schaute sie an. Seine gelbbraunen Augen leuchteten im Dämmerschein mit einem Glanz, der irgendwie liebevoll und herzlich wirkte, und er wedelte mit seinem großen Schweif. Sie hatte das Gefühl, dass er auf sie wartete; darauf wartete, sie nach draußen zu führen.

«Einen Augenblick noch, Wrolf», sagte sie. «Ich will mir nur die Küche ansehen.»

Wrolfs Schwanz hörte zu wedeln auf, und der warme Glanz seiner Augen verwandelte sich plötzlich in ein Furcht erregendes, zorniges und verächtliches Blitzen … Er sah fast aus, als ob er sie fressen wollte … Sie lief entsetzt an ihm vorbei und legte die Hand auf die Küchenklinke; nun hatte sie es nicht nur eilig, die Küche in Augenschein zu nehmen, sondern von Wrolf fortzukommen.

Doch dort hielt sie trotz ihrer Furcht inne, denn plötzlich schoss ihr durch den Kopf, was der alte Pastor gestern zu ihr gesagt hatte.

«Übertriebene weibliche Neugier ist nicht wünschenswert.

Ersticke sie im Keim, meine Liebe, so lange noch Zeit dazu ist.»

Herren mochten es offenbar nicht, wenn Frauen neugierig waren – aber wie sollte man nur herausbekommen, was man wissen wollte, wenn man es nicht war. Sir Benjamin hatte ihr gestern die Küche nicht gezeigt, fiel ihr plötzlich ein. Die Unterlassung kam, so hatte es für sie den Anschein, einer Aufschrift «Privat» an der Tür gleich. Vielleicht sollte sie lieber ein bisschen warten. Bitter enttäuscht ließ sie die Hand von der Klinke sinken und nahm ihren ganzen Mut zusammen, um sich umzudrehen und dem zornigen Wrolf gegenüberzutreten … Doch der war gar nicht mehr wütend … Sein Schwanz wedelte wieder, seine Augen strahlten vor Zuneigung. Sie lief zu ihm, streichelte seinen riesigen Kopf und schämte sich ihres Gedankens, dass er sie fressen würde. Natürlich hatte er nicht im Traum daran gedacht! Hatte er sie denn nicht vorgestern völlig in sein Herz geschlossen? Er hatte sie lediglich zu ehrenhaftem Merryweather-Benehmen gemahnt. «Ich werde mit Immergrün die Gegend erkunden, Wrolf», sagte sie zu ihm. «Komm mit und pass auf mich auf.»

Sogleich tappte Wrolf zur großen Eingangstür, hob mit der Nase den Riegel an, schwenkte die Tür mit einer seiner großen Pfoten auf und schritt vor ihr und Wiggins die Stufen hinab und den Weg zum Stallhof entlang.

Immergrün stand hellwach in seinem Stall, als Maria, Wrolf und Wiggins eintraten. Es wieherte freudig und blieb ganz still stehen, während Maria es zögernd und unbeholfen, denn sie tat es das erste Mal, sattelte, Gebiss und Zügel zurechtschob, und trottete dann aus eigenem Entschluss aus dem Stall zum Aufsteigebock neben der Treppe zur Hintertür, wo es reglos stehen blieb, damit Maria aufsitzen konnte. Dann trabte die kleine Gesellschaft, Maria auf Immergrün mit Wrolf und Wiggins rechts und links neben sich, fröhlich über den Hof, durch den Garten und schließlich durch den großen Torbogen hindurch in den Park hinaus. Das Tor war nicht verschlossen. Sir Benjamin hatte ihr gesagt, dass es niemals verschlossen sei. Er mochte das Gefühl, dass die Dorfbewohner ihn zu jeder Tages- und Nachtzeit erreichen konnten, wenn sie in irgendwelchen Schwierigkeiten waren.

Maria wusste genau, was sie vorhatte, sobald sie den Park erreicht hatte. Ohne das geringste Zögern schwenkte sie ostwärts. Sie durfte zwar nicht zur Merryweather Bay, wollte aber den Park wenigstens in dieser Richtung erkunden. Vielleicht konnte sie das Meer in der Ferne sehen.

Der Morgen war so prachtvoll, dass jeder sich freuen musste. Das gelbbraune Gras war noch spröde und funkelte vom Reif unter den dahinfliegenden Hufen des Ponys; die prallen Knospen an den Bäumen über ihr standen bereits im Licht der aufgehenden Sonne und schimmerten rubinrot vor dem Hintergrund eines goldplatierten Himmels. Die Luft war warm und doch noch mit dem scharfen Beigeschmack des Frosts durchzogen.

Heute hatte Maria keine Schwierigkeiten, sich im Sattel zu halten. Sie ritt, als hätte sie ihr ganzes Leben lang nichts anderes getan, handhabte Zügel und Gerte ganz selbstverständlich und konnte dann und wann eine Hand zum Kopf führen, wenn ihr federgeschmückter Hut davonzufliegen drohte.

In diesem Teil des Parks standen weniger Bäume, und je weiter sie ritt, desto spärlicher wurden sie. Die Buchen, Eichen und Stechginsterbüsche wichen vereinzelten Gruppen windzerzauster Kiefern, und hier und da schoben sich graue Findlinge aus dem Heidekraut. In die beißende Kälte des Frosts mischte sich nun der salzige Beigeschmack der

See. Maria hatte ihn niemals zuvor erlebt, aber sie wusste sogleich, was es war, und schnupperte freudig.

Nun begleiteten sie Seemöwen in noch größerer Zahl, riefen ihr zu, führten sie an. Sie blickte zu ihnen hinauf, lachte und winkte mit ihrer Reitgerte. Nun würde sie bald das Meer sehen können.

2

Doch an jenem Morgen sollte sie es nicht zu Gesicht bekommen. Ein seltsames und schreckliches Geräusch ließ sie mitten im Galopp innehalten, ein dünner, schriller Schrei, der das fröhliche Getön von Wind, schreienden Möwen und Immergrüns stampfenden Hufen durchdrang und sich wie eine scharfe Nadel mitten in ihr Herz bohrte.

Maria brachte ihr Pony zum Stehen und blieb lauschend sitzen, wobei ihr Herz vor plötzlicher Angst schneller schlug. Etwas entfernt zu ihrer Rechten, hinter einem düsteren Gürtel aus Kiefern, war eine tiefe, mit Stechginster und Brombeerbüschen überwucherte Senke, und von dort erklang der grässliche Laut. Irgendwo dort unten hatte sich ein Kind oder ein Tier verletzt. Sie zögerte nur einen Augenblick, schluckte dann ihre Angst, die ihr wie ein Klumpen in die Kehle gestiegen war, hinunter und wendete Immergrün von dem ersehnten Anblick des Meeres ab, um auf die Senke hinter den Kiefern zuzureiten.

Deren Hänge waren so steil und steinig und so dick mit Stechginster bewachsen, dass sie absitzen und Immergrün unter den Kiefern zurücklassen musste, um allein hinunterzuklettern. Wiggins beschloss nach einem Blick auf den dornigen Ginster, ebenfalls unter den Bäumen zu warten, und Wrolf hielt es ebenso; er legte sich, den Kopf zwischen den Vorderpfoten, neben Wiggins.

Es überraschte und kränkte Maria, dass Wrolf sie nicht begleiten wollte, weil sie irgendwie geglaubt hatte, er wolle sie beschützen. Das machte ihr noch größere Angst. Dennoch ging sie weiter, bahnte sich ihren Weg durchs dichte Gestrüpp, wobei sie sich Hände und Gesicht zerkratzte, und das entsetzliche Schreien kam immer näher.

Als sie die Stelle der Senke erreichte, lichteten sich die Hecken, und Maria konnte sehen, dass sich dort unten eine Rasenfläche dehnte, die mit Schlüsselblumen bewachsen war und wie ein bestickter, runder grüner Teppich wirkte. Maria hätte angesichts der Schönheit dieses Fleckchens einen begeisterten Ausruf getan, doch in der Mitte des Teppichs war eine Falle, und in der Falle saß ein Hase.

Maria wusste nicht, dass es ein Hase war, sie hatte niemals zuvor einen gesehen. Sie hielt das Tier für ein außergewöhnlich großes Kaninchen; und sogleich fiel ihr wieder die Szene vom Vortag zwischen Sir Benjamin und dem alten Pastor ein und Sir Benjamins bekümmerte Ausrufe auf der Rückfahrt … Wer hatte die Falle aufgestellt?

Es dauerte keine Minute, bis sie es wusste, denn als sie sich den Weg durchs Gestrüpp bahnte, um den armen Hasen zu retten, sah sie auf der anderen Seite der Senke ebenfalls jemanden rasch hinabsteigen – einen ganz in Schwarz gekleideten Mann: in schwarzen, in schwarze Seemannsstiefel gesteckten Hosen und mit einem schwarzen Hut auf dem Kopf. Der Mann hatte einen stumpfen schwarzen Bart und trug in der Hand eine gewaltige Keule. Auf seiner Schulter hockte ein schwarzer Hahn. Sie konnte ihn nicht ganz deutlich sehen, denn die Angst saß ihr jetzt nicht nur wie ein Kloß in der Kehle, sondern trübte auch ihren Blick, aber ihr war völlig klar, dass er es war, der die Falle aufgestellt hatte und den Hasen mit seiner Keule töten würde … Das hieß, falls sie nicht zuerst dort war und ihn rettete …

Sie begann zu laufen, und als er sie sah, lief er ebenfalls; doch sie war als Erste dort, verfing sich mit dem Fuß in einem Kaninchenloch und schlug der Länge nach vor seine Füße, als er gerade die Keule hob, um dem Hasen den Garaus zu machen.

«Lassen Sie das Kaninchen in Ruhe!», schrie sie. Ihre Angst war plötzlich einer Woge glühenden Zorns und leidenschaftlicher Liebe zu dem Hasen gewichen. «Lassen Sie es in Ruhe. Es ist mein Kaninchen! Es gehört mir, sage ich ihnen!»

Der Schwarze Mann lachte und schwang erneut seine Keule, und es hätte mit dem Hasen und vielleicht auch mit Maria ein böses Ende genommen, wäre nicht plötzlich noch jemand dazugekommen.

Maria, außer sich vor Angst und gleichzeitig in einer Raserei aus Liebe und Wut, sah eine schlanke braune Gestalt auf sich zuspringen, die den lockigen Kopf gesenkt hielt wie eine angreifende Ziege, dann lag der Schwarze Mann flach auf dem Rücken und wurde gut und sicher verschnürt, während durch die Senke ein fröhliches und sorgloses Lachen ertönte, wie ein Kuckucksschrei, ein glockenreines Jungenlachen, das Gelächter eines übermütigen Kobolds.

«Schnell! Schnell!», rief eine freudige Stimme, die Maria so vertraut war wie ihr eigenes, der gleichen Freude entspringendes Herzklopfen darauf. «Halt den Hasen fest, während ich die Falle aufmache. Und dann lauf! Bald werden mehr von ihnen auftauchen. Die Schwarzen Männer gehen niemals alleine auf Jagd. Schnell!»

Als er gerade die Keule hob …

Sie liefen zu der Falle, und Maria, deren schlanke Hände den zappelnden Körper des Hasen umklammerten, sah in ihrer Fassungslosigkeit von ihrem Begleiter nicht mehr als kräftige braune Finger, die geschickt die widerlichen Stahlringe lösten, die sich um die Hinterläufe des Hasen geschlossen hatten. Aber diese braunen Finger waren ihr ebenso vertraut wie ihre eigenen weißen.

«Jetzt lauf!», sagte der Junge, und sie liefen davon; der Junge sprang behände mit dem Hasen im Arm vorweg den Hang hinauf in die Richtung, aus der Maria gekommen war.

Maria lief keuchend und stolpernd hinterdrein in ihrem Bemühen, ihn nicht aus den Augen zu verlieren. Sie erreichten den Rand der Senke, und hier warteten noch immer Immergrün und Wiggins. Wrolf war ebenfalls da, doch er lag nun nicht mehr, sondern stand fest entschlossen auf seinen vier Beinen; sein Schwanz peitschte die Luft, und sein Knurren war wie Donnergrollen; seine großen, funkelnden Augen waren auf die Schatten unter den Kiefern geheftet, wo schwarze Gestalten umherschlichen, groß gewachsene, magere, albtraumhafte Gestalten, die sich von den Kiefern kaum abhoben, einem aber Angst einjagten wie die Eibenfiguren im Garten.

Jetzt begriff Maria, warum Wrolf sie nicht in die Mulde begleitet hatte; er war hier oben geblieben, um diese Albtraumgestalten zurückzuhalten. Er hatte besser gewusst als sie, wie er ihr nutzen konnte.

«Im Galopp nach Hause!», befahl der Junge. Maria kletterte eilends in den Sattel, und schon waren sie davon. Der Junge lief an ihrer einen Seite mit dem Hasen in den Armen, Wiggins auf der anderen, und Wrolf hielt sich hinter ihnen.

Als das Herrenhaus in Sicht kam, fiel Immergrün in einen leichten, schaukelnden Trab, denn es sah so aus, als hätten sie nun die Gefahr hinter sich gelassen. Maria war wieder zu Atem und zur Besinnung gekommen und schaute verwundert und freudig auf den Jungen an ihrer Seite, er erwiderte ihren Blick und lachte.

Er war unverändert, genau wie in ihrem Traum in der vergangenen Nacht. Er hatte sich seit den Tagen, da sie zusammen in der Grünanlage des London Square gespielt hatten, kein bisschen verändert; außer dass er wie sie ebenfalls gewachsen war, sodass er immer noch einen Kopf größer war als sie.

Seine dunklen Augen funkelten wie früher vor Freude, wenn er sie ansah. Sein dichtes kastanienbraunes Haar ringelte sich immer noch über seinen ganzen Kopf, um in seinem Nacken zu einer eigenwilligen Locke auszulaufen wie zu einem Drachenschwanz. Seine derbe braune Jacke hatte immer noch die Farbe gefallenen Buchenlaubs und der verbeulte alte Hut, den er in einer Hand schwenkte, wurde immer noch von einer langen grünen Feder geziert.

«Robin!», rief sie vorwurfsvoll. «Warum bist du nicht mehr zur Wiese auf dem Square gekommen?»

«Wir waren für solche Kinderspiele zu groß geworden», antwortete er. «Bald hätten sie dich zu langweilen begonnen, und dann hättest du nicht mehr an mich geglaubt. Die Menschen glauben nur, so lange ihr Interesse geweckt bleibt. Es war besser zu verschwinden, ehe du dich zu langweilen begannst. Ich wusste, dass du nach Moonacre kommen würdest. Ich wusste, dass ich dich wieder sehen würde. Was wir hier zusammen zu tun haben, wird dich nicht langweilen – das wird es nicht, darauf hast du mein Wort! Du wirst dich vielleicht fürchten, aber du wirst dich nicht langweilen!»

«Was *werden* wir denn nun tatsächlich hier zusammen zu tun haben?», wollte Maria wissen.

«Das wirst du bald erfahren», sagte Robin.

Maria schluckte ihre Neugier hinunter, denn Robin hasste es immer, wenn er befragt wurde, und wenn sie zu viele Fragen stellte, würde er einfach verschwinden, und sie wollte nicht, dass er schon jetzt wieder verschwand.

3

Sie gingen zusammen zum Stallhof, setzten sich auf den Brunnenrand und versorgten den Hasen. Er hatte keine Angst mehr, sondern kuschelte sich ganz zutraulich in Robins Arm. Er wusch seinen verletzten Hinterlauf und verband ihn mit Marias in Streifen gerissenem Taschentuch. Und er machte das so geschickt, dass der Hase überhaupt keine Schmerzen zu leiden schien.

«Da!», sagte er, als er fertig war, und drückte das Tier Maria in den Arm. «Da hast du sie. Es ist deine Häsin.»

«Häsin!», rief Maria. «Also, ich dachte, es wäre ein besonders großes Kaninchen!»

Robin lachte. «Kaninchen sind ja ganz nett», meinte er. «Kaninchen sind niedliche kleine Bettler, die man gut als Haustiere halten kann. Ein Hase ist dagegen etwas ganz anderes. Er ist kein Haustier, sondern eine Persönlichkeit. Hasen sind klug, tapfer und anhänglich und haben Feenblut in den Adern. Einen Hasen zum Freund zu haben, ist etwas Großartiges. Das widerfährt einem selten, weil sie große Würde besitzen und ziemliche Einzelgänger sind; nicht wie Kaninchen, die einem beständig um die Beine laufen. Aber wenn man erst einmal die Liebe eines Hasen erworben hat, nun, dann ist man fein raus … Und du hast es geschafft.»

Maria blickte auf das schöne Tier hinab, das da still und friedlich in ihrem Schoß lag, und streichelte ganz zart die langen, seidigen Ohren. Jetzt, da sie die Häsin genauer betrachtete, sah sie, dass es schon fast eine Beleidigung war, sie mit einem Kaninchen zu vergleichen. Sie war entschieden kräftiger gebaut und trug eine königliche Miene zur Schau. Ihr Fell war silbergrau, weich und zart, und ihre Löffel waren so lang, dass sie eher Wimpeln glichen als Ohren; doch trotz ihrer Länge waren sie wunderschön und graziös und mit ganz weichem, rosigem Samt gesäumt. Ihr Schwanz war kein alberner weißer Puschel wie bei einem Kaninchen, sondern ein prachtvoller Quell weißen Fells, der die Aufmerksamkeit auf die Kraft und Größe ihrer schön geformten Hinterläufe lenkte. Ihre Vorderläufe waren auch hübsch, doch es fehlte ihnen die Haltung der Hinterbeine. Ihre Augen waren groß, dunkel und leuchtend und ihre silbernen Barthaare doppelt so lang wie die von Wiggins …

Wiggins beäugte die Häsin mit abgrundtiefer Missgunst … Sie war etwas größer als er, und ihre Schönheit war eine Herausforderung an die seine, die er nicht so leicht annehmen konnte.

Er setzte sich abrupt, kehrte der Häsin dabei den Rücken zu und kratzte sich. Das Verhalten war eine gezielte Beleidigung, doch sie schien sich nichts daraus zu machen. Offenbar war sie eine Häsin von gelassener Natur.

«Ich werde sie Serena nennen», erklärte Maria. «Weißt du, Robin, ich liebte Serena auf den ersten Blick, und als ich sie in der Falle sitzen sah, war ich so wütend über die Art und Weise, wie man sie behandelte, dass ich keine Angst mehr hatte.»

Sie bekam keine Antwort, und als sie aufsah, bemerkte sie, dass Robin verschwunden war, obwohl sie, so weit ihr bewusst war, keine einzige Frage gestellt hatte. Sie war zwar verärgert, aber nicht aufgebracht, denn sie wusste, dass er wiederkäme … Sie hatten gemeinsam eine Aufgabe zu erfüllen.

Sie gab Immergrün in Digweeds Obhut, der nun auftauchte und von einem Ohr zum andern grinste, und ging mit Serena auf dem Arm und Wiggins auf den Fersen durch den Garten und die Stufen zum Haupteingang hinauf. Sir Benjamin stand an der Vordertür und rauchte eine lange Tonpfeife. Hinter ihm war in der Halle das Frühstück aufgetragen, das Feuer loderte hell, und davor lag Wrolf und war beinahe eingeschlafen.

«Ich war ein wenig besorgt, als er ohne dich zurückkam», sagte Sir Benjamin.

«Wir kamen getrennt zurück», erklärte Maria. «Wir trafen auf ein paar Wilddiebe. Wrolf blieb zurück, um sie zu vertreiben, während ich mit meiner Häsin Serena, die wir vor ihnen gerettet haben, nach Hause lief.»

Maria sagte kein Wort von Robin. Sie hatte sich entschieden, den Erwachsenen gegenüber nicht von ihm zu sprechen. Sie würden nur sagen, sie hätte ihn sich eingebildet.

Bei der Erwähnung von Wilderern schaute Sir Benjamin etwas bekümmert drein, aber er sagte nichts. Dann betrachtete er Serena, und sie betrachtete ihn.

«Serena wird in keine Pastete wandern», erklärte Maria entschieden. «Sie ist meine Freundin und darf nie, niemals gegessen werden. Es ist schon schlimm genug, dass man Kaninchen isst, aber einen Hasen zu essen ist ein Verbrechen.»

«Meine Liebe», sagte Sir Benjamin. «Ich esse selten Hase, und wenn, dann nicht als Pastete, sondern in Portwein geschmort. In meinem besten Portwein, einer königlichen Zubereitungsart, wie sie eines so majestätischen Tieres würdig ist.»

«Serena wirst du nicht schmoren», erklärte Maria.

«Meine Liebe, ich ließe es mir nicht im Traum einfallen, Serena zu schmoren», versicherte Sir Benjamin tatsächlich ganz demütig. Und die Achtung, mit welcher er Serena betrachtete, war dieselbe, mit der er nun Maria ansah. Sein junger Schützling, so wurde ihm klar, würde keiner großen Anleitung bedürfen. Wahrscheinlich würde eher sie ihn anleiten.

Marmaduke Scarlet und der Kater Zachariah

I

Maria hatte erwartet, sich an diesem Morgen nur unter größten Schwierigkeiten auf den Unterricht mit Miss Heliotrope im Salon konzentrieren zu können. Die Umgebung von Moonacre war so wundervoll, so voller Geheimnisse und Abenteuer, dass sie beim Frühstück das Gefühl hatte, jede im Haus verbrachte Minute würde sich als Qual herausstellen.

Doch als sie mit Miss Heliotrope vor dem Kaminfeuer im kühlen Salon saß, wo das Westfenster weit zum Rosengarten geöffnet war, wich alle Ruhelosigkeit von ihr, und ein angenehmes Gefühl des Friedens trat an ihre Stelle. Miss Heliotrope zuliebe hatte sie nach dem Frühstück die Reitkleidung abgelegt und ein grünes Leinenkleid mit weitem Rock angezogen, das mit dem Grün der Stuhlpolster und des Teppichs harmonierte, sodass sie sich als zu diesem Raum passend und zugehörig empfand. Wiggins war ihnen ins Haus gefolgt und schlief nun auf der einen Seite des Kamins, Serena in einem Weidenkorb, den Sir Benjamin für sie herausgesucht hatte, auf der anderen. Von Wrolf wusste Maria, dass er immer noch am Feuer in der Halle schlief, doch sie hatten die Tür einen Spaltbreit offen stehen lassen, damit er hereinkommen konnte, wenn er wollte. Digweed war im Ziergarten beschäftigt, Sir Benjamin zu einem Besuch bei Pächtern auf einem abgelegenen Hof ausgeritten. Soweit Maria wusste, befand sich außer ihr und Miss Heliotrope niemand im Haus – bis auf die Tiere, die so tief schliefen, dass sie kaum zählten.

Maria schaute sich im Zimmer um. Das Cembalo, dem sie die liebliche Melodie entlockt hatte, wirkte lebendig, nachdem es erst einmal gespielt worden war, doch die Schachfiguren und das Nähkästchen schienen noch wie versteinert. Insbesondere das Nähkästchen zog sie an wie ein Magnet. Sie musste einfach den Deckel anheben und herausfinden, was darin lag.

«Bitte, Miss Heliotrope, darf ich heute früh nähen?», fragte sie.

«Ganz gewiss nicht», entgegnete Miss Heliotrope streng. «Du nähst freitags. Heute haben wir Montag. Montags studieren wir die Kunst, laut Gedichte vorzulesen – eine Kunst, in der du bei weitem nicht so tüchtig bist, wie du es sein solltest.»

Maria machte den Mund auf, um zu widersprechen, machte ihn dann aber nach einem Blick auf das seltsame, unklare Bild über dem Kamin wieder zu. Geduld, Geduld. Das kleine weiße Pferd und das gelbbraune Tier, die so einträchtig nebeneinander über die Waldlichtung galoppierten, schienen keine Eile zu haben. Vielleicht liefen sie schon seit Jahren, doch das Glück, welches das Bild ausstrahlte, schien von keinerlei Hast getrübt. Auf dem Lande überstürzte man nichts. Sie stand auf, nahm die Gedichtbögen von dem Stapel, der in der Ecke der Fensterbank aufgebaut worden war, und breitete sie auf dem Rosenholztisch aus.

Zuerst las sie laut aus einem kleinen Buch mit abgegriffenem olivgrünem Einband, einem Buch mit französischer Lyrik, das Miss Heliotrope gehörte. Ein Franzose, der nach England geflohen war, um sich vor einer der häufigen französischen Revolutionen zu retten, so erzählte Miss Heliotrope, hatte es ihr einst geschenkt. Er hatte sich in dem Dorf in Cornwall niedergelassen, wo Miss Heliotropes Vater zu jener Zeit Pfarrer gewesen war.

Miss Heliotrope hatte ihm Englisch beigebracht und ihm ein Buch mit englischen Gedichten geschenkt, er hatte sie dafür Französisch gelehrt und ihr diesen französischen Lyrikband geschenkt. Ihr Name, Jane Heliotrope, war in wunderschöner Handschrift auf dem Deckblatt vermerkt, und darunter hatte er seinen eigenen Namen gesetzt, Louis de Fontanelle. Heute kam es Maria in den Sinn, Miss Heliotrope danach zu fragen, wie er denn gewesen war.

«Er war ein sehr gut aussehender junger Mann, groß und dunkelhaarig», sagte Miss Heliotrope, «und sehr aristokratisch – ein Marquis. Und auch sehr begabt in Sprachen und Musik, ein Gelehrter und Wissenschaftler. Und er war durchaus auch ein Mann der Tat – in seiner frühen Jugend war er Kavallerieoffizier gewesen. Aber ach, wie so viele Franzosen hatte er auch diese schreckliche Eigenart: Er war Atheist, ein Mann, der nicht an Gott glaubte. Als mein Vater das herausfand, untersagte er ihm, weiter in die Pfarrei zu kommen.»

«Was ist aus ihm geworden?», fragte Maria.

«Er ging einfach fort», antwortete Miss Heliotrope mit einem leisen Seufzen, und obgleich Maria darauf brannte, tausend weitere Fragen zu stellen, hielt sie ihre Zunge im Zaum und schwieg, denn Miss Heliotropes Seufzen hatte eine Endgültigkeit, die es untersagte.

Gewöhnlich hörte Miss Heliotrope aufmerksam zu, wenn ihre Schülerin vorlas, und korrigierte ihre Fehler äußerst streng, doch an diesem Morgen wirkte sie etwas zerstreut, als hätte das Auffrischen alter Erinnerungen in ihr den Wunsch geweckt, hinauszugehen und allein zu sein.

«Nun genügt es für heute mit dem Lesen, meine Liebe», sagte sie, als Maria am Ende eines Gedichts angelangt war. «Ich hätte gerne, dass du nun selbst einmal ein kleines Gedicht verfasst. In der Zwischenzeit, Kleines, werde ich nach oben gehen und den Vorhang meines Himmelbettes ausbessern. Wie wir am Abend unserer Ankunft feststellten, scheint niemand in diesem Haus irgendwelche Stopf- und Flickarbeiten auszuführen.»

«Ich weiß, was ich gerne schreiben würde», sagte Maria. «Gestern Morgen habe ich eine Melodie gespielt. Sie kam aus dem Cembalo selbst, als ich es aufschlug. Darf ich dazu einen Text schreiben?»

«Gewiss doch, meine Liebe», sagte Miss Heliotrope. «Wie ich weiß, kann ich darauf vertrauen, dass du nicht herumtrödelst, sondern in zierlicher, damenhafter Haltung mit geschlossenen Füßen und geradem Rücken auf jenem Stuhl verharrst, bis du dein Werk – so gut du es nur vermagst – vollendet hast.»

Dann raffte sie ihre Röcke in die Höhe und verschwand durch die kleine Tür zur Turmtreppe.

Maria nahm Feder und Papier und setzte sich wieder auf

einen der Stühle am Feuer. Doch war sie auch in einer Hinsicht gehorsam, so war sie es in anderer nicht ganz, denn ihre Haltung war keineswegs zierlich zu nennen. Hielt sie den Rücken auch gerade, baumelte sie doch wütend mit den Beinen, dass ihre Unterröcke nur so raschelten. Sie hasste es, wenn man ihr auf diese Weise einen Strich durch die Rechnung machte. Sie hatte sich vor dem Frühstück die Küche, den Kater und das Meer ansehen wollen, und nichts von alledem war ihr gelungen. Und jetzt durfte sie nicht einmal den Deckel des Nähkästchens heben. Das war nicht in Ordnung von Moonacre.

Lied schrieb sie oben in die Mitte ihres Bogens, dass die Tinte wütend von ihrer Feder spritzte … Ach, aber sie hatte Robin wieder gesehen! Robins Anblick erschien ihr wie eine Belohnung dafür, dass sie sich als braves Mädchen nicht in die Küche geschlichen hatte … Moonacre gab ihr seine Geheimnisse preis, aber zu seiner Zeit und auf seine Weise. Sie musste Geduld haben.

Sie lächelte, warf den bekleckstn Bogen Papier ins Feuer, nahm ein frisches Blatt und begann von vorn; und zu ihrer eigenen Überraschung kamen die schlichten, kleinen Worte trotz ihrer aufrührerischen Stimmung mühelos und fügten sich in die Melodie, die aus dem Cembalo geflossen war. Es erschien ihr gar nicht so, als hätte sie sie verfasst. Es erschien ihr vielmehr, als wären sie ihr aus dem Rosengarten durchs offene Fenster zugeflogen wie unzählige Schmetterlinge, die sich auf ihre Federspitze setzten und von dort aufs Papier fielen.

Lied

Einem Speer, ja, einem Schwert,
so schlank und zart gefügt,
so funkelnd und bewehrt,
gleicht meine Herzallerliebste.

Gleich dem Wind, gleich den Wellen,
gleich dem gefiederten Pfeil im Flug,
so lebhaft ist mein Liebchen,
voller Freude nie genug.

Gleich einem Seufzen, einem Lied,
von dem die Saiten erklingen.
Der Dämmerung gleich und gleich dem Tau,
Und dem Rauschen gebreiteter Schwingen.

Einem Stern gleich, und gleich auch dem Mond
in seinem Stolz und Glanz.
Wie der Hauch eines Traums,
entsagt sie der Liebe ganz.

Als sie fertig war, trat sie ans Cembalo, öffnete es und spielte und sang ihr Lied. Aber nein, es war nicht ihr Lied, es gehörte einem anderen … Und wieder war sie überzeugt, dass jemand sie aus dem Rosengarten belauschte. Sie lief zum Fenster, schaute hinaus und glaubte für einen Augenblick eine kleine Gestalt wahrzunehmen, eher eine Fee als ein menschliches Wesen, das sich da draußen bewegte. Doch als sie ein zweites Mal hinsah, war nichts zu erkennen außer den wilden Rosenhecken und den hübschen kleinen Vögeln mit ihren regenbogenfarbenen Flügeln. Sie sangen an diesem Morgen so prachtvoll, zwitscherten und tschirpten, jubilierten und kreischten, pfiffen und summten zum Lob des Frühlings, dass es an ein Wunder grenzte, dass ihnen nicht die Kehlen platzten. Was war das für ein Vogel, der so summte? Maria hatte von summenden Vögeln gehört, aber nicht geglaubt, dass sie in England lebten. Das Summen, das anfänglich ein verhaltenes Geräusch gewesen war, wurde nun lauter und lauter, bis es überhaupt nicht mehr wie ein Summen klang, sondern wie ein großer Kessel, in dem etwas kochte. Und es kam nicht aus dem Rosengarten, sondern aus dem Zimmer hinter ihr. Sie drehte sich um, und da saß vor dem Feuer zwischen Wiggins und Serena, die in ihren Körben schliefen, eine schwarze Katze am Feuer, starrte in die Flammen und schnurrte.

2

Zachariah.

Maria hielt den Atem an und schaute. Niemals zuvor in ihrem Leben hatte sie einen solchen Kater gesehen. Er war riesenhaft, doppelt so groß wie jede Katze, die ihr in London jemals unter die Augen gekommen war. Sein schwarzes Fell war kurz, aber glänzend wie Seide. Der Schwanz auf dem Boden hinter ihm war gut eine Elle lang und sah wie eine dicke schwarze Schlange aus, seine leicht angehobene Spitze zuckte von einer Seite zur anderen und wies darauf hin, dass trotz seines lauten Schnurrens mit Zachariahs aufbrausendem Temperament gerechnet werden musste. Er hatte einen edlen Kopf mit hoch gewölbter Stirn und großen, wunderbar geformten Ohren. Seine Brust war, wie man aufgrund des lauten Schnurrens, das sie hervorbrachte, schließlich erwarten konnte, ungewöhnlich breit, aber auch seine Schultern, die Hinterläufe und die kräftigen Pfoten.

Insgesamt war er ein höchst eindrucksvolles Tier, und als er den Kopf drehte und sie aus großen smaragdgrünen Augen anstrahlte, hatte sie beinahe ebensolche Angst wie bei ihrer ersten Begegnung mit Wrolf. Er sei von eigenbrötlerischem Wesen, fiel ihr nun Sir Benjamins Erklärung ein, und sie wollte sich ihm nicht ohne sein Einverständnis nähern. Sie blieb einfach an Ort und Stelle stehen und knickste vor ihm.

Dieser Akt der Höflichkeit schien ihm zu gefallen, denn er erhob sich und kam auf sie zu; dabei legte er seinen Schwanz über seinem Rücken in drei saubere Spiralen und schritt mit fast niederdrückender Würde über den meergrünen Teppich. Als er bei Maria anlangte, begann er in immer engeren Kreisen um sie herumzustreichen, bis er schließlich direkt um ihre Röcke streifte und sich dicht an sie drückte, sodass sie die Vibration seines Schnurrens an ihren Beinen fühlen konnte.

Da erst wagte sie es, sich hinunterzubeugen und mit den Fingern über seinen Kopf zu streichen ... Er war wunderbar weich ... und es schien den Kater nicht zu stören. Er zog noch einen weiteren Kreis um ihre Beine, hörte dann unvermittelt auf zu schnurren und ging voran durch die halb offene Tür des Salons. Mit pochendem Herzen folgte sie ihm hinaus in die Halle.

Wrolf war wach, zeigte jedoch diesmal keinerlei Missfallen an Marias Absicht – obgleich es genau genommen diesmal nicht Marias, sondern Zachariahs Absicht war, die Küche aufzusuchen.

Zachariah stellte sich auf die Hinterbeine und schlug den Riegel der Küchentür mit einem Hieb seiner kräftigen rechten

Pfote auf. Er trat, von Maria gefolgt, ein. Wrolf stand auf und schob die Tür hinter ihnen zu.

In der Küche blieb Maria erst einmal stehen und sah sich staunend um. Der Raum war mit prachtvollen, schneeweiß geschrubbten Steinfliesen ausgelegt und fast ebenso groß wie die Halle. Dicke Eichenbalken trugen die Decke, von der Speckseiten, Kräuterbündel und Zwiebelzöpfe herabhingen. Sie hatte zwei offene Feuerstellen, eine zum Kochen von Eintöpfen und Pasteten, die andere mit einem Bratspieß zum Grillen. In die dicke Mauer eingelassen waren zwei Brotöfen, und von Haken an den Wänden baumelten Töpfe und Pfannen, die so auf Hochglanz poliert waren, dass sich das Licht darin spiegelte. In einer Ecke befand sich ein großes Waschbecken und an der Wand ein gewaltiger Eichengeschirrschrank, in dem buntes Porzellan ordentlich aufgereiht war; in der Mitte des Raumes stand ein Eichentisch. Mehrere Türen führten aus dem Raum und, wie Maria vermutete, zu den Vorratsräumen und in die Milchküche. Die Fenster lagen zum Stallhof hin, sodass die Morgensonne durch den Raum flutete, und der ganze Ort wirkte fröhlich, bunt, warm und makellos sauber. Stühle waren keine zu sehen, nur eine Holzbank an der Wand und einige dreibeinige Schemel. Einer jener Schemel war an den Tisch herangezogen, und darauf stand nun mit Maria zugewandtem Gesicht ein kleiner, buckliger Zwerg und knetete Teig. Er nickte kurz und wies mit seinem Nudelholz auf die Holzbank an der Wand.

«Marmaduke Scarlet, zu Ihren Diensten, junge Herrin», sagte er mit spröder, quäkender Stimme. «Setzen Sie sich, aber schweigen Sie. Ich kann mich nicht auf eine Unterhaltung einlassen, während ich mit der Herstellung einer Kalbspastete beschäftigt bin.»

Trotz seines schroffen Benehmens schien er ihr zugetan,

«Setzen Sie sich, aber schweigen Sie.»

denn plötzlich huschte ein so breites Lächeln über sein Gesicht, dass es ihm beinahe bis zu den Ohren reichte, und seine kleinen, runden, funkelnden schwarzen Augen zwinkerten ihr freundlich zu. Aber Maria war sehr dankbar, dass Wrolf sie an diesem Morgen davon abgehalten hatte, diese Küche unaufgefordert zu betreten, denn der Zwerg hatte etwas an sich, das ihr sagte, dass man sich bei ihm nicht alle Freiheiten herausnehmen durfte. Sie ging zur Bank hinüber, setzte sich und faltete ganz demütig die Hände im Schoß.

Zachariah sprang derweil auf einen zweiten Schemel neben den Zwerg und blieb schnurrend sitzen, peitschte mit dem Schwanz die Luft und streckte gelegentlich eine riesige Pfote aus, um sich graziös ein Stück Pastete zu angeln. Es war offenkundig, dass die beiden enge, unzertrennliche Freunde waren und Zachariah Sonderrechte genoss. Was beider Körpergröße anging, so gab es zwischen ihnen auch nur unerhebliche Unterschiede, denn Zachariah war fast so groß wie der Zwerg.

Maria saß artig auf der Bank und schaute ihm zu. Er sah nun nicht zu ihr herüber, sondern war in seine Pastetenbäckerei vertieft, sodass sie ihn wirklich ausgiebig mustern konnte. Nie zuvor hatte sie ein solches Geschöpf gesehen, und ihr Mund öffnete sich leicht vor Staunen.

Er musste, dachte sie, sehr alt sein, denn der Saum seiner Barthaare, die sein ganzes Gesicht wie eine Krause umrahmten, war schneeweiß, ebenso seine buschigen Augenbrauen. Bis auf den Bartsaum war sein Gesicht glatt rasiert, braun wie eine Eichel und von Hunderten kleiner Fältchen durchzogen. Seine Stupsnase war verschwindend klein; doch was davon zu sehen war, musste sehr empfindlich sein, denn sie zuckte, während er arbeitete, wie die eines Kaninchens. Tatsächlich war sein Geruchssinn wie der aller guten Köche sehr hoch entwickelt. Sein breiter Mund bildete einen üppigen Halbmond, wenn er lächelte, und eine entschiedene Linie, wenn er ihn schloss. Seine braunen Ohren wirkten im Vergleich zu seinem übrigen Körper viel zu groß, doch sie waren wohlgeformt und liefen zu feinen Spitzen aus wie die eines Rehs. Auch seine Arme waren für seinen übrigen Körper zu lang, und wenn er sie herabhängen ließ, reichten seine großen braunen Hände fast bis zu den Knöcheln. Seine Füße waren dagegen klein und zierlich wie die eines Kindes, und er war krummbeinig und bucklig wie ein Hanswurst.

Doch trotz seiner eigentümlichen Gliedmaßen war er eine Freude für das Auge durch die strahlende Sauberkeit seiner Person und seine bunten Kleider. Auf dem Kopf trug er ein scharlachrotes Käppchen. Seine Jacke und seine Hosen waren erikafarben, dazu trug er ein smaragdgrünes Wams, das mit scharlachroten Mohnblumen bestickt war. Seine Wollsocken waren ebenfalls erikafarben, und die braunen Schuhe waren mit glänzenden Silberschnallen verziert. Er trug eine schneeweiße Latzschürze, um seinen Putz bei der Arbeit zu schützen.

Es war ein Genuss, Marmaduke Scarlet beim Pastetenbacken zuzusehen, denn wenn jemals jemand ein Meister seines Fachs gewesen ist, dann war das Marmaduke. Er schwenkte die Teigrolle wie ein königliches Zepter, und sein Teig war so locker, dass er Meeresgischt ähnelte, wenn er ihn auf sein Brett schlug. Neben ihm stand eine große Schüssel voll saftiger Kalbs- und Schinkenstücke, hart gekochter Eier, Petersilie und gehackter Zwiebeln. Maria lief beim Zuschauen das Wasser im Mund zusammen, und als er das große weiße Teigoval darüberdeckte, musste sie schlucken. Dann begann er, die Verzierungen für den Teigdeckel anzufertigen, und seine Finger formten Blüten und Blätter aus den Teigresten mit einer Kunstfertigkeit, um die ihn jeder Bildhauer hätte beneiden können.

Als die Pastete fertig war, trug er sie zum Kamin, in dem ein kleines Holzfeuer brannte; er räumte eine Stelle für die Form frei, stellte sie auf den Herd, schloss sie mit einem Eisendeckel und schob dann einen Berg heißer Asche darüber. Dann trat er an einen der Backöfen, öffnete die Eisentür, und Maria konnte drinnen brennende Reisigbündel erkennen, die gerade zu glühender Asche zerfielen, und sah die glühenden Backsteine des Ofens. Marmaduke scharrte die Asche zur Seite, hob ein weißes Tuch von zwei großen Schüsseln am Boden, wo er den Brotteig zum Gehen abgestellt hatte, schob die Laibe in den Ofen und schlug die Tür zu.

Dann ging er durch eine der Türen in der Wand, und Maria konnte dahinter eine kühle Vorratskammer mit Steingewölbe erkennen; er kehrte mit einer großen blauen Schüssel voller Eier und einem blauen Topf Sahne zurück; und sobald er seinen Schemel wieder erklommen hatte, machte er sich an die Zubereitung einer Creme, für die er zwölf Eier verwendete, einen Viertelliter Sahne und Zimt wegen des Aromas.

«Ich frage mich nur», dachte Maria bei sich, «ob Miss Heliotrope nach der Pastete noch von der Creme essen können wird.»

Aber sie hätte sich keine Gedanken zu machen brauchen, denn es schien, als hätte Marmadukes empfindliche Schnuppernase ein Döschen Pfefferminz in Miss Heliotropes Netzbeutel gewittert. Denn sobald er das Soufflé geschlagen hatte, rührte er eine leckere, einfache Quarkspeise mit einem Schuss Brandy und etwas Muskatnuss.

«Als Vorspeise», durchbrach er plötzlich krächzend das lange Schweigen, «gibt es ein eingelegtes Ei.»

Es hatte den Anschein, als wäre Marmaduke Scarlet vorläufig mit dem Kochen fertig. Er stapelte seine Küchengeräte ordentlich aufeinander, holte eine große, rote, irdene Schüssel und füllte sie aus einem Kessel, der auf dem Herd stand, mit warmem Wasser … Schließlich wagte Maria zu sprechen. «Darf ich abtrocknen, wenn Sie spülen?», erkundigte sie sich schüchtern.

Marmaduke Scarlet erwog ihre Frage. «Können Sie mir versichern, dass Sie garantiert nichts fallen lassen?», wollte er wissen.

«Ich glaube schon», sagte Maria. «Allerdings weiß ich es nicht mit Sicherheit, denn ich habe noch nie abgetrocknet.»

«Lassen Sie denn gewöhnlich ihre Haarbürste einfach fallen, wenn sie sich morgens gekämmt haben?», fragte Marmaduke.

«Nein, niemals», versicherte ihm Maria.

«Dann dürfen Sie abtrocknen», gestattete er großzügig. «Sie können eines der großen Geschirrtücher von der Leine nehmen, sich einen Schemel holen und mir die Gnade ihrer Unterstützung gewähren bei jenen Waschungen, die unglücklicherweise unausweichlich und immer auf meine praktischen Übungen der kulinarischen Kunst folgen.»

Es hatte den Anschein, als mache Marmaduke Scarlet seine kleine Statur durch den Gebrauch besonders langer Wörter wett. Maria schoss durch den Kopf, dass sie ein Wörterbuch bei sich tragen müsste, falls sie oft mit ihm zu tun hätte.

Sie zog wie aufgefordert Schemel und Geschirrtuch heran, und die drei, Maria, Marmaduke und der Kater Zachariah, reihten sich am Tisch auf: Marmaduke stand auf seinem Schemel, Maria und Zachariah saßen. Marmaduke spülte, Maria trocknete ab und Zachariah schnurrte nur. Jetzt, da er nicht mehr mit Kochen beschäftigt war, wirkte Marmaduke fröhlich und gut gelaunt, und Maria wagte ihm die Frage zu stellen, die ihr auf den Lippen brannte, seit sie den kleinen Kerl zum ersten Mal gesehen hatte.

«Bitte, Mr. Scarlet», sagte sie, «kümmern Sie sich immer um mein Zimmer, zünden mein Feuer an, bringen mir warmes Wasser, Milch und Zuckerplätzchen?» Marmaduke schenkte ihr wieder sein strahlendes, breites Lächeln, das von einem Ohr zum anderen reichte. «Gewiss, junges Fräulein», krächzte er. «Wer außer Ihnen selbst wäre in diesem Haus zierlich genug, um durch die Tür zu ihrem Schlafzimmer zu gelangen? Und wenn ich aus irgendeinem Grund nicht gesehen werden möchte, wie ich die Halle durchquere, dann klettere ich vom Garten aus die Zeder hinauf und durch das Fenster in Ihr Zimmer, um jene kleinen Dienste zu verrichten, die zu meinen Aufgaben gehören.»

«Haben Sie Dank, haben Sie vielen Dank», sagte Maria. «Und legen Sie mir immer die schönen Kleider bereit und die kleinen Blumensträußchen obenauf?»

Aber nun hatte sie unglücklicherweise etwas Falsches gesagt. Marmadukes Gesicht verdüsterte sich wie eine Gewitterwolke, sein Lächeln brach unvermittelt ab, sodass die Enden in seinen Ohren verschwanden wie Kaninchen, die in ihre Löcher schossen. Seine großen, buschigen Augenbrauen zogen sich bedrohlich zusammen, Funken schienen aus seinen Augen zu stieben, und als er zu sprechen anhob, war seine Stimme kein Krächzen mehr, sondern wie ein Donnerrollen.

«Erweckt meine äußere Erscheinung vielleicht den Eindruck einer Kammerzofe?», verlangte er zu wissen. «Beschäftigt sich irgendein männliches Wesen, das etwas auf sich hält, mit Bändern, Spitzen und all diesem Weiberkram? Gestatten Sie mir, junge Herrin, Sie davon in Kenntnis zu setzen: Wenn es eines auf der Welt gibt, dem ich nicht die geringste Neigung entgegenbringe, so ist das die Weiblichkeit. Und mein Herr, der Landjunker, teilt in seinem Innern das gleiche Gefühl der Verachtung für Evas Töchter, wie sie der Brust seines demütigen Dieners innewohnt. Ehe Sie mit Ihrer Gouvernante die Stufen dieses Landsitzes erklommen, hat zwanzig Jahre lang keine Frau die Schwelle übertreten.»

Das war entsetzlich.

«Aber Miss Heliotrope und ich können doch nichts dafür, dass wir als Frauen geboren wurden», stammelte Maria.

«Ich wüsste nicht, dass wir Ihnen das zum Vorwurf gemacht hätten», antwortete Marmaduke. «Ich habe vielmehr den entschiedenen Eindruck, dass wir sie mit all unsrer Höflichkeit und Kochkunst empfangen haben und das Beste aus einem unglücklichen Umstand machten, der umgehend gelöst werden musste.»

«Sie waren beide sehr freundlich», stammelte Maria.

Die Enden von Marmadukes Lächeln krochen plötzlich wieder aus seinen Ohren und setzten sich in seinen Mundwinkeln fest.

«Die Umstände haben vielleicht auf den Junker und mich mehr Auswirkungen gezeitigt, als tatsächlich notwendig war», gestand er freundlich zu. «Sie, junge Herrin, sind noch in zartem Alter; und Weiblichkeit, mein liebes kleines Fräulein, wächst in einer Frau im Lauf der Jahre wie alle schlechten Angewohnheiten und ist in ihren frühen Stadien weniger unangenehm. Was nun Ihre Frau Gouvernante betrifft, so stellt sie eine deutliche Verbesserung gegenüber jener anderen Anstandsdame dar, die früher mit der anderen jungen Herrin hier wohnte und niemals aufhörte, Fragen zu stellen. Durch das Schlüsselloch habe ich beobachtet, dass sie eine Frau von höchst frommer Natur und äußerst schlechter Verdauung ist, Charakteristika, welche durch die daraus folgende Konzentration des Denkens auf ihre eigene Seele und ihren Magen ihr nicht gestatten, sich jener weiblichen Neugier für die Angelegenheiten anderer hinzugeben, die ihre Anwesenheit für die Männer des gleichen Haushalts so nervenaufreibend gestalten.»

Maria errötete und hielt sich zurück zu fragen, wer denn ihre Kleider bereitgelegt hätte. Sie fürchtete sich auch, nach der anderen jungen Herrin und jener Anstandsdame zu fragen, obgleich sie vor Neugier schier platzte. Sie wagte auch nicht, Marmaduke Scarlet zu fragen, wo sein Zimmer lag, obgleich sie darauf ebenfalls brannte, weil sie sich nicht vorstellen konnte, wo im Haus es liegen mochte.

«Junge Herrin», sagte Marmaduke, «die Tatsache, dass ich Ihre Anwesenheit mit Wohlwollen betrachte, bedeutet nicht, dass ich wünsche, dass Sie den ganzen Tag in meiner Küche ein- und ausgehen. Das mag ich nämlich nicht. Die Küche ist mein persönliches Reich, das nur auf meine Aufforderung hin betreten wird. Diese Aufforderung werde ich gelegentlich selbst aussprechen, oder der Kater Zachariah wird sie übermitteln.»

Und dann deutete er mit einem Winken der Hand und einem höflichen Nicken von der Art eines Königs an, dass die Audienz beendet sei. Maria knickste und zog sich folgsam zurück, wobei Zachariah sie zur Küchentür geleitete und sich auf die Hinterbeine stellte, um den Riegel für sie anzuheben.

Sie rannte durch die Halle und den Salon die Turmstiegen hinauf zu Miss Heliotropes Zimmer.

«Miss Heliotrope», keuchte sie. «Es lebt tatsächlich ein Koch im Haus, ein ulkiger, Furcht erregender kleiner Zwerg mit weißem Bart und scharlachroter Mütze, der fürchterlich komplizierte Worte benutzt und keine Frauen mag … Aber gegen uns hat er nichts, weil Sie so gut sind und ich noch so jung bin. Er ist es, der uns das heiße Wasser bringt und

Feuer macht, doch meine Kleider legt er nicht heraus. Miss Heliotrope … wer kümmert sich denn dann bloß um meine Kleider?»

Miss Heliotrope, die eine Stopfnadel in den Händen hielt, ließ von der Ausbesserung ihrer Vorhänge ab. «Irgendeine Frau», antwortete sie. «Sie mögen ruhig behaupten, Maria, dass seit zwanzig Jahren keine Frau dieses Haus betreten hätte, aber hier muss eine Frau sein … Sieh dir das an!»

Sie zog die unterste Schublade ihrer Kommode auf und winkte Maria heran, damit sie es sich anschaute. Liebevoll in der Schublade ausgebreitet lagen drei Spitzentücher und drei mit heliotropfarbenem Band gesäumte Häubchen. Und zwischen den Falten der Tücher lagen drei kleine Lavendelbeutel aus weißem Musselin, auf die jeweils eine heliotropfarbene Blume gestickt war: ein Veilchen, ein Stiefmütterchen und ein Herbstkrokus.

«Das ist echte Honitonspitze», erklärte Miss Heliotrope geradezu hingerissen. «Echte, unbezahlbare Spitze, wie ich sie mir immer gewünscht habe. Und diese Bänder, meine Lieblingsfarbe mit ihrem Bezug zu meinem Namen … und die Blumen auf den Beutelchen … noch nie habe ich eine so gleichmäßige Stickerei gesehen. Maria, ich frage dich, könnte irgendein Mann, ein einfacher Mann diese Schublade voller Köstlichkeiten vorbereitet haben, wie du sie hier vor dir siehst?»

«Nein», antwortete Maria.

Sir Wrolf Merryweathers Lebensgeschichte

I

Als Maria am folgenden Morgen erwachte, stellte sie zu ihrer großen Überraschung fest, dass nicht ihr Reitkostüm bereitgelegt worden war, sondern stattdessen ein sehr schickliches dunkelblaues Kleid mit weißem Leinenkragen und ebensolchen Manschetten, ein dunkelblauer Mantel und ein dunkelblauer Strohhut mit ritterspornblauen Bändern.

Maria mochte diese Ausstattung nicht besonders. Trotz der Bänder handelte es sich eher um eine düstere und ernste Kombination, in der sie genauso ernst aussah wie diese selbst. Nichtsdestotrotz beging sie nicht den Fehler, es beiseite zu legen und ihr eigenes Kleid herauszuholen, denn ihr wurde allmählich klar, dass ihr tägliches Tun nicht allein nach ihrem freien Willen entschieden wurde, sondern mehr oder weniger Anweisungen folgte. Und es schien, als sähen diese Anweisungen für den heutigen Tag keine Ausritte vor.

Langsam zog sie das blaue Kleid über, und ihre Stimmung passte zu dem grauen Wetter hinter ihrem Fenster. Heute waren keine Sonne und kein blauer Himmel zu sehen. Graue Wolken hingen schwer über der Welt. Aber es war warm und still, und vom Rosengarten unter ihrem Fenster ertönte Vogelgesang. Sie hoffte, dass es nicht regnen würde, denn sie wusste, dass Digweed früh am Morgen mit dem Einspänner losgefahren war, um in der Kreisstadt jenseits der Berge, die das Tal umschlossen, Besorgungen zu machen, und sie wollte nicht, dass er nass würde.

Sie ließ Wiggins weiterschlafen, nahm den Mantel über den Arm, schwenkte ihren Hut und stieg zum Salon hinunter. Dort öffnete sie ein Fenster und schaute hinaus in die wirren Hecken, wo sich allmählich ein paar junge grüne Blätter zeigten. Heute Morgen schienen sogar noch mehr Vögel da zu sein, und ihre bunten Flügel blitzten wie Blüten zwischen den Zweigen. Sie sangen so munter, dass auch ihr nach Singen zumute wurde. Sie durchquerte den Raum, schlug das Cembalo auf und sang das kleine Lied, das sie ihm entrissen hatte.

Sie sang weiter, bis sie wieder einmal das Gefühl hatte, jemand belausche sie aus dem Rosengarten. Sie stand auf, trat ans offene Fenster und schaute hinaus. Und diesmal war es nicht die kleine feenhafte Gestalt, die wie ein Traum verschwunden war, sondern ein großer alter Mann, der zwischen den Rosenbäumen hervortrat, sich dem Fenster näherte und ihr die Hand entgegenstreckte.

Es war der alte Pastor. Ohne ein Wort setzte Maria ihren Hut auf, hängte sich den Mantel um, kletterte auf das Fenstersims, trat vor den Fensterrahmen, ergriff seine Hand und sprang neben ihm zu Boden; und Hand in Hand schritten sie schweigend durch den Rosengarten und den Ziergarten hinaus in den Park.

Der alte Pastor ging schnell und mit langen Schritten wie ein ganz junger Mann. Er wirkte heute früh tatsächlich so, als hätte er etwas Bestimmtes vor, er erweckte sogar einen leicht grimmigen Eindruck: die magere Hand umspannte Marias Hand hart und gebieterisch. Er hatte etwas mit ihr vor, so viel war ihr klar. Aber sie hatte keine Angst. Und als er sich zur Seite drehte und zu ihr herablächelte, war sie mehr als nur furchtlos: Sie war in Hochstimmung. Sie hatte das Gefühl, ihre Aufnahme auf Moonacre sei mehr oder weniger abgeschlossen und heute werde ihr der Zweck ihres Hierseins enthüllt.

«Wohin gehen wir, Sir?», wagte sie zu fragen.

«Zur Kirche», antwortete der alte Pastor. «Ich muss dir dort vieles zeigen. Danach wirst du mit mir in der Pfarrei frühstücken. Es ist noch früh, aber es gibt vieles zu sagen und zu tun, und wir sind gut beraten, früh damit zu beginnen.»

«Werden sie sich nicht um mich sorgen, wenn ich zum Frühstück nicht zurück bin?», fragte Maria.

«Nein», antwortete der alte Pastor. «Ich habe über den Kater Zachariah eine Nachricht hinterlassen.»

2

Sie schlugen den Weg ein, den auch die Kutsche am Sonntag genommen hatte, gelangten durch das baufällige Tor auf die Dorfstraße und über sie zur Kirchhofspforte. Sie gingen über den Friedhof zur Kirche, wo der alte Pastor die schwere Tür aufstieß und sich höflich verbeugte zum Zeichen, dass Maria vorangehen sollte. «Ach!», rief sie erstaunt. «Die Kirche ist ja voller Kinder!»

«Kinder wachen morgens sehr früh auf», erklärte der alte Pastor, «und sind ihren Eltern äußerst lästig, stehen ihren Müttern im Wege, wenn diese Frühstück machen, oder laufen ihren Vätern zum Melken hinterher und stören die Kühe mit ihrem Lärmen und Toben. Deshalb hole ich sie hier zusammen und unterhalte sie, bis ihr Frühstück bereitsteht.»

Sie waren lautlos eingetreten, und Maria hatte ein, zwei Augenblicke Zeit, sich umzusehen, ehe die Kinder sie bemerkten. In der Kirche hielten sich etwa dreißig Jungen und Mädchen auf, keines über zwölf Jahre, und eine ganze Menge von Kleinkindern zwischen zwei und drei Jahren. In ihren fröhlichen, bunten Kleidern sahen sie aus wie Blumen, die in der ganzen Kirche zu Grüppchen verteilt waren, schnatterten wie die Spatzen und waren konzentriert mit verschiedenen geheimnisvollen Spielen beschäftigt.

«Kinder!», rief der alte Pastor und führte Maria zu der freien Stelle neben der Treppe vorm Altar. «Kinder. Maria Merryweather ist bei uns zu Besuch.»

Er sprach, als handele es sich dabei um etwas sehr Wichtiges, und die Kinder schienen es ebenfalls dafür zu halten, denn sie ließen ihre Spiele, drängten sich um Maria und lächelten ihr scheu, aber freundlich zu.

«Zeigt ihr die Jungfrau und die Glocke», befahl ihnen der alte Pastor. «Und später wollen wir ihr das Glockenlied vorsingen.»

Marias rechte Hand wurde von einem hübschen, etwa gleich großen Mädchen mit lockigem blondem Haar und einem vergissmeinnichtblauen Kleid ergriffen – wie sie später herausfand, Prudence Honeybun, die Tochter des Wirtes –, während ein kleiner, runder, dicker Junge von etwa vier Jahren, dessen Rundheit, Bräune und Glanz sie an eine Kastanie denken ließ, sich klettenhaft an ihre linke Hand hängte. Sein Name, so sagten ihr die anderen Kinder, war Peterkin Pepper.

Nach heutigen Maßstäben hatten die Kinder von Silverydew nur wenige Spielsachen in der Kirche. Tatsächlich waren es nur zwei, aber da sie mit dem, was sie hatten, zufrieden waren, waren sie keineswegs zu bedauern; und als Maria die ganzen Schätze sah, begriff sie ihre Zufriedenheit sehr wohl.

Zuerst zeigten sie ihr die Glocke, die in der Nähe der Kanzel am Boden stand. Es handelte sich um eine sehr alte Glocke, und sie erzählten ihr, dass auf dem Paradiesberg einmal ein Kloster gestanden hatte und diese Glocke im Turm der Klosterkirche aufgehängt gewesen war, um die Mönche siebenmal am Tage zum Gebet zu rufen; und auch die Menschen im Tal hatten gebetet, wenn sie sie hörten. Sie läuteten sie, um Maria ihren schönen Klang zu demonstrieren, und erzählten, dass der alte Pastor ihnen gestattete, sie zu benutzen, wenn sie Mönche spielten oder Taufen und Hochzeiten oder wenn sie spielten, die Glockenläuter zu sein.

«Die Kirchenglocken von Silverydew sind berühmt», erklärten sie Maria. «Man kann sie meilenweit im Umkreis hören. Der alte Pastor hat ein Lied darüber geschrieben. Wir werden es dir nachher vorsingen. Weißt du, sie haben alle Namen, und als sie im Glockenturm aufgehängt wurden, hat man sie wie Menschen getauft. Sie wurden mit dem Kreuzzeichen gesegnet und mit Öl, Salz und Wein gesalbt.»

Aber Maria konnte nicht stehen bleiben, um die Glocke länger zu betrachten, weil Peterkin Pepper an ihrer Hand zerrte und sie zu einer Wandnische zog, wo eine Statue stand von der Jungfrau mit dem Kind. Es war eine kleine Holzstatue, kaum größer als eine Puppe und vom Alter und den streichelnden Händen vieler Kinder so abgegriffen, dass die Züge von Mutter und Kind kaum noch zu erkennen waren. Doch der Faltenwurf des Umhangs der Jungfrau war schön und graziös, ebenso die stolze Haltung ihres Kopfes, und das Kind trug ein Lächeln auf den Lippen und hatte zum Segnen die Hand erhoben. Die Kinder hatten zwei Vasen mit Blumen in die Nische gestellt, eine zu jeder Seite der Statue.

«Wir bringen der Jungfrau immer ein hübsches Geschenk», erklärte Prudence Honeybun. «Im Winter sind es manchmal nur Beeren oder Vogelfedern, die wir sammeln. Aber es ist immer irgendetwas. Wir lieben die Jungfrau. Wir würden ihr gerne Muscheln vom Strand holen, aber wir haben Angst, zum Strand zu gehen wegen *ihnen.*»

Nun machte Peterkin Pepper zum ersten Mal den Mund auf und sprach mit so tiefer Stimme, dass es bei einem so Kleinen fast erschreckte. «Ich wünsche, ich hätte einen dicken, großen Stock», sagte er. «Ich wünsche, ich hätte einen dicken, großen, knotigen Stock, um sie zu vertreiben!»

«Haben sie deinem Vater wieder die Hühner gestohlen, Peterkin?», wollte eines der Kinder wissen.

«Vier Hühner», antwortete Peterkin knapp. «Gestern.»

«Es sind die Schwarzen Männer», klärte Prudence Maria leise auf. «Sie leben im Kiefernwald, weißt du, und sie sind sehr böse. Sie lassen die Leute nicht an die Merryweather Bay, obgleich es in Wirklichkeit nicht ihre Bucht ist. Und sie stellen den Wildtieren grausame Fallen und stehlen unsere Hühner, Enten und Gänse. Und sie stehlen auch den Honig aus den Bienenstöcken und Früchte aus den Obstgärten. Wir sind glücklich in Silverydew, aber die Schwarzen Männer verhindern unser vollkommenes Glück. Doch keiner weiß, wie man sie von ihren Bösartigkeiten abbringen könnte.»

Ein leiser Schauer lief Maria den Rücken hinunter. Die Schwarzen Männer wohnten im Kiefernwald? In jenem Kiefernwald, der so nahe an den Herrensitz heranreichte? Kein Wunder, dass sie sich davor fürchtete. Und kein Wunder, dass sie sich vor den Eiben fürchtete, denn diese stellten ebenfalls Schwarze Männer dar. Sie hätte Prudence gerne ein paar Fragen gestellt, doch die anderen Kinder riefen nach ihr, dass sie kommen müsste, sich die Merryweatherkapelle anzusehen, den Ritter und die beiden Tiere.

«Robin wartet in der Kapelle», erklärte der alte Pastor. «Robin soll ihr die Kapelle zeigen. Er hat das Recht darauf. Ihr anderen werdet draußen bleiben.»

Robin war also da! Augenblicklich vergaß Maria ihre Angst vor den Schwarzen Männern, so sehr freute sie sich, dass Robin auch da war, in der Merryweatherkapelle. Und sie freute sich auch, dass der alte Pastor und die Kinder über Robin sprachen, als wäre er ein Junge aus Fleisch und Blut. Sie hatte stets gewusst, dass er das war, auch wenn ihn in London keiner außer ihr hatte sehen können. Aber hier schienen auch andere Menschen ihn zu sehen. Die Kinder und der alte Pastor begleiteten sie zu den zwei ausgetretenen Stufen, die zu der Kapelle hinaufführten, und blieben stehen, damit sie alleine hineingehen konnte.

Es war eine kleine, niedrige Steinkammer, ganz wie ein Keller, fast völlig von einem großen Steinsarg ausgefüllt. Auf dem Sarkophag lag das lebensgroße Abbild eines Ritters in voller Rüstung mit Helm und hochgeklapptem Visier, sodass sein grimmiges, ernstes Gesicht zu sehen war; die Hände in den Kettenhandschuhen hielt er auf der Brust verschränkt. Sein großes Schwert mit dem Kreuzgriff lag neben ihm, und im Gegensatz zur übrigen Statue war es nicht aus Stein gehauen – sondern war ein echtes Schwert, vom Alter verbogen und rostig, aber echt. Doch noch aufregender als der Anblick dieses gewaltigen Schwerts war für Maria die Tatsache, dass an Kopf- und Fußende des Schreins zwei gemeißelte Tiere waren. Der Kopf des Ritters ruhte auf der liegenden Gestalt eines kleinen Pferdes, seine Füße stützten sich auf ein Geschöpf, dessen lebendes Abbild Wrolf war. Danach war Maria überrascht, den Leitspruch der Merryweathers in Latein um den Sarkophag gemeißelt zu finden. Sie las gerade die schwachen, fast ausgelöschten Buchstaben, als Robin mit einer Wurzelbürste hinter dem Sarg auftauchte. Sie grinsten sich an, und es kam Maria vor, als ginge plötzlich die Sonne auf.

«Was in aller Welt tust du hier mit einer Scheuerbürste?», fragte sie ihn.

«Ich schrubbe Sir Wrolf», erklärte Robin. «Ich schrubbe ihn fast jeden Morgen. Die Tiere auch und den Boden und alles Übrige, so weit ich nur darankomme. Sieht hübsch und sauber aus, findest du nicht?»

Es sah herrlich sauber aus, und die kleinen Blumensträußchen, die über das Grab verteilt waren, eines zwischen Sir Wrolfs steinernen Fingern, ein anderes keck hinter dem Ohr eines Pferdes, wirkten vertraut.

«Bist du es, Robin, der mir jeden Morgen meine Kleider mit einem Blumensträußchen darauf zurechtlegt?», wollte sie wissen.

«Ich pflücke die Blumen», gab Robin zu.

«Aber wer legt meine Kleider bereit? Und wer hat die hübschen Sachen in Miss Heliotropes Schublade gelegt? Und wem gehörten früher mein Reitkostüm und mein Gebetbuch?», erkundigte sich Maria.

Robin lächelte nur.

«Im Haus muss noch ein feenhaftes Wesen leben», sagte

«Was in aller Welt tust du hier mit einer Scheuerbürste?»

Maria. «Denn nur jemand ganz Zierliches kann durch die Tür in mein Zimmer.»

Doch Robin grinste nur und fiel mit der Scheuerbürste über Sir Wrolfs finsteres Gesicht her. Hinter dem Sarg hatte er einen Kübel Wasser stehen, entdeckte Maria, und daneben lag ein Stück Seife von der Größe einer Mangoldwurzel.

«Kein Wunder, dass er so aussieht», meinte Maria, als Robin die Bürste mit mehr Eifer als Vorsicht handhabte. «Wenn du sanfter mit ihm umgingst, würde er vielleicht lächeln.»

«Im Dorf sagt man, dass er an dem Tag lächeln wird, an dem sie von ihrem bösen Tun ablassen», berichtete Robin. «Er ist der Gründer der Merryweather-Familie, weißt du. Der Waffenträger König Edwards. Es war ursprünglich seine Schuld, dass sie ein so böses Verhalten entwickelten. Er muss sich deshalb schreckliche Sorgen machen. Kein Wunder, dass seine Seele nicht ins Paradies eingeht.»

«Ist der arme Mann nicht im Paradies?», fragte Maria.

«Im Dorf erzählen sie», berichtete Robin, «er könne dem Paradies nicht näher kommen als bis zum Paradiesberg, weil er sie so böse gemacht hat. Es heißt, er ritte wegen seiner Taten seufzend und weinend um den Paradiesberg. Aber sie sagen auch, dass er es heute bereue und dass er ins wirkliche Paradies käme, wenn er nur eine Möglichkeit fände, sie daran zu hindern, im Tal solchen Schaden anzurichten.»

Maria betrachtete ihren Ahnherrn voller Mitgefühl und Kummer. Wenn Reiten auch großen Spaß machte und der Paradiesberg ein herrliches Fleckchen Erde war, dachte sie, Sir Wrolf müsste Sattel und Berg doch reichlich leid sein, nachdem er jahrhundertelang im Kreis geritten war.

«Demnach wäre es wohl ein Zeichen für uns, dass er ins Paradies gekommen ist, wenn sie sich anständig aufführten und er lächelte?», wollte sie wissen.

«Ja», antwortete Robin.

«Aber, Robin, wer *sind* sie denn, und was hat Sir Wrolf getan?»

«Der alte Pastor kann die Geschichte am besten erzählen», meinte Robin. «Und hör mal! Die Kinder singen.»

Er stellte Eimer und Bürste ordentlich in die Ecke, und sie kehrten gemeinsam zu den Altarstufen zurück, wo der alte Pastor stand und sich die Fiedel unters Kinn geklemmt hatte; alle Kinder saßen im Kreis um ihn herum und sangen zu seiner Begleitung das Glockenlied. Robin und Maria setzten sich zu den anderen Kindern, und im Nu hatte Maria Text und Melodie verstanden und sang mit. Es waren die gleichen Worte, die sie am ersten Sonntag nicht richtig mitbekommen hatte:

Glockenlied

Weit droben im hohen Kirchturm,
bedacht mit mystischen Weih'n,
die ihnen gegeben seit Weihnachtstagen
mit Öl und Salz und Wein,
erwarten die Glocken stillschweigend
in der langen Nacht des Todes
den Sieg der Auferstehung,
die Auferstehung des Lichts.
Und gebiert die Finsternis Dämm'rung
und Sieg die schmerzreiche Nacht,
lässt Musik den Kirchturm erbeben,
und Frühling ist neu erwacht.

Refrain:
Läute noch einmal, süße Marie,
läute, Gabriel, erneut,
läutet wieder, Douce und John,
klinge, helles Glöckchen, weit.
Lasst die Häupter steigen, fallen,
euren Freudenschrei erschallen,
vom Leben auf Erden. Vom Leben auf Erden.
Vom Leben.

Werden Mann und Frau getraut
mit Lachen und Weinen zum Paare,
werden Kinder Gott geschenkt
für all ihre kommenden Jahre,
sind Hafer und Mais gereift erst
in blauen und goldenen Tagen,
ist die Ernte erst eingebracht,
voll Glück und Lobessagen,
dann steigen dankbare Herzen
zu Gottes Thron empor,
lässt Musik den Kirchturm erbeben,
und Freud' geht aus Liebe hervor.

Refrain:
Läute noch einmal, süße Marie,
läute, Gabriel, erneut.
Läutet weiter, Douce und John,
klinge, helles Glöckchen weit.
Lasst die Häupter steigen, fallen,
euren Freudenschrei erschallen,
von Liebe auf Erden. Von Liebe auf Erden.
Von Liebe.

Erde im schneeigen Mantel
unter dem Weihnachtsstern,
die Schäfer am Bergeshang,
die weisen Männer von fern,
Ochs und Esel im Stall.
Um den Baum, da stehen die Kinder
und Vater, Mutter und Nachbarn
und du und ich nicht minder,
wir alle bei Lobesgesang
voll Liebe zum neuen König
derweil die Musik vom Kirchturm
überflutet die Welt nicht wenig.

Refrain:
Läute noch einmal, süße Marie,
läute, Gabriel, erneut,
läutet wieder, Douce und John,
klinge, helles Glöckchen, weit.
Lasst die Häupter steigen, fallen,
euren Freudenschrei erschallen,
vom Frieden auf Erden. Vom Frieden auf Erden.
Vom Frieden.

Als sie ihr Lied beendet hatten, sagte Robin: «Bitte, Sir, würden Sie Maria die Geschichte von Sir Wrolf Merryweather und den Schwarzen Männern erzählen?»

Der alte Pastor richtete seine hellen, durchdringenden Augen auf Maria. «Bist du sicher, dass du sie wirklich hören möchtest?», fragte er. «Manchmal veranlasst einen die Kenntnis einer Geschichte dazu, Dinge zu tun, zu denen man sich nicht entschlossen hätte, wäre sie einem nicht bekannt geworden. Wie ich sehe, hat Sir Benjamin dir die Geschichte nicht erzählt. Vielleicht fürchtete er, dir die Last einer Frau aufzubürden, während du noch ein Kind bist.»

Der letzte Satz brachte Maria die Entscheidung. Ihrer Ansicht nach war ein Mädchen über zehn Jahre kein Kind mehr. «Bitte, erzählen Sie!», sagte sie ein wenig hochmütig.

Alle Kinder seufzten und rutschten auf ihren Plätzen umher, es raschelte wie von einer ganzen Vogelschar. Dann waren sie ganz still, und in diese Stille hinein legte der alte Pastor seine Fiedel ab und erzählte die Geschichte.

3

«Es liegt Jahrhunderte zurück», berichtete der alte Pastor, «dass Wrolf Merryweather ein Stück Land in diesem lieblichen Tal bekam, als Belohnung für seine wagemutigen Taten, und er erbaute den Herrensitz, wo heute Sir Benjamin wohnt, und ließ sich mit seinen Gefolgsleuten, Köchen und Küchenjungen, seinem Narren und seinen Jagdmeistern, seinen Falken, Hunden und Pferden dort nieder; und er ging der Jagd und der Falknerei nach, aß und trank und amüsierte sich nach Herzenslust. Er war nämlich ein fröhlicher Mensch, ein Hüne von Wuchs mit dem mutigen Herzen eines Löwen, einem Lachen wie Löwengebrüll und Löwenhunger bei Tisch.

Doch obwohl er tapfer und froh war und gutes Essen zu schätzen wusste, war er doch keineswegs ein völlig rechtschaffener Mensch, denn er war gleichzeitig von einem Stolz und einer Habsucht, die ihn für die Nachbarschaft zu einer schweren Prüfung machten. Wenn er sich etwas in den Kopf gesetzt hatte, musste er es haben, und er hatte eine so hohe Meinung von sich selbst, dass er auch glaubte, auf alles Anspruch erheben zu können, was er begehrte.

Anfänglich umfasste sein Anwesen nicht das gesamte Tal, sondern nur das Stück Land, das heute der Moonacre-Park und das Dorf Silverydew mit den direkt umliegenden Feldern und Wäldern einnehmen. Seit den Tagen der Normannen hatte auf dem Paradiesberg das Kloster bestanden, und der Paradiesberg selbst gehörte den Mönchen. An den unteren Hängen zogen sie ihren Mais, weideten ihre Schafe am süßen Gras weiter oben und machten mit dem Verkauf der Wolle gute Geschäfte. Jene heiligen Männer waren ein Segen für das ganze Tal, denn sie hatten diese Kirche erbaut, wo einer von ihnen die Gottesdienste abhielt, unterrichteten die Kinder, pflegten die Kranken und retteten durch Gebete und ihr Beispiel so manche Seele. Die Menschen schauten gerne hinauf, wo sich die Abtei hoch gegen den Himmel abzeichnete und du heute eine Gruppe Bäume um die heilige Quelle stehen siehst, die die Mönche einst benutzten, und sie hörten gerne die Glocken dort oben klingen.

Aber Sir Wrolf wollte den Paradiesberg für sich, denn das Weideland dort war das beste im ganzen Tal, und er wollte seine Schafe dort halten. Es erschien Wrolf lächerlich, dass jene Gottesmänner, die in heiliger Armut hätten leben sollen, weltliche Güter wie Weideland und Schafe besitzen sollten. Er hielt es weder für schicklich noch für recht. Das trug er auch dem König vor, als dieser ihn in seinem neu erbauten Herrensitz besuchte. Und jener König, dem Sir Wrolf nicht weniger als dreimal das Leben gerettet hatte, stimmte mit ihm überein, sodass man den Mönchen den Paradiesberg wegnahm und sie aus dem Tal vertrieb, und Sir Wrolf hielt nun seine Schafe am Berg und verwandelte das Kloster in ein Jagdhaus.»

Der alte Pastor und die Kinder, die die Geschichte schon viele Male gehört hatten, seufzten und schüttelten traurig die Köpfe über Sir Wrolfs schreckliches Verhalten, erregten sich aber nicht allzu heftig darüber. Maria dagegen saß vor Entsetzen wie versteinert, denn Sir Wrolf war ihr Vorfahr und in Wirklichkeit nicht besser als ein gewöhnlicher Dieb.

«Der Besitz des Paradiesberges ist Sir Wrolf übel bekommen», fuhr der alte Pastor fort. «Er schlief eines Nachts im Jagdhaus, als ein heftiges Gewitter losbrach, der Blitz in das Gebäude schlug und einige der Schafe tötete. Sir Wrolf wäre fast auch getroffen worden, und das jagte ihm einen gewaltigen Schrecken ein. Er kehrte nie wieder dorthin zurück, denn er glaubte, die Mönche hätten das Unwetter zur Strafe für ihre Vertreibung geschickt, und allmählich zerfiel das Kloster zur Ruine, sodass heute nichts mehr davon übrig ist als ein paar Mauerreste und die Quelle, die seit Jahrhunderten als heilig gilt; dorthin gehen die Leute aus der Gegend immer noch, um ihre Gebete zu verrichten.

Dass Sir Wrolf dem Unwetter knapp entronnen war, kurierte ihn jedoch nicht von der Auffassung, er müsse alles haben, was er wolle. Wie du weißt, ist dieses ganze Tal von einem Bergring umgeben, der es vor der Außenwelt schützt, und es erschien Sir Wrolf nur recht und billig, dass das ganze Tal sein werden sollte mit den Bergen als Grenze seines Eigentums. Den Paradiesberg hatte er schon bekommen, doch es blieben noch die Kiefernwälder hinter dem Schloss, die direkt zum Meer hinabführen und Sir William Cocq de Noir gehörten, genannt der Schwarze William wegen des schwarzen Hahns, der sein Familienwappentier war, und wegen seiner funkelnden schwarzen Augen, seines schwarzen Haares und Bartes und seiner französischen, matten Haut.

Und wegen seines schwarzen Herzens nannten die Menschen ihn manchmal auch Cœur de Noir statt Cocq de Noir. Denn er war ein böser Mann, dieser schwarze William, grausam gegenüber wilden Tieren, herrschsüchtig gegenüber seinen Dienern, mürrisch und geizig. Sir Wrolf war bei all seinen Fehlern großzügig wie die Sonne, aber der schwarze William hielt wie die Nacht alles in seiner eigenen Finsternis, damit keiner mit ihm teilte.

Der erste Cocq de Noir war mit William dem Eroberer nach England gekommen und jener hatte ihm sein Land gegeben, sodass die Familie ihr normannisches Kastell in den Wäldern bereits lange bewohnte, ehe Sir Wrolf auf seinem Herrensitz Einzug hielt.

Doch das störte Sir Wrolf nicht im Geringsten. Er wollte in den Kiefernwäldern Wildschweine jagen, wollte das Bauholz und wollte sich das alleinige Fischereirecht in der Bucht sichern. Er bot dem Schwarzen William an, ihm sein Land abzukaufen, doch der lehnte ab. Dann appellierte er erneut an den König, aber der hielt diesmal zum Schwarzen William. Dann bedrohte er den schwarzen Sir bei jeder Gelegenheit, versuchte, die Menschen der Gegend gegen ihn aufzuwiegeln, und unternahm alles, was ihm nur in den Sinn kam, um ihm das Leben in seinem Normannenkastell zu vergällen; aber der Schwarze William war ein beherzter Mann und beantwortete Bedrohung mit Bedrohung und Kränkung mit Kränkung, bis schließlich das ganze Tal unter dem Konflikt brodelte, da die Anhänger der beiden Ritter für die Sache ihrer Herren eintraten und einander bekämpften, wann immer sie sich begegneten. Die Männer jener Zeit waren hitzköpfige Kerle, und der Sinn ihres Lebens bestand im Kämpfen. Und je mehr sie kämpften, um so mehr zerstörten sie, bis dieses liebliche Tal nur noch ein Schlachtfeld war, seine grünen Wiesen blutgetränkt, die Äcker vernachlässigt und die Gärten von Unkraut überwuchert waren.

Doch wenn Sir Wrolf auch seinen Spaß an den Kämpfen hatte, seinem Herzenswunsch, das Land des Schwarzen William zu erobern, brachten sie ihn nicht näher. Da Gewalt sinnlos war, beschloss er, es mit Arglist zu versuchen. Der Schwarze William war ein Witwer in den Fünfzigern und hatte nur ein Kind: eine junge, schöne Tochter, die seine Erbin werden würde. Sir Wrolf war, obgleich ungefähr vierzig, unverheiratet, hatte er doch eine sehr schlechte Meinung vom weiblichen Geschlecht. Er war kein Frauenheld und hatte sich geschworen, unverheiratet zu leben und zu sterben. Doch nun kam ihm der Gedanke, dass er sich durch eine Heirat mit des Schwarzen Williams Tochter nach dessen Tod den Kiefernwald aneignen könnte. Wenn Sir William auch noch nicht alt war, so war seine Gesundheit doch angegriffen, während Sir Wrolf noch niemals gekränkelt hatte.

Also tat Sir Wrolf sich Gewalt an und veränderte allmählich – denn jedes schnelle Umschwenken hätte Misstrauen erregt – sein Wesen. Er trug eine erstaunliche Freundlichkeit zur Schau. Er richtete die Kirche her, die seit der Vertreibung der Mönche sträflich vernachlässigt worden war, baute die Pfarrei, in der ich nun wohne, und brachte dort einen Priester unter, der die Messe lesen und sich um die ebenfalls vernachlässigten Seelen der Bewohner von Silverydew kümmern sollte. Er ging sogar selbst zur Kirche und sagte so laut Amen, dass die Dachsparren bebten. Er kümmerte sich um seine brachliegenden Felder, jätete seine überwucherten Gärten und bestrafte strengstens jeden seiner Anhänger, der sich gegenüber einem der ehemaligen Gegner gewalttätig zeigte.

Nachdem schließlich eine angemessene Zeit verstrichen war, ritt er eines schönen Herbsttages, als die Blätter auf die Straße

… bis dieses liebliche Tal nur mehr ein Schlachtfeld war.

niederregneten, alleine zu dem Schloss im Kiefernwald und trug Sir William seine Entschuldigung vor; und Sir William, der Auseinandersetzungen der vergangenen zwei Jahre müde, nahm seine Entschuldigung an, und Frieden kehrte wieder in das liebliche Tal ein. An Weihnachten richtete Sir Wrolf ein großes Fest aus, lud Sir William mit seiner Tochter dazu ein und behandelte sie, als sei sie die Königin der ganzen Welt. Im Frühling warb er rasch und leidenschaftlich um sie, und als aus dem Frühling Sommer wurde, hatte er ihr Herz erobert, und sie wurden zur Mittsommerwende getraut.

Die Tochter von Sir William war ein wunderschönes Mädchen, zierlich wie ein Feenkind und schlank wie eine Mondsichel; sie war nicht dunkelhäutig wie ihr Vater, sondern ganz hell mit silberblondem Haar und silbergrauen Augen und einer Haut wie Milch und Honig. Ja, sie war so silberhaarig und von so königlichem Aussehen, dass sie im ganzen Tal Mondprinzessin genannt wurde. Sir Wrolf hatte ursprünglich nicht aus Liebe um sie geworben, aber ihre Schönheit war so groß, dass er bis zu ihrem Hochzeitstag so verliebt in sie war, wie ein Mensch es nur sein kann, und sie ebenso in ihn.

Er richtete das Schloss so prachtvoll wie möglich her, hängte kostbare Teppiche an die Wände und polsterte die Stühle mit seidenen Kissen. Und in der Spitze eines der beiden Türme richtete er ein reizendes kleines Boudoir für sie ein, von dessen Fenster man das Reich von Moonacre nach Norden, Süden und Westen überschauen konnte. Er ließ die Mondsichel in die Steindecke meißeln mit Sternen rundherum wie Höflinge um ihre Königin, und er machte die Tür des Zimmers so klein, dass nur jemand von feenhaft zierlicher Gestalt es betreten konnte; denn sie war nicht von so geselliger Natur wie er, und er wusste, dass sie diese sichere Privatsphäre schätzen würde.

Sir Wrolfs Hochzeitsgeschenk für die Mondprinzessin war ein wunderhübsches, kleines schneeweißes Pferd, eine kleine, ungestüme Stute, die er eine Woche vor seiner Hochzeit in einem Schlehdorn am Paradiesberg gefunden hatte. Es heißt im Tal, jeden Morgen bei Dämmerung preschten weiße Pferde vom Meer in freudigem, wildem Galopp landeinwärts, und keiner könne sie sehen, weil sie so schnell wieder fort seien, und der Sage nach war dieses kleine weiße Pferd eines von ihnen. Es konnte nicht mit den anderen zum Meer zurück, weil es sich in den Dornen verfangen hatte. Es war ein hübsches Pferd, unterschied sich aber von den übrigen Seepferden durch ein Horn, das aus seiner Stirn ragte; dieses Horn hatte sich in dem Gestrüpp verfangen und war sein Verderben. Ich kann den Wahrheitsgehalt dieser Schilderung freilich nicht verbürgen ... Ich weiß allerdings, dass unsere Dorfbewohner bis heute glauben, dass Zwerge den Schlehdorn am Paradiesberg bevölkern, und sie pilgern an Fest- und Feiertagen dorthin, um drei Wünsche auszusprechen.

Das Hochzeitsgeschenk der Mondprinzessin an Sir Wrolf war ein großer, in einen Ring gefasster Rubin und ein riesiges gelbbraunes Tier, eine Art Hund, den sie bereits als Welpen bekommen hatte. Sie konnte ihm keine Mitgift mitbringen, da Sir William ein armer Mann war, aber sie brachte eine wunderschöne Kette aus mondschimmernden Perlen, die einst ihrer Mutter gehört hatte.

Zur Zeit seiner Hochzeit nahm Sir Wrolf die beiden Tiere, den Hund und das Pferd, in sein Familienwappen auf und suchte den Familienleitspruch aus: *«Eine tapfere Seele und ein reiner Sinn werden vereint mit einem fröhlichen, liebenden Herzen das Königreich erben.»*

An dieser Stelle machte der Pastor eine so lange Pause, dass Maria sich fragte, ob die Geschichte zu Ende sei. Aber das war sie nicht. Er seufzte schwer und traurig und fuhr dann fort.

«Ich hätte an dieser Stelle gerne aufgehört», sagte er. «Ich wünschte, dass diese Geschichte wie alle guten Geschichten mit dem Satz schlösse: ‹und sie lebten glücklich und zufrieden …›. Aber so war es nicht, und ich muss sie so erzählen, wie sie über die Generationen hinweg überliefert ist … Nun, Kinder, anfänglich ging alles gut mit Sir Wrolf und der Mondprinzessin, denn sie blieben heftig verliebt ineinander, waren wohlhabend und gesund, wohingegen es dem Schwarzen William immer schlechter ging, und Sir Wrolf sah sich in guter Position, den Kiefernwald und die Fischereirechte in der Bucht zu erlangen. Zu ihrem Glück fehlte ihnen nur eines: ein Kind; aber Sir Wrolf hatte dem Leben schon so vieles, was er gewollt hatte, abgetrotzt. Er zweifelte nicht daran, dass er auch zu gegebener Zeit einen Sohn bekommen würde. Doch dann heiratete ganz plötzlich Sir William; keine vornehme Dame, sondern eine Bauerntochter von jenseits der Berge, und sie schenkte ihm einen kräftigen, dunkelhäutigen, dunkelhaarigen Sohn; nun war der Kelch von Sir Wrolfs Verbitterung randvoll.

Damit begann die Entfremdung zwischen Sir Wrolf und seiner Frau. Die Mondprinzessin mit ihrem aufrichtigen, reinen Wesen hatte bislang die abgrundtiefe Arglist ihres Mannes noch nicht durchschaut. Sie hatte seine Abkehr von seinem schlechten Leben für ehrlich gehalten und geglaubt, dass er nur aus Liebe um sie gefreit hätte. Als er nun gegen ihren Vater und dessen Sohn wütete und in seinem Zorn unbewusst all seine Jahre zurückliegenden Gedanken enthüllte, begriff sie die Wahrheit, und ihr Stolz – sie besaß großen Stolz – war aufs Tiefste verletzt. Sie wollte ihm nicht glauben, als er ihr versicherte, sie inzwischen aufrichtig zu lieben, und hielt seine aufrichtigen Liebesbeteuerungen rundweg für Lügen, und ihre Liebe zu ihm verwandelte sich allmählich in Hass.

Dann gebar sie ebenfalls ein Kind, den lang ersehnten Sohn. Doch es war zu spät, als dass die Eheleute wieder hätten zusammenfinden können. Das Kind glich seinem Vater, der die Gemahlin getäuscht hatte, und so konnte die Mutter den Sohn nicht lieben. Sie überließ ihn den Kinderfrauen und seinem in ihn vernarrten Vater und verbrachte den größten Teil ihrer Zeit abgeschlossen in ihrem Turmzimmer oder bei der Arbeit im Schlossgarten. Es heißt, sie hätte jene Eiben gepflanzt und sie nach der Form schwarzer Ritter und schwarzer Hähne geschnitten, nur um ihren Ehemann zu ärgern.

Dann wurde ihr der Garten ebenso verhasst wie das Haus, und sie brachte immer mehr Zeit damit zu, mit ihrem herrlichen kleinen schneeweißen Pferd über die Lichtungen des Parks, über den Paradiesberg und über die Heide ans Meer zu reiten. Besonders gern ritt sie auf den Paradiesberg und saß manchmal stundenlang am Mönchsbrunnen und neben dem Schlehdorn, wo das kleine weiße Pferd gefunden worden war, und es schien, als fänden sie und ihr kleines Pferd dort ein wenig Ruhe und Frieden. Doch sie führte ein Leben in Einsamkeit und Kummer, denn ihr Stolz trennte sie nicht nur von ihrem Mann und ihrem Kind, sondern er trennte sie auch von ihrem Vater, ihrer Stiefmutter, deren Kind und dem Schloss im Kiefernwald. Ihre Stiefmutter war nur eine Bauerntochter, mit der sie nichts zu tun haben wollte. Und obwohl sie ihren Mann hasste, empfand sie ihm gegenüber doch eine gewisse Loyalität, sodass sie sich nun nicht mit seinen Feinden einlassen wollte.

Inzwischen war nämlich die alte Fehde wieder ausgebrochen, und Sir Wrolf und der schwarze Sir William standen sich wieder als Feinde gegenüber. Ihre Anhänger bekriegten sich bei jeder Gelegenheit, und die ganze Gegend ächzte unter der Last ihres Zorns. Dann geschahen in rascher Folge zwei schreckliche Dinge. Plötzlich verschwand Sir William, und da keine Spur von ihm gefunden wurde, wähnte man ihn schließlich tot. Und nur zwei Monate später hörte Sir Wrolf, man hätte das kleine dunkelhaarige Baby tot in der Wiege gefunden, und die Mutter hätte sich, überwältigt von ihrem Schmerz, mit dem Leichnam ihres Sohnes zu ihren Leuten hinter den Bergen zurückgezogen. Damit war nun der Kiefernwald, der zum Meer hinabreichte, Eigentum von Sir Wrolf, und er hatte sich durch seine Frau, die Mondprinzessin, seinen Herzenswunsch erfüllen können.

Doch es sollte ihm nicht zum Nutzen gereichen. Zwar gab es keinerlei Beweise, dass Sir Wrolf etwas mit dem Verschwinden von Sir William zu tun gehabt hätte oder dass das Baby an etwas anderem als einer üblichen Kinderkrankheit gestorben wäre, doch die Mondprinzessin, deren Sinne von Einsamkeit und verletztem Stolz umnachtet wurden, war überzeugt, dass ihr Mann für beide Todesfälle verantwortlich war. Sie glaubte, er sei nicht besser als ein Mörder, und konnte es nicht länger ertragen, mit ihm unter einem Dach zu leben. In einer kühlen, sternenreichen Nacht, als alle im Hause nach der Abendmahlzeit zechten, legte sie ihre Reitkleidung an, nahm nichts weiter mit als ihre Perlenkette, stahl sich in den Stallhof hinab, sattelte ihr kleines weißes Pferd, ritt davon in den Park und wurde nie mehr gesehen.

Wieder trat eine lange Pause ein, und Maria stellte fest, dass ihr Herz sehr schnell schlug.

«Hat niemals jemand erfahren, was aus ihr geworden ist?», fragte sie.

«Nein», antwortete der alte Pastor. «Keiner hat jemals

gehört, was ihr und dem kleinen weißen Pferd widerfahren ist.»

«Und was wurde aus Sir Wrolf?», erkundigte sich Maria.

«Es brach ihm das Herz, und er hörte niemals auf, um die kleine Mondprinzessin zu trauern», sagte der alte Pastor. «Es verging kaum ein Tag, an dem er nicht auf der Suche nach ihr mit seinem großen kastanienbraunen Pferd und seinem gelbbraunen Hund durch Park, Wälder und Felder rund um den Paradiesberg ritt. Doch er fand sie nie wieder. Und zehn Jahre, nachdem sie ihn verlassen hatte, starb er als verbitterter, unglücklicher Mann, der wenig Freude daran hatte, seinem Sohn John und dessen Nachkommen das ganze liebliche Tal von einer Bergkette bis zur anderen als Erbe zu hinterlassen.»

«Und was wurde aus dem großen gelbbraunen Hund?», wollte Maria wissen.

«So lange Sir Wrolf lebte, blieb er dem Herrn treu, dem er geschenkt worden war», sagte der alte Pastor. «Doch als Sir Wrolf starb, kehrte er in die Kiefernwälder zurück, woher er ursprünglich gekommen war; und auch er wurde nie wieder gesehen.»

«Aber die Schwarzen Männer?», erkundigte sich Maria. «Von ihnen haben Sie noch kein Wort erzählt. Das kann doch nicht die ganze Geschichte sein.»

«Es ist Zeit, dass die Kinder zum Frühstück nach Hause gehen», sagte der alte Pastor. «Und Zeit, dass du und ich das unsere in der Pfarrei zu uns nehmen.»

Maria verstand. Der Teil der Geschichte, den der alte Pastor bislang erzählt hatte, war allgemein bekannt, doch es gab noch mehr, was Privatsache der Merryweathers war, und das würde er ihr nur unter vier Augen erzählen. Sie stand auf, strich ihr dunkelblaues Kleid glatt und verabschiedete sich lächelnd von den Kindern, die nun mit Robin zum Frühstück abzogen. Sie war traurig, Robin gehen zu sehen. Sie hatte gehofft, er würde mit ihnen zur Pfarrei zum Frühstück kommen. Aber das tat er nicht. Er schenkte ihr ein strahlendes Lächeln, warf ihr das kleine Bündchen Schlüsselblumen zu, das er an seinem Wams trug, und ging mit den anderen davon.

Loveday Minette

I

Maria und der alte Pfarrer traten hinaus auf den Kirchhof, bogen rechts in einen Weg und gelangten auf diese Weise an ein kleines Tor, das in einen kleinen, reizenden, üppig grünenden Garten führte, wo sich Johannisbeersträucher, Rosenhecken und rechteckige Beete mit Frühlingsblumen duftend bis zur Tür des Pfarrhauses erstreckten.

Die kleine, graue, gedrungene Pfarrei war so alt, dass sie eher wie eine freiliegende Gesteinsschicht als wie ein Haus wirkte. Sie war von wildem Wein, Klematis, Rosen und Geißblatt überwuchert, zwischen denen die blitzenden kleinen

Fensterscheiben und die alte Eichentür schüchtern hindurchschimmerten. Der alte Pastor öffnete die Tür, und sie standen im Wohnzimmer des Pfarrhauses, einem so reizenden Raum, dass Marias Augen vor Entzücken kugelrund wurden.

Es war ein großes Zimmer, das bis auf die kleine angrenzende Küche das gesamte untere Stockwerk einnahm. An einem Ende befand sich ein breiter Steinkamin, in dem ein helles Holzfeuer brannte, und neben dem Kamin führte eine faszinierende kleine Wendeltreppe zu den Schlafzimmern unter dem Dach. Der Boden war mit glatten Steinplatten gefliest und schneeweiß gescheuert. An den Wänden entlang zogen sich hölzerne Regale voller Bücher. Vor den Fenstern, deren Scheiben geputzt und poliert worden waren, dass sie wie Kristall glänzten, hingen rot-weiß karierte Gardinen. Die Wände waren sehr dick, und in jeder tiefen Fensternische stand ein Topf mit lachsroten Geranien.

In der Mitte des Zimmers stand ein Eichentisch mit einer weißen Tischdecke und rot-weißem Frühstücksgeschirr, und neben dem Feuer standen eine Sitzbank und zwei harte Eichenstühle, darüber hinaus gab es keine Möbelstücke, Bilder oder weiteren Schmuck. Doch der Raum benötigte das auch gar nicht dank der Bücher, die Behaglichkeit ausstrahlten und den Raum ebenso zu schmücken schienen wie seine makellose Sauberkeit und Ordnung. Maria zweifelte nicht daran, dass es der alte Pastor war, der den Büchern durch häufigen Gebrauch Leben eingegeben hatte, doch sie konnte nicht glauben, dass die Sauberkeit allein das Werk eines Mannes war.

«Leben Sie hier alleine, Sir?», fragte sie.

«Ich lebe alleine», sagte der alte Pastor. «Aber ich habe eine Haushälterin, die jeden Morgen für ungefähr eine Stunde zum Putzen und Kochen kommt. Sie heißt Loveday Minette.»

Dann schaute der alte Pastor aus dem Fenster und seufzte

leise. «Manchmal wünsche ich, ich würde nicht alleine leben. Selbst in der Gesellschaft meiner Violine sind die schneereichen Winterabende sehr lang. Nun leg dein Hütchen und deinen Mantel ab, meine Liebe, dann wird Loveday uns das Frühstück bringen.»

Maria hatte gerade die Bänder ihres Hütchens gelöst, als die Tür zur Küche aufging und eine Frau ein Tablett mit gekochten braunen Eiern, Kaffee, Milch, Honig, Butter und knusprigem, selbst gebackenem Brot hereintrug.

Doch dieses eine Mal beachtete Maria das Essen gar nicht, sondern blieb mit an den Hutbändern erstarrten Händen stehen und schaute Loveday Minette an wie jemand, für den ein Traum wahr wird und der sich fragt, ob er nun träumt oder wacht. Denn wenn die mutterlose Maria sich in einsamen Augenblicken eine Mutter vorgestellt hatte, so war diese genau wie Loveday Minette.

Sie war schlank und geschmeidig wie eine Weidengerte, zierlich wie eine Fee und mit leicht rosig angehauchter milchweißer Haut. Ihr glattes, glänzendes Haar war von fahlem Goldblond, lag wie eine Krone als großer Zopf um ihren Kopf und verlieh ihr so das königliche Aussehen, das zu ihrer aufrechten Haltung passte. Ihre Augen waren grau und ihr Blick so offen wie Marias, die lieblich lächelnden Lippen waren zart geformt, aber zugleich kräftig, und die klar geschnittene Linie ihres Kinns drückte eine Spur Eigensinn aus. Durch ihre große Schönheit wirkte sie auf den ersten Blick jung, was erst ein zweiter Blick widerlegte. Ihr blassgoldenes Haar wies graue Strähnen auf, um ihre Augen zog sich ein zartes Faltengeflecht, und ihre Hände waren bei all ihrer schönen Form hart von den Mühen vieler Jahre. Sie trug ein graues Leinenkleid mit einem kleinen Muster von rosafarbenen Rosen, ein vor der Brust gefaltetes schlichtes weißes Halstuch und eine weiße

Schürze. Sie stellte das Essen auf den Tisch, lächelte Maria zu, als kenne sie sie schon immer, kam dann auf sie zu, löste ihre Bänder, nahm ihr das Hütchen vom Kopf und richtete ihr mit ein paar geschickten Griffen das Haar. Dann strich sie mit dem Zeigefinger über Marias Wange, lächelte wieder, legte Hut und Mantel auf die Bank und ging hinaus.

In der Zwischenzeit hatte der alte Pastor die beiden Stühle zum Tisch getragen, blieb stehen und hielt Marias Stuhl feierlich fest. Sie fühlte sich wie eine Königin, als sie Platz nahm und er ihr den Stuhl zurechtschob, sich dann gegenübersetzte und sie mit Eiern und Kaffee bewirtete.

Eine kleine Weile aß Maria schweigend; zum einen, weil es so gut schmeckte, zum anderen, weil die liebevolle Vertraulichkeit von Loveday Minette ihr die Sprache verschlagen hatte. Als sie dann schließlich das Wort an den alten Pastor richtete, sprach sie nicht über Loveday, denn die erschien ihr zu kostbar, zu sehr ihr persönliches Eigentum, um darüber zu reden, sondern von der Geschichte, die der alte Pastor ihnen in der Kirche erzählt hatte.

«Sie haben die Geschichte nicht zu Ende erzählt», sagte sie zu ihm. «Es gibt noch ein Stück, ein geheimes Stück, das sie den anderen Kindern nicht erzählen wollten.»

«Das stimmt», bestätigte der alte Pastor. «Sir Benjamin tat mir die Ehre an, mir kurz nach meiner Ankunft hier den geheimen Teil zu berichten. Wir sind stets Freunde gewesen. Ich habe große Achtung vor Sir Benjamin und er vor mir. Er kann meine offene Sprache akzeptieren; und ich bin, glaube ich, das einzige Lebewesen, dem er jene eigentümliche Mischung aus Legende und Fakten berichtet hat, die ich dir nun erzählen werde. Die alten Leute im Dorf kennen die Geschichte, aber mit ihnen unterhält er sich nicht darüber.»

Der alte Pastor rührte ein, zwei Augenblicke lang schweigend in seinem Kaffee und begann dann die Geschichte mit einer eigentümlichen Distanziertheit zu erzählen, als handelte es sich lediglich um ein Märchen aus einem Buch. Er machte das absichtlich, dachte Maria später, damit die Geschichte sie nicht zu sehr erschreckte.

2

«Nichts ist jemals aus und vorbei auf dieser Welt», hob der alte Pastor an. «Man könnte meinen, mit einem Saatkorn wäre es aus und vorbei, wenn es wie tot in die Erde fällt, doch wenn es im folgenden Frühling Blätter und Blüten treibt, erkennt man seinen Irrtum. Als nun Sir Wrolf erfuhr, dass Sir Williams Kind gestorben und dessen Frau wieder zu ihrer Familie gegangen war, dachte er zweifellos, die Merryweathers hätten damit das letzte Mitglied jener Familie erlebt. Sein Sohn John, der sich an seine Mutter nicht einmal erinnern konnte, hielt die Mondprinzessin und ihr kleines weißes Pferd jedoch für auf ewig verloren. Und sicherlich dachte er auch nicht daran, dass die ursprüngliche Täuschung seines Vaters gegenüber seiner Mutter eine Sünde gewesen war, die sich noch auf nachfolgende Generationen auswirken sollte.

Und doch waren alle Versuche, jene Eiben in andere Formen als in Ritter und Hähne zu schneiden, zum Scheitern verurteilt. Und auch heute noch leben die Schwarzen Männer im Kiefernwald. Und einmal in jeder Generation kehrt die Mondprinzessin zum Schloss zurück; für kurze Zeit herrscht dann große Freude, denn die Sonnen- und die Mond-Merryweathers haben sich stets gut vertragen; dann aber, wie zur

Strafe für die ursprüngliche Verfehlung, kommt es zu einem Streit, und die Mondprinzessin geht wieder fort.»

«Muss sie denn immer wieder fort?», flüsterte Maria bekümmert. Sie war, so vermutete sie, die Mondprinzessin dieser Generation. Und sie wollte nicht wieder fortgehen.

«Jedenfalls ist sie bisher immer wieder fortgegangen», erklärte der alte Pastor. «Nicht unbedingt ganz fort aus dem Tal, aber zumindest vom Herrensitz. Dennoch schwören die alten Leute im Dorf darauf, dass eines Tages eine Mondprinzessin kommen wird, die den Mut besitzt, das Tal von der Boshaftigkeit der Schwarzen Männer zu befreien. Aber wie die Prinzessinnen in den schönsten Märchen wird sie ihren Stolz bezwingen und nicht einen Prinzen, sondern einen armen Mann, einen Schafhirten, einen Ackerbauern oder sonst einen Burschen vom Land lieben müssen, um dadurch die Erlösung zu bewirken, und das hat bislang noch keine Mondprinzessin getan, denn sie sind ausnahmslos stolz und unwillig, von jemandem Hilfe anzunehmen.» Der alte Pastor seufzte und schenkte sich eine Tasse Kaffee ein. «Und so geht es immer fort, und die Schlechtigkeit der Schwarzen Männer nimmt kein Ende für uns.»

«Wer sind sie denn eigentlich?», fragte Maria. «Wenn der einzige Sohn des Schwarzen William starb, können sie doch nicht seine Nachfahren sein.»

«Zwar hörte Sir Wrolf, das Kind sei gestorben», berichtigte der alte Pastor sie, «aber es gab niemanden, der das tote Kind tatsächlich gesehen hatte. Manche Leute sagen, seine Mutter habe aus Angst, Sir Wrolf könne dem Kind etwas zuleide tun, gesagt, es sei tot, um dann mit ihm zu ihrer Familie zu fliehen. Wie dem auch sei, jedenfalls hörte man fünfzig Jahre später wieder den Hahn in den Wäldern krähen, und es stellte sich heraus, dass vier Schwarze Männer, die die Söhne jenes Kindes hätten sein können, über die Berge gekommen waren und sich im Schloss niedergelassen hatten.

Und seither leben dort ihre Nachfahren als Fluch für die ganze Umgegend. Die Merryweathers mögen sagen, ihnen gehöre jener Kiefernwald bis hinunter zum Meer und ebenso die Merryweather Bay, aber ihnen gehört dieses Stückchen Land ebenso wenig wie die Stadt London. Es gehört den Schwarzen Männern. In der Vergangenheit hat es Merryweathers gegeben, die versuchten, sie mit Gewalt oder Arglist zu verjagen, aber sie ließen sich stets nur für eine kleine Weile vertreiben, dann kehrten sie zurück. Klugerweise unternimmt dein Onkel einen solchen Versuch erst gar nicht. Er duldet sie und tut sein Bestes, die Tiere vor ihrer Grausamkeit zu schützen und an seinen Leuten wieder gutzumachen, was sie durch sie erleiden, und … wartet.»

«Auf die Mondprinzessin?», wisperte Maria.

Der alte Pastor lächelte. «Ich weiß es nicht», sagte er. «Vielleicht betrachtet Sir Benjamin die alte Weissagung nur als ein Märchen.»

«Glauben Sie denn daran?», fragte Maria.

«Jedes Märchen hat einen wahren Kern», erklärte der alte Pastor. «Ich halte es für wahrscheinlich, dass nur eine Mondprinzessin es mit der Boshaftigkeit der Schwarzen Männer aufnehmen kann, denn Tatsache ist, dass nur der Mond die nächtliche Finsternis zu vertreiben vermag. Und vermutlich wird es ihr auch nur gelingen, wenn sie sich erniedrigt, einen armen Mann zu lieben, weil es Tatsache ist, dass auf dieser Welt nichts, was der Sache wert wäre, ohne Liebe und Demut erreicht werden kann. Und so sehr es stimmt, dass die Sonnen- und Mond-Merryweathers gut zusammenpassen, endete ihre Vereinigung doch bisher immer mit einem Streit – nun ja, Sir Wrolf war ein Sünder, und Tatsache ist, dass die Sünden der

Väter auf ihre Kinder zurückfallen, sofern die Kinder nicht die Taten ihrer Väter wieder gutmachen.

«Glauben Sie, Sir Wrolf hat den Schwarzen William ermordet?», fragte Maria.

«Das glaube ich nicht», erklärte der alte Pastor entschieden. «Dieses Verbrechen hätte er nicht auf sich geladen. Die Merryweathers sind keine Mörder.»

«Was, glauben Sie, ist dem Schwarzen William denn widerfahren?», fragte Maria.

«Ich habe keine Ahnung», meinte der alte Pastor. «Vielleicht war er plötzlich alles leid und zog sich in die Einsiedelei zurück, um in der Abgeschiedenheit über seine Missetaten nachzudenken. Böse Menschen leiden häufig an Erschöpfung, denn Bosheit ist etwas sehr Anstrengendes.»

«Oder aber», sagte Maria, «er bestieg einfach ein Schiff und segelte davon in den Sonnenuntergang, um nie mehr gesehen zu werden. Ach, ich bin froh, dass Sir Wrolf kein Mörder war!»

«Zwar kein Mörder, aber doch ein habgieriger Dieb, ein Betrüger und somit ein großer Sünder», erklärte der alte Pastor streng. «Du hast keinen Grund, dich zu deinem Vorfahren zu beglückwünschen.»

«Ich glaube, man müsste Gott den Paradiesberg zurückgeben», sagte Maria. «Die Merryweathers haben keinen Anspruch darauf. Es wird weiter Zerwürfnisse zwischen den Sonnen- und den Mond-Merryweathers geben, so lange sie noch Diebe sind.»

«Maria», meinte der alte Pastor anerkennend, «du bist für deine bislang nicht sehr rühmliche Familie ein Ruhmesblatt.»

«Ich frage mich», überlegte Maria, «ob Wrolf ein Nachfahre von Sir Wrolfs gelbbraunem Hund ist, der damals nach dessen Tod in die Wälder zurückging.»

«Möglicherweise», sagte der alte Pastor. «Es heißt, etwa ein Jahr vor der Zeit, da eine neue Mondprinzessin nach Moonacre kommen soll, taucht am Weihnachtsabend ein gelbbrauner Hund aus dem Wald auf und lässt sich im Schloss nieder. Und wenn dann die Prinzessin kommt, steht sie unter seinem besonderen Schutz.»

Maria machte große Augen. «Sir Benjamin hat mir erzählt, Wrolf wäre vor einem Jahr aus dem Kiefernwald gekommen.»

«Ja», sagte der alte Pastor.

Marias Augen wurden noch größer. «Vielleicht ist Wrolf gar kein Abkömmling des ersten Hundes, sondern der erste Hund selbst.»

«Hunde leben gewöhnlich nicht Hunderte von Jahren», wandte der alte Pastor ein.

«Aber Wrolf ist auch kein gewöhnlicher Hund, oder?», meinte Maria.

«Nein», stimmte der alte Pastor zu, «das ist er gewiss nicht.»

3

Sie hatten nun zu Ende gefrühstückt, und der alte Pastor öffnete einen Schrank neben dem Kamin, holte seine Fiedel heraus und setzte sich wieder, um einen neuen Satz Saiten aufzuziehen. Maria fühlte sich in diesem Zimmer überhaupt nicht wie eine Fremde, sondern vielmehr ganz zu Hause; und wie zu Hause trat sie an die Bücherregale und begann, in den Büchern zu stöbern.

«Leih dir aus, was du magst», meinte der alte Pastor. «Meine

Bücher stehen, ebenso wie ich, meinen Freunden stets zur Verfügung.»

«Aber sie sind fast alle in fremden Sprachen», wandte Maria ein.

«Wenn du ein englisches Buch möchtest, steht ein Gedichtband am anderen Ende des Regals ... Obgleich für mich die französische Sprache die schönste und beste ist.»

Seine leicht fremde Intonation schien sich beim Sprechen zu verstärken, sodass Maria sich umdrehte und ihn anschaute. «Entschuldigen Sie, Sir», fragte sie schüchtern, «sind Sie Franzose?»

«Das bin ich», erklärte der alte Pastor, schob sich die Fiedel unters Kinn und begann ganz leise die Melodie zu spielen, die Maria auf dem Cembalo gespielt hatte, ehe sie zu ihm in den Rosengarten hinausgeklettert war. «Wer hat sie dir beigebracht?», fragte er sie.

«Niemand», gab Maria zu. «Sie kam beim ersten Mal, als ich das Cembalo aufschlug, aus dem Instrument.»

«Das dachte ich mir schon», sagte der alte Pastor mehr zu sich selbst. «Das muss sie als Letztes gespielt haben, ehe sie das Cembalo zuklappte. Ja, ich erinnere mich, dass sie es in jener Nacht spielte. Es war ihr letzter Abend auf dem Herrensitz. Das liegt jetzt zwanzig Jahre zurück.»

Dann ließ er die sanfte Melodie, die er gespielt hatte, in einen fröhlichen Bauerntanz übergehen, sodass Maria keine Gelegenheit hatte, Fragen zu stellen, obgleich ihr hunderte auf der Zunge brannten. Sie schluckte sie hinunter und nahm das Buch vom Regal, auf das der alte Pastor sie hingewiesen hatte. Es hatte einen heliotropfarbenen Umschlag und war so klein, dass sie es leicht in ihre Tasche schieben konnte. Doch ehe sie es dort verstaute, spähte sie hinein und sah auf dem Deckblatt in einer Schrift, die ihr wohlvertraut war, einen Namen geschrieben, der ihr ebenfalls wohlvertraut war.

Der Name lautete Louis de Fontenelle und die Handschrift war die ihrer Gouvernante Miss Heliotrope … Das Zimmer begann sich um Maria zu drehen … Dann hörte es wieder auf, und sie blieb ganz still stehen, hielt das Buch in ihrer Tasche fest und fragte sich, was sie tun sollte. Noch nichts, dachte sie. Einfach warten.

Der Pastor war nun aufgestanden, und der Tanz war in eine leichte, schwungvolle Melodie übergegangen wie eine dahinziehende Schar weißer Vögel. Sie machte einen Knicks, den er nicht sah, zog sich Hut und Mantel an, hob den Türriegel und ging rasch hinaus in den kleinen, süß duftenden, wilden Garten.

4

Doch an dem hölzernen Törchen hielt sie inne und wartete. Sie musste nicht lange warten, denn schon kam Loveday Minette mit einem grauen Schal um die Schultern, das schöne Haupt unverhüllt, um die Ecke des Pfarrhauses.

«Ich wusste, dass du auf mich warten würdest», sagte sie mit ihrer tiefen, wohlklingenden Stimme. «Wollen wir zusammen zu mir nach Hause gehen? Es wäre für dich kein großer Umweg.»

«Danke», sagte Maria artig, und als Loveday ihr eine Hand hinstreckte, ergriff sie sie schüchtern, wie sie die Hand einer Königin ergriffen hätte. Denn wenn Lovedays Hände auch abgearbeitet waren und sie beim alten Pastor als Dienstbotin

Maria und Loveday Minette am Tor des Pfarrhauses.

arbeitete, hatte sie doch tatsächlich das Gehabe einer sehr vornehmen Dame an sich, und als solche erkannte Maria sie an.

«Ich heiße auch Maria», sagte sie, als sie gemeinsam über den Kirchhof gingen, «doch als kleines Mädchen nannten sie mich Minette, weil ich so zierlich war, und der Name ist an mir hängen geblieben, weil ich immer noch zierlich bin.»

«Die Mutter meines Vaters hieß auch Loveday», erklärte Maria.

«Loveday und Maria sind beides Merryweathernamen», berichtete Loveday Minette. «Merryweatherfrauen werden Maria oder Mary getauft, weil die Kirche der heiligen Maria geweiht ist. Und Loveday – nun ja, Mondmenschen lieben den Tag und die strahlende Sonne.»

Hand in Hand gingen sie die Dorfstraße hinunter, bogen durch das baufällige Tor in den Park und dann rechts ab auf einen schmalen Fußweg.

Zu ihrer Linken wuchsen Bäume so dicht wie ein Wald, aber zu ihrer Rechten erstreckte sich ein grüner Abhang, wo graues Granitgestein aus dem Rasen brach und wie eine Mauer neben ihnen in die Höhe ragte.

«Das ist einer der Ausläufer des Paradiesberges», sagte Loveday, als sie weitergingen. «Aber er ist zu steil, um ihn ganz hochzuklettern. Am besten nimmt man den Weg, der durchs Dorf führt.» Dann blieb sie stehen und legte die Hand auf einen grauen Stein, der aus der steilen Bergwand neben ihr hervorragte. «Möchtest du ein bisschen hereinkommen?», fragte sie. «Ich würde dir gerne mein Zuhause zeigen.»

«Danke», antwortete Maria, schaute sich aber verblüfft um, denn sie konnte nirgendwo Anzeichen eines Hauses erkennen.

«Hier entlang», sagte Loveday, trat um den Fels und verschwand. Verwunderter als jemals zuvor bog auch Maria um den Fels, und dahinter, fast verdeckt von einer Eberesche, die vom Hang weiter oben herunterwuchs, führte eine Tür in den Berg. Loveday stand darin, hielt sie einladend auf und lächelte, als wäre es eine völlig normale Tür zu einem völlig normalen Haus. «Komm herein», sagte sie. «Das ist der Hintereingang. Ich fürchte, es ist im Gang ein wenig dunkel. Gib mir die Hand, dann werde ich die Tür schließen.»

Sobald die Tür zu war, herrschte tiefste Finsternis, aber Maria, deren Hand fest in Lovedays warmem Griff lag, hatte keine Angst. Sie gingen zusammen einen schmalen Tunnel hinab, dann hob Loveday einen Riegel an, öffnete eine Tür und angenehmes grünes Licht, wie es nach Marias Vorstellung die Welt unter Wasser beleuchten musste, flutete ihnen entgegen.

«Das ist mein Wohnzimmer», sagte Loveday.

Es war eine große Höhle, die jedoch Fenster hatte wie ein gewöhnliches Zimmer. Zwei befanden sich in der Ost- und eines in der Westwand: tief ins Gestein eingelassene Kristallfenster. Von draußen waren sie von grünen Vorhängen aus Farnen und Ranken überwuchert, sodass nach Marias Vermutung kein Vorüberkommender sie hier hätte entdecken können. Die Tür, durch die sie hereingekommen waren, lag in der Nordwand, und daneben führte eine Steintreppe, die so steil und schmal war, dass sie eher einer Leiter glich, an der Wand hinauf in ein höher gelegenes Zimmer.

In der Südwand befand sich eine weitere Tür, neben der eine Glocke herunterhing. An einem Haken neben der Glocke hing ein langer schwarzer Kapuzenumhang, auf der anderen Seite der Tür befand sich eine Feuerstelle, und im Herd flackerte ein fröhliches Feuerchen. Davor schlief ein weißes Kätzchen. Der Raum war mit einer Sitzbank, Tisch und Stühlen aus Eichenholz möbliert; zusätzlich stand an der Südwand eine Anrichte mit fröhlich geblümtem Porzellan und blinkenden Kupfertöpfen und -pfannen. Blassrosa Vorhänge, mit Rosen in dunklerem Rosa gemustert, hingen vor den Fenstern, auf dem Steinboden waren fröhliche Flickenteppiche ausgebreitet. Auf den Fenstersimsen und auf dem Tisch standen Töpfe mit lachsroten Geranien, von der Decke hingen Kräutersträußchen. In seiner Schlichtheit und frischen Sauberkeit ähnelte das Zimmer sehr dem des alten Pastors – obgleich jenes dreimal so groß war –, sodass Maria annahm, Loveday hätte beide eingerichtet. Sie bewunderte Lovedays Geschmack bei der Innenausstattung, nicht jedoch ihre Vorliebe für Rosa. In diesem Zimmer sprang einem zu viel Rosa ins Auge, fand sie. Sie bevorzugte die Farbzusammenstellung im Herrensitz.

«Wie lustig, in einer Höhle zu wohnen!», rief sie und schaute sich begeistert um.

«Rosa hat etwas an sich, das sogar eine Höhle wohnlich gestaltet», erklärte Loveday. «Ich liebe Rosa. Nun komm nach oben, meine Liebe, und schau dir an, wo wir schlafen.»

«Wir?», fragte Maria erstaunt, als sie ihrer schönen Gastgeberin die Stiege hinauf folgte. War Loveday denn verheiratet? Nirgendwo gab es eines der üblichen Anzeichen für einen Ehemann, keine schlammverschmierten Stiefel, keine Tabakasche auf dem Fußboden. Es musste sich um einen sehr ordentlichen Mann handeln.

Die steinerne Treppe führte sie hinauf in Lovedays wunderschönes Schlafzimmer. Auch hier lagen farnüberwucherte Fenster nach Westen und Osten, die bunten Vorhänge diesmal mit rosafarbenen Winden verziert. Lovedays Himmelbett stand an der Südwand. Es hatte die gleichen Windenmustervorhänge und eine fröhliche Patchworkdecke, in deren Farbgebung Rosa ebenfalls dominierte. Die Einrichtung hier oben wirkte sehr alt. Neben dem Bett stand ein Kleiderschrank und eine vom Alter geschwärzte Eichentruhe, über der ein Spiegel hing. Dieser Spiegel bestand nicht aus Glas, sondern aus poliertem Silber, und die Holzleiste darüber zeigte ein kleines Pferd im vollen Galopp.

«Vor Hunderten von Jahren, als dieser Spiegel angefertigt wurde, gab es so etwas wie Glas noch nicht», erklärte Loveday, als sie sah, dass Marias verwunderter Blick auf dem Spiegel ruhte. «Stattdessen benutzte man poliertes Metall.» Sie lachte leise. «Doch es wirft ein weicheres, schmeichelhaftes Bild zurück. Sieh dich selbst in meinem Spiegel an, und du wirst feststellen, dass du hübscher bist, als du geglaubt hast.»

Mit klopfendem Herzen trat Maria vor den Spiegel und schaute, und tatsächlich sah sie ein sehr hübsches Gesicht. Ihre Sommersprossen schienen verschwunden, und ihr Haar war nicht rötlich getönt, sondern von reinem, silbrigem Gold. Und hinter ihrem Kopf erschien ein weicher, mondartiger Strahlenkranz.

«Aber das im Spiegel bin nicht ich», flüsterte sie Loveday zu.

«Doch, das bist du», antwortete Loveday sanft und ergriff ihre Hand. «Hab keine Angst.» Dann zog sie Maria vom Spiegel fort. «Schau! Die kleine Treppe führt zu seinem Zimmer.»

Neben der Tür führte eine weitere, leiterartige Treppe an der Wand empor, doch sie war so viel steiler und schmaler, dass Maria sogleich dachte, man müsse sehr zierlich und behände sein, um sie zu erklimmen. Offenbar war auch Lovedays Ehemann ein elfenhaftes Wesen, klein, ordentlich und gewandt. Sie wollte unbedingt wissen, wie sein Zimmer aussah, doch als Loveday gerade auf die Treppe zuging, ertönte eine Klingel.

«Da ist Digweed zurück», erklärte Loveday und lief die Treppe zum Wohnzimmer wieder hinab; Maria war gezwungen, ihr zu folgen, denn wohlerzogene Menschen betreten in Häusern fremder Menschen nicht unaufgefordert irgendwelche Zimmer. Außerdem war sie erstaunt, dass die Glocke etwas mit Digweeds Rückkehr zu tun haben sollte.

Als sie wieder im Wohnzimmer stand, vibrierte die Glocke neben der Tür an der Südwand immer noch, und Loveday hatte ihren langen schwarzen Kapuzenumhang angezogen und schob den Türriegel zurück. «Komm, Kind», forderte sie Maria auf. «Digweed wird dich zum Herrenhaus zurückfahren, damit du deine Beine schonen kannst, sie sind inzwischen sicher müde.»

Maria folgte ihr hinaus in den dunklen, feuchten Tunnel, der nur von dem Licht, das aus dem Wohnzimmer fiel, etwas erhellt wurde. Sie bogen nach rechts, und vor ihnen erhob sich die Eichentür. Sie war mit einem schlanken Baumstamm fest versperrt, den man wie einen Riegel auf Stützhaken gelegt hatte.

Nun begriff Maria, wo sie sich befand: Das hier war derselbe Tunnel, durch den sie am Abend ihrer Ankunft gekommen waren. Und jene dunkle Gestalt, die sie dort gesehen hatte, war Loveday in ihrem schwarzen Umhang gewesen. Sie hatte ihnen das Tor geöffnet, wie sie es jetzt tat, wobei sie sich mit einer Hand die Kapuze über das Gesicht zog, um es zu verbergen, ehe sie den Baumstamm vom Tor nahm. Sie muss sehr kräftig sein, dachte Maria, obgleich sie so winzig ist; stark wie eine Fee.

Die große Tür ging auf, und Digweed fuhr den Einspänner herein. Darby war vorgespannt.

«Ich bin alleine, Madam», rief er Loveday zu, und sie ließ die Kapuze wieder vom Kopf fallen.

«Halt an und lass unsere kleine Herrin einsteigen», sagte sie, und er blieb stehen und wartete und schenkte Maria ein breites Lächeln, während Loveday die große Tür wieder schloss und versperrte. Sobald sie fertig war, half sie Maria, neben Digweed auf den Einspänner zu klettern. Dann blieb sie neben ihr stehen, schaute ernst zu ihr hoch, und das grünliche Licht aus der offenen Tür hinter ihrem Rücken ließ ihr Gesicht seltsam unirdisch erscheinen.

«Maria», sagte sie, «erzähle Sir Benjamin nicht, dass du mich gesehen hast. Er weiß nämlich nicht, dass ich hier wohne. Der alte Pastor weiß es, das ganze Dorf weiß es, Digweed weiß, dass ich die Hüterin vom Moonacre-Tor bin, aber Sir Benjamin weiß es nicht.»

Maria war inzwischen an einen Zustand anhaltender Verwunderung gewöhnt und zügelte ihre Neugier, sodass sie auf diese verblüffende Neuigkeit nur nickte und ihr nur eine einzige Frage entschlüpfte.

«Aber wenn er nicht weiß, dass du die Torhüterin bist, wen hält er denn dann dafür?»

«Früher war eine alte Frau hier Torhüterin», berichtete Loveday. «Sie lebte einst im Schloss, stellte aber so viele Fragen, dass Marmaduke Scarlet in Wut geriet und grob zu ihr wurde. Daraufhin wollte sie dort nicht länger wohnen, und Sir Benjamin machte sie zur Torhüterin, damit sie ein behagliches Zuhause hätte. Aber sie geriet auch mit ihm in Streit, denn sie war eine ebenso zänkische wie neugierige alte Frau; und sie wollte nicht mehr mit ihm sprechen und ihn keinen Fuß mehr in das Torhaus setzen lassen. Dann starb sie, und ich übernahm ihre Stelle. Aber Sir Benjamin weiß nicht, dass sie gestorben ist, und auch nicht, dass ich sie abgelöst habe. Ich trage hier ihren Umhang, und sie war eine kleine Frau, sodass Sir Benjamin die alte Elspeth zu sehen glaubt, wenn er mich bei der Durchfahrt zufällig bemerkt. Ich weiß, dass ich dir vertrauen kann, Maria. Ich weiß, du wirst mein Geheimnis wahren, wie alle Leute im Dorf das tun.»

«Du kannst mir vertrauen», sagte Maria, beugte sich vom Einspänner hinab und küsste Loveday, dann fuhr sie mit Digweed durch den Tunnel und hinaus in die warme, ruhige Pracht des Parks.

5

Maria war diesen Weg seit dem Abend ihrer Ankunft nicht mehr gefahren und schaute sich nun interessiert um. Bei Tageslicht sah alles ganz anders aus; aber die Lichtungen, die sich zwischen den Bäumen dahinzogen, wirkten genauso geheimnisvoll, und sie wäre nicht überrascht gewesen, wenn sie das kleine weiße Pferd auf sich zugaloppieren gesehen hätte. Aber sie konnte es nirgendwo entdecken, sodass sie alsbald ihre Ausschau aufgab und sich der Unterhaltung mit Digweed widmete, der sich in dem Marktflecken vergnügt hatte und ihr alles darüber erzählen wollte. Er hatte eine neue Schaufel und eine neue Sense gekauft, zehn neue Mausefallen, eine Flasche Hustensaft für sich selbst, ein Schwein, einen Kanarienvogel im Käfig, einen riesigen Fleischknochen, einen Beutel Kekse, ein Bund Möhren, eine Tüte Pfefferminzbonbons, hellrosa Zuckermandeln, einen Kabeljaukopf und ein großes Päckchen Tabak. Es war eine ziemlich geräuschvolle Fahrt, denn das Schwein quiekte, der Kanarienvogel trällerte aus Leibeskräften, die Mausefallen hüpften und klapperten bei jedem Schlagloch, und der Kabeljaukopf stank, dass man es schon fast hören konnte. Aber Maria genoss die Fahrt trotz des Kabeljaukopfes, denn Digweed war lieb und gesellig, und sie hatte ihn sehr gern.

Sir Benjamin und Miss Heliotrope gingen gerade zusammen im Ziergarten spazieren, als sie ankamen. Digweed brachte den Einspänner zum Stehen, damit Maria absteigen und sich ihnen anschließen konnte. Als sie unten war, reichte er ihr die Zuckermandeln.

«Für Sie, kleine Herrin», sagte er ganz schüchtern.

Dann lief er purpurrot an, als er Miss Heliotrope die Pfefferminzbonbons gab. «Für Sie, Madam», sagte er. «Ich weiß, dass Sie eine besondere Vorliebe für Pfefferminz haben.»

Dann reichte er Sir Benjamin den Tabak und fuhr schnell davon, ehe einer Zeit fand, sich angemessen zu bedanken.

«Er bringt uns immer Geschenke aus der Stadt mit», kicherte Sir Benjamin, als die drei zum Herrenhaus zurückschlenderten. «Der Kanarienvogel ist bestimmt für Marmaduke Scarlet. Marmaduke mag Vögel sehr gerne, doch dank Zachariah haben seine Tierchen fast immer ein recht kurzes Leben.»

Miss Heliotrope, fand Maria, wirkte etwas aufgeregt, und Sir Benjamin erklärte nun auch, warum.

«Ich habe Miss Heliotrope ein wenig spazieren geführt, damit ihre Nerven sich beruhigen», berichtete er. «Marmaduke beschloss heute früh, sich mit ihr bekannt zu machen. Anstatt in seiner üblichen lautlosen Art ihre Vorhänge aufzuziehen und den Krug mit dem heißen Wasser neben ihre Schüssel zu stellen, wodurch er sonst nicht einmal jemanden mit dem leichtesten Schlaf aufweckt, tat er es heute so geräuschvoll, dass sie aufwachte und ihn sah.»

«Es war ein Schock», stammelte die arme Miss Heliotrope.

«Ein großer Schock. Kein Mann, außer meinem Vater natürlich, hat jemals den Fuß in mein Schlafzimmer gesetzt.»

«Marmaduke Scarlet ist wohl kaum ein Mann, Miss Heliotrope», tröstete sie Sir Benjamin. «Er ist – nun ja – Marmaduke Scarlet. Und dass er sich ihnen offenbart hat, ist ein gewaltiges Kompliment an Sie, denn im Allgemeinen lässt ihn seine Abneigung gegenüber dem weiblichen Geschlecht Frauen wie einer Seuche aus dem Weg gehen.»

«Jetzt wissen Sie, Miss Heliotrope, wer in diesem Haus so großartig alle Arbeiten verrichtet», sagte Maria.

«Jetzt weiß ich es», bestätigte Miss Heliotrope und musste ein wenig lächeln. «Und ich hätte nie gedacht, dass ein so zierlicher und betagter, tja, ich muss sagen: Herr, weil mir kein besserer Begriff einfällt, eine so gute Hausfrau sein kann!»

«Nichtsdestotrotz haben Sie einen Schock bekommen», meinte Sir Benjamin mitfühlend. «Täte Ihnen eine kleine Kutschfahrt heute Nachmittag gut, was meinen Sie? Ich glaube kaum, dass es vor Einbruch der Dämmerung Regen geben wird. Sie und Maria könnten im Ponywagen ausfahren. Es ist eine Damenponykutsche, wenngleich sie auch seit zwanzig Jahren nicht mehr von Damen benutzt wurde. Aber Digweed könnte sie rasch wieder herrichten.»

«Ich wäre hingerissen», erklärte Miss Heliotrope liebenswürdig.

«O Sir», rief Maria begeistert, «könnten wir zum Paradiesberg fahren?»

«Sicher», antwortete Sir Benjamin.

Sie waren inzwischen am Haus angelangt, und während Sir Benjamin und Miss Heliotrope stehen blieben, um einen letzten Blick auf den Garten zu werfen, rannte Maria in die Halle hinauf. Alle vier Tiere – Wrolf, Zachariah, Wiggins und die Häsin Serena – lagen einträchtig um den Kamin, und ein jedes war glücklich mit dem Geschenk zugange, das Digweed ihm aus der Stadt mitgebracht hatte: Wrolf mit dem großen Knochen, Zachariah mit dem Kabeljaukopf, Wiggins mit den Keksen und Serena mit den Rüben. Sie schauten sich mit kauenden Backen nach ihr um, bewegten zum freundlichen Gruß Schwänze und Ohren, und sie trat von einem zum anderen und strich ihnen über die seidigen Köpfe. Alles wirkte sehr entspannt und gemütlich, und sie empfand deutlicher als je zuvor, dass die Einführungsphase auf Moonacre vorüber war und sie nun fest eingebettet war wie ein Edelstein in seiner Fassung. Und das fühlte sie um so mehr, als sich die Küchentür öffnete und Marmaduke Scarlets rosiges, bärtiges Gesicht in der Öffnung erschien, mit einem breiten Grinsen, das von einem Ohr zum anderen reichte.

«Ich möchte Sie bitten, Herrin, mir die Freude zu machen, den Ort meiner kulinarischen Mühen zu betreten», sagte er mit quäkender Stimme. «Zachariah, der Kater, hat uns mitgeteilt, dass Sie Ihr Frühstück im Domizil des Herrn Vikar von Silverydew einnehmen wollten, aber da ich aus früheren Erfahrungen eine schlechte Meinung von der Ernährung gewonnen habe, wie kirchliche Einrichtungen sie bereitzustellen pflegen, habe ich mir erlaubt, die Mahlzeit, die Sie bereits genossen haben, um einen kleinen kalten Imbiss anzureichern. Wollen Sie mir den Gefallen tun einzutreten?»

Maria ging hinein und fand ein strahlend weißes Tuch über den Küchentisch gebreitet, und darauf standen ein Teller rosaglasierter Kekse, ein Becher mit schäumender Milch und eine kleine Silberschüssel voll kandierter Kirschen. Während sie die Zuckerplätzchen kaute, an den Kirschen knabberte und lange, beruhigende Züge von der köstlichen frischen Milch nahm, stieg Marmaduke Scarlet auf einen Schemel, hängte den Kanarienvogel ins Fenster, und die ganze Zeit, während er den Käfig zurechtrückte, lächelte er ihr zu und zwinkerte sogar einmal mit dem linken Auge. Er war, das sah sie, sehr, sehr zufrieden mit ihr; fast so, als wüsste und befürwortete er die Entscheidung, die sie im Wohnzimmer des alten Pastors getroffen hatte, während dieser ihr ihre Familiengeschichte erzählt hatte.

«Marmaduke Scarlet», sagte sie und wagte angesichts seiner glänzenden Laune eine Frage zu stellen. «Wie hat Zachariah denn die Nachricht des alten Pastors übermittelt?»

Marmaduke Scarlet machte eine Kopfbewegung in Richtung des großen Kamins.

«Jede Botschaft, die Zachariah überbringen soll, schreibt er mit der rechten Vorderpfote in die Asche», berichtete er. «Zachariah ist ein außergewöhnlich begabter Kater. Seine Vorfahren wurden von den Pharaonen im alten Ägypten als Götter verehrt, hat er mir erzählt, und er sagt auch, dass blaues Blut in seinen Adern fließt. Die letztere Behauptung kann ich bestätigen, denn einmal hatte er das Pech, seine Nase zu nahe an mein Fleischerbeil zu bringen, als sein Sonntagsmahl aus Rindfleisch, Leber und Schinken zubereitet wurde, und das Blut, das aus der daraus entstandenen leichten Wunde floss, war blau, tiefblau.»

Maria setzte ihren Milchbecher ab, lief zum Herd und schaute in die Asche. Sie war glatt gestrichen, als hätte ein langer Schwanz darübergewischt, und es waren kleine Bilder hineingemalt, ähnlich ägyptischen Hieroglyphen. Zuerst kam der Umriss einer Geige, dann der eines Sichelmondes, und beide waren von einem Kreis eingeschlossen. Darauf folgte das kleine Bild einer Kirche und eine Kaffeekanne. Maria lachte vor Freude. Die Geige, so begriff sie, war der alte Pastor, der Mond sie selbst, und sie waren zusammen zum Frühstück und auch zur Kirche gegangen.

«Zachariah hat seinen Kabeljaukopf wohl verdient», sagte Maria.

«Und Sie, kleine Herrin», sagte Marmaduke Scarlet und winkte sie zum Tisch zurück, «Ihre Zuckerplätzchen, Ihre Kirschen und Ihre Milch.»

Das Abenteuer auf dem Paradiesberg

I

Nach dem Essen fuhr Digweed mit der Ponykutsche vor. Er hatte sie aufgeputzt, dass sie nur so blitzte und blinkte, auch wenn sie recht eigentümlich aussah … Sie bestand hauptsächlich aus Weidengeflecht und war wie eine sehr große, fast runde Babywiege geformt, die auf vier stabilen Rädern ganz tief über dem Boden hing. Sie hatte ein mit wattiertem roten Köper gefüttertes Korbverdeck und darunter eine hölzerne Sitzbank mit roten Polstern. Digweed hatte den Boden mit frischem, sauberem Stroh bestreut, die Peitsche mit einer scharlachroten Schleife verziert, und Immergrün trug eine ebensolche auf dem Kopf.

Angeführt von Sir Benjamin, stiegen Miss Heliotrope, Maria und Wiggins geradezu feierlich die Stufen hinab, hatten sie doch das Gefühl, die erste Ausfahrt in einer seit zwanzig Jahren nicht mehr benutzten Ponykutsche müsste etwas Besonderes sein. Miss Heliotrope trug eines ihrer prächtigen Schultertücher über ihrem purpurnen Reifrockkleid, den schwarzen Mantel und den Schutenhut. Sie hatte ihr Netzchen mit dem Essayband darin bei sich, und ihre wunderschönen blauen Augen glänzten und funkelten. Maria hatte ihr grünes Leinenkleid angezogen, darüber einen grünen, gelb gefütterten Umhang, und auf dem Kopf trug sie einen grünen Hut mit einer gelben Feder daran. Wiggins mit seinem grünen Lederhalsband war für die Gelegenheit extra gebürstet worden und sah besonders schön aus. Serena, der es inzwischen so weit besser ging, dass sie mühelos auf drei Beinen umherlaufen konnte, folgte ihnen die Stufen hinab und wirkte sehr vornehm mit dem silbernen Kordelhalsband, das Maria für sie gedreht hatte, und den vor Vorfreude umgeklappten, zur Seite gestellten Ohren.

Als Maria und Miss Heliotrope in der Ponykutsche Platz genommen hatten und Digweed die Decke über ihre Knie gebreitet hatte, sprang Wiggins hinein, setzte sich zu ihren Füßen und gestattete dann Serena mit einer so gnädigen Miene, sich neben ihm niederzulassen, dass Wrolf in seinen Bart grinsen musste. Wrolf kam natürlich auch mit, allerdings zu Fuß, denn in der Karosse war für seine massige Gestalt kein Platz mehr. Zachariah sah ihnen von der Eingangstür aus nach und schnurrte wohlwollend, wobei er seinen Schwanz in drei ordentlichen Kringeln auf seinen Rücken gelegt hatte. Er machte keine Anstalten, sie zu begleiten, denn er blieb am liebsten zu Hause, wenn seine Anwesenheit nicht unbedingt erforderlich war. Auch Sir Benjamin und Digweed boten ihnen ihre Begleitung nicht an, denn die Ponykutsche war ein so ausgesprochen weibliches Gefährt, dass es ihrer männlichen

Würde abträglich gewesen wäre. Doch sie gaben Maria klare Anweisungen, wie die Zügel zu handhaben seien und welchen Weg zum Dorf sie nehmen sollten, und winkten ihnen dann begeistert hinterher.

«Die Schafe, die du am Paradiesberg sehen wirst, Maria, gehören mir und damit dir», erklärte Sir Benjamin. «Vielleicht triffst du dort auch meinen Schafhirten. Der beste Hirtenjunge der ganzen Umgebung.»

«Ich werde nach ihnen Ausschau halten, Sir», rief Maria zurück, als sie davonfuhren.

Sie fand, eine Kutsche zu fahren sei mit Reiten nicht zu vergleichen, es war nicht annähernd so aufregend. Doch Immergrün ging in flottem Schritt, und die lustige kleine Kutsche holperte fröhlich dahin. Inzwischen war es ziemlich schwül und heiß geworden, und sie waren dankbar für den Fahrtwind, der ihnen ins Gesicht blies.

«Bist du sicher, dass du zurechtkommst, meine Liebe?», zwitscherte Miss Heliotrope. «Du wirst uns doch nicht umkippen lassen, nicht wahr?»

«Ich glaube kaum, dass ich das könnte, selbst wenn ich wollte», antwortete Maria. «Es ist so ein stabiles, rundes Gefährt und liegt so tief über dem Boden.»

«Das stimmt schon», meinte Miss Heliotrope und spähte unter dem Verdeck hervor. «Falls wir stürzen, stürzen wir gewiss nicht tief. Es wird doch wohl kein Gewitter geben, was meinst du, meine Liebe?»

«Gewöhnlich gibt es so früh im Jahr keine Gewitter», sagte Maria.

«Ich hoffe, wir treffen nicht auf irgendwelche Zigeuner, Wilddiebe oder etwas ähnlich Unerfreuliches», meinte Miss Heliotrope. «Aber die Fallen lassen vermuten, dass sich welche in der Gegend aufhalten.»

Maria deutete mit ihrer Peitsche auf den massigen gelbbraunen Rumpf von Wrolf, der neben ihnen lief.

«Ach ja», sagte Miss Heliotrope. «Er ist bestimmt ein guter Schutz. Aber weißt du, Maria, manchmal kann jemandes Schutz fast ebenso Furcht erregend sein wie das, wovor er einen schützen soll.»

«Wrolf würde sein Leben geben für jene, die er liebt», erklärte Maria im Brustton der Überzeugung.

Aber Miss Heliotrope blieb in ihrer leicht unbehaglichen Stimmung.

«Bist du sicher, dass du den Weg findest?», erkundigte sie sich.

«Ja», sagte Maria. «Und selbst wenn ich es nicht wüsste, Immergrün kennt sich aus.»

Und Immergrün kannte den Weg. Ohne irgendwelche Lenkung durch Maria bog es durch das zerfallene Tor ins Dorf, die Dorfstraße hinunter, an der Kirche vorbei. Während sie an der Kirche vorübertrabten, hatten sie einen guten Blick auf die Pfarrei, und Miss Heliotrope stieß einen Schrei des Entzückens aus. «Das ist genau das Häuschen meiner Träume!», sagte sie. «In diesem Haus würde ich gerne wohnen.»

«Aber das geht nicht», wandte Maria ein. «Da lebt der alte Pastor.»

«Ich wollte sagen», erklärte Miss Heliotrope würdevoll, «dass ich gerne in diesem Häuschen leben würde, wenn es nicht bereits der alte Pastor bewohnte.»

Immergrün schwenkte nach rechts, und sie befanden sich auf einem schmalen, furchigen Weg, der sich zwischen steilen Hängen bergauf wand; die Hänge waren dicht mit Farnen, Immergrün und Schlüsselblumen bewachsen und ragten so hoch empor, dass die beiden Frauen nicht sehen konnten, was dahinter lag. Auf der einen Seite plätscherte fröhlich ein kleiner Bach, derselbe Bach, der auch an der Dorfstraße entlangfloss.

«Das muss ein sehr alter Weg sein», meinte Miss Heliotrope. «Ich kann mich erinnern, dass mein Vater mir einmal erzählte, Wege grüben sich mit den Jahren und den vielen Schritten, die darüber hinweggehen, immer tiefer in die Erde ein.»

«Die Mönche müssen diesen Weg bergauf und bergab benutzt haben», erklärte Maria. «Die Schafhirten haben ihre Tiere hier heruntergetrieben. Und Sir Wrolf und seine Freunde sind hier zu seinem Jagdsitz hinaufgeritten. Und die Mondprinzessin ist mit ihrem Pferd auch hier entlanggetrabt. Jahrhunderte hindurch müssen alle Leute aus der Umgebung hier entlanggezogen sein, um unter dem Schlehdorn, wo Sir Wrolf das kleine weiße Pferd vom Meer fand, drei Wünsche zu tun. Heute jedenfalls gehen sie hier entlang. Kein Wunder, dass er so tief eingesunken ist.»

«Wovon redest du denn da, Kind?», wollte Miss Heliotrope wissen.

«Der alte Pastor hat mir Legenden erzählt», berichtete Maria.

«Ich möchte darum bitten, dass du dir durch solche Geschichten nicht den Kopf verdrehen lässt», erklärte Miss Heliotrope.

«Bestimmt nicht», versprach Maria.

Der Weg war nicht lang, aber so steil, dass Immergrün nur im Schritt gehen konnte, und Wiggins und Serena hüpften aus der Kutsche und gesellten sich zu Wrolf. Wiggins ging geziert zwischen den Furchen weiter, Serena bewegte sich auf drei Beinen in langen Sätzen, und Wrolf schlenderte gelassen hinauf und wirkte ungeheuer kraftvoll und zielsicher. Doch schließlich war der Weg zu Ende, und sie kamen auf dem

Paradiesberg an. Immergrün blieb von selbst stehen, damit Miss Heliotrope und Maria sich umschauen konnten.

Paradiesberg war ein passender Name, denn es war schon fast zu schön, um von dieser Welt zu sein.

«‹Ich werde den Blick zu den Hügeln erheben›», zitierte Miss Heliotrope, «‹von welchen mir Hilfe angedeiht.›»

Maria schwieg, doch sie sprang aus der Ponykutsche, ging ein Stück über den saftigen Rasen und blieb stehen, um den Blick ringsum schweifen zu lassen. Sie befanden sich so weit oben, dass sie das ganze Moonacre-Tal unter sich ausgebreitet sah. Da waren das Dorf, die Kirche und das Pfarrhaus, und sie wirkten aus dieser Entfernung zwischen den knospenden Bäumen und den blühenden Gärten wie Holzspielzeug. Zu ihrer Rechten reichte der Ausläufer des steinigen Berghangs vom Paradiesberg in den Moonacre-Park hinein, in dem der Einfahrtstunnel und Loveday Minettes Haus versteckt waren. Dahinter erstreckte sich der prächtige Park, und in der Ferne lag der Herrensitz. Zu ihrer Linken dehnte sich die gewaltige, finstere Masse der Kiefernwälder, die die nördlichen Berge bewuchsen.

Die Berge erhoben sich wie eine große Mauer rund um das Tal. Nur weit im Osten waren ein paar Stellen durchbrochen, wo sie sich wie ein Vorhang teilten, um ein schimmerndes Stück Perlmutt freizulegen, das wie die Schwelle zum Himmel aussah. Was war das? Oh, was war das nur?

Es war das Meer. Zum ersten Mal in ihrem Leben sah Maria das Meer. Ihr Herz schlug schnell, Blut schoss ihr in die Wangen. Jetzt war sie glücklich, dass sie das Meer nicht an dem Tag erblickt hatte, als sie Serena gefunden hatte. Es war am besten, es das erste Mal so, aus weiter Ferne, zu sehen. Alle guten Dinge lassen sich zum ersten Mal am besten aus weiter Ferne betrachten.

Als sie sich am Tal und an der schimmernden Schwelle zum Meer satt gesehen hatte, drehte sie sich um und bewunderte den Paradiesberg selbst. Das Gras war kräftig grün und mit hellpurpurnen Hundsveilchen und den weißen Sternen von Erdbeerblüten gesprenkelt.

Über ihnen weideten Schafe an den sanften Hängen, und junge Lämmer tollten wie kleine, aufgeplusterte weiße Wölkchen über Gras und Blumen. Die Baumgruppen auf den Bergkuppen schienen nun ganz nah, und Maria sah, dass es Buchen waren; unter sich konnte sie herumliegende Steine erkennen, bei denen es sich um die Überreste des Klosters handelte. Der Bach entsprang der Erde irgendwo oben auf dem Berg und bahnte sich seinen Weg den Hang hinunter zwischen moosbewachsenen Steinen und Büscheln duftender Myrte. An einer Stelle beugte sich ein grauer, alter Dornenbaum darüber, und kaum hatte Maria ihn erblickt, lief sie auch schon darauf zu.

Es war ein Schlehdorn, der bereits in Blüte stand, und seine Blüten waren so weiß wie das kleine Pferd, das Sir Wrolf hier in den grauen Ästen verfangen vorgefunden hatte; es hatte sich verheddert, als es nach seinem Galopp vom Meer an den Bach zum Trinken gekommen war. Mit knorrigen Wurzeln zwischen den Steinen neigte sich der Baum schützend über den Bach, sodass die Blütenblätter direkt ins funkelnde klare Wasser fielen. In diesem Augenblick, so vermutete Maria, schwammen weiße Blütenblätter auf dem Bach unter den kleinen Brücken vor den Gartentüren dahin und trugen vielleicht bereits die Erfüllung der Wünsche mit sich, die die Dorfbewohner hier an Fest- und Feiertagen aussprachen.

«Ich werde mir auch etwas wünschen», sagte sich Maria, stellte sich an den Baum, legte die Hand an die alte, knorrige Rinde und tat drei Wünsche.

Dass es ihr gelänge, das Tal von der Boshaftigkeit der Schwarzen Männer zu befreien.

Dass sie dem armen Hirtenjungen begegnen und ihn lieben würde.

Dass sie die erste Mondprinzessin würde, die ihr Leben lang in ihrem Heim zubringen könnte.

Nachdem sie die drei Wünsche ausgesprochen hatte, fühlte sie ihr Herz heftig klopfen. Sie spürte eine große Gewissheit, dass sie ihr erfüllt werden würden, und sie war zu allen Abenteuern bereit, wie sie die Erfüllung aufregender Wünsche zwangsläufig mit sich bringt.

«Maria!», rief Miss Heliotrope. «Geh nicht zu weit, meine Liebe. Geh nirgendwohin, wo ich dich nicht mehr sehen kann.»

Maria lief zu Miss Heliotrope und den Tieren zurück. «Aber ich muss auf den Berggipfel», bettelte sie. «Ich muss mir diese Buchen und die alten grauen Steine ansehen.»

«Der Berg ist zu steil für die Kutsche», wandte Miss Heliotrope ein. «Und er ist viel zu steil, als dass ich ihn zu Fuß erklimmen könnte. Du musst hier bleiben, Liebes, denn ich kann dir nicht gestatten, allein zu gehen.»

«Sir Benjamin lässt mich überall hingehen, wenn ich Wrolf mitnehme», erklärte Maria. «Sie warten hier in der Ponykutsche auf mich. Immergrün und Wiggins werden auf Sie aufpassen, während ich mit Wrolf und Serena hinaufsteige und mich umsehe. Es passiert schon nichts, Miss Heliotrope.»

Der Tag war heiß und stickig, viel zu heiß, um sich zu streiten, also gab Miss Heliotrope nach. Sie gestand sich zu, es sich in der Kutsche mit ihrem Essayband bequem zu machen, während Wiggins wachsam dabeisaß und Immergrün friedlich im saftigen Gras weidete.

«Pass auf Miss Heliotrope auf, Immergrün», befahl Maria. «Was auch geschieht, pass auf Miss Heliotrope auf.»

Immergrün hielt einen Augenblick lang im Kauen inne, hob den Kopf und sah seiner Herrin fest in die Augen. Dann senkte es den Kopf und graste weiter. Beruhigt schlugen Maria, Wrolf und Serena den Weg zum Berggipfel ein. Der Aufstieg war steil und beschwerlich in der Hitze und nahm entschieden mehr Zeit in Anspruch, als Maria erwartet hatte. Als Großstadtkind kam sie ins Keuchen und Schwitzen und beneidete Serena, die mit langen Sprüngen vorankam, und Wrolf mit seiner unermüdlichen Kraft. Wrolf machte die Sache nicht gerade leichter, indem er sich ständig an sie drängte und sie mit seinem gelbbraunen Blick zornig musterte. «Was ist denn, Wrolf?», fragte sie. «Was mache ich falsch?»

Mit einem gedämpften Brüllen angesichts ihrer Ahnungslosigkeit stellte er sich ihr in den Weg, sodass sie stehen bleiben musste und auf seinen breiten Rücken hinuntersah. Da begriff sie, was er wollte, und stieg dankbar auf, wie bei Immergrün.

Danach war alles einfach. In Wrolfs dichtem Pelz ließ es sich weich sitzen, und sie konnte sich mit den Fingern in seiner Mähne festhalten. Sie blickte um sich, während sie weiter aufwärts kletterten, und sah, wie die prachtvolle Landschaft sich um sie her wie eine Landkarte entrollte und die See sich wie ein Silberband am Horizont abwickelte. Doch die Wolken hingen tief herab, waren dunkel und fast purpurn, sie glaubte in der Ferne Donnergrollen zu vernehmen … Und sie hatte Miss Heliotrope erzählt, es sei zu früh im Jahr für ein Gewitter … Nun, ihr würde nichts geschehen, schließlich war Immergrün bei ihr.

Sie hatten nun fast den Gipfel erreicht, und wenn sie hinaufschaute, konnte sie die alten, sturmgepeitschten Buchen sehen, deren neue Blätter wie grüne Flämmchen vor dem violetten Himmel standen, und die alten grauen Steine, die unter ihnen verstreut lagen. Nun befanden sie sich inmitten der Schafherde. Die Mütter hoben die Köpfe, um sie anzuschauen, blökten zur Begrüßung, und die kleinen Lämmer kamen herangetollt. Es kam ihr seltsam vor, dass sie vor Wrolf nicht die geringste Angst zu haben schienen. Eines oder zwei prallten sogar gegen ihn, und er versetzte ihnen einen spielerischen Hieb mit seiner großen Pranke, der ihnen überhaupt nicht wehtat, sondern sie zu ihrem Vergnügen umwarf. Serena hüpfte kreuz und quer zwischen den Schafen herum und schien ihnen etwas zu erzählen, denn sie alle schauten erfreut zu Maria und blökten wieder.

Was war das für eine Musik? Da oben unter den Buchen spielte jemand auf einer Hirtenflöte, und die fröhliche kleine Weise klang zu Maria herunter wie eine Stimme, die sie rief. Sie erinnerte sich an den einen ihrer drei Wünsche, die sie unter dem Schlehenbaum getan hatte. Es war der Hirtenjunge!

Schließlich erreichten sie die Spitze des Berges, und Wrolf blieb stehen, damit sie von seinem Rücken rutschen konnte.

«Bleibt hier!», sagte sie zu ihm und Serena, dann kletterte sie über die alten Steine. «Wo bist du?», rief sie. «Hirtenjunge, wo bist du?»

Doch sie erhielt keine Antwort, und die Musik war nun verstummt. Nichts war zu hören außer dem Sprudeln versteckten Wassers. Sie blieb still stehen und schaute bald in die eine, bald in die andere Richtung, aber da war nichts. «Ich muss es mir eingebildet haben», sagte sie sich. «Es muss das Wasser gewesen sein.» Und einen Augenblick lang hätte sie weinen mögen vor Enttäuschung.

Aber nur einen Augenblick lang, denn Maria war zu vernünftig, um sich von einer kleineren Enttäuschung durcheinander bringen zu lassen, und es gab so viel zu sehen, dass sie die eingebildete Melodie bald vergaß. Die Buchen mit ihren glatten grauen Stämmen und Ästen neigten sich in diese und jene Richtung und glichen eher Menschen als Bäumen; sie ähnelten alten grauen Mönchen, die segnend die Arme ausgebreitet hielten. Und tief im Kreis der Buchen standen noch Mauerreste des alten Klosters, von Efeu und Brombeerhecken überwuchert.

Maria stand plötzlich vor einem wundervoll gemeißelten Torbogen in der zerfallenen Mauer, die halb von einem herabhängenden Vorhang aus Efeu verborgen wurde. Sie schob den Vorhang beiseite, trat hindurch und stand in einem alten, gepflasterten Innenhof. Die Pflastersteine waren noch da und lagen zusammen mit den herabgestürzten Mauersteinen überwuchert von Unkraut und Dornensträuchern am Boden. In der Mitte des Hofes wucherte ein üppiger Farnstrauch und tief aus seinem Innern erklang das Geplätscher. «Dort drinnen», sagte sie sich, «liegt die heilige Quelle.»

Sie zog die Farnwedel beiseite und entdeckte einen Brunnen; aber er war ganz anders als jener zu Hause im Stallhof. Ein herrlich klarer Quell sprudelte aus dem Boden, bahnte sich seinen Weg durch eine erstickende Masse toten Buchenlaubs und floss dann eine Rinne zwischen den Pflastersteinen entlang, durch einen flachen Bogen an der gegenüberliegenden Mauer hinaus und zum Berghang dahinter. Maria vermutete, dass er sich draußen am Hang dahinschlängelte, bevor er zu dem Bach wurde, der unter dem zauberhaften Schlehdorn hindurch den Berg hinab zum Dorf strömte. Zu einer Seite des flachen Bogens wuchs eine Eberesche voll scharlachroter Beeren, auf der anderen Seite eine Stechpalme mit glänzenden Blättern, über der sich in der Wand eine leere Nische befand.

Maria raffte den grünen Umhang um sich zusammen, kniete auf den Pflastersteinen nieder, faltete die Hände, schloss die Augen und sprach ein Gebet. Denn das hier, so erinnerte sie sich, war ein heiliger Ort gewesen, und ihr verruchter Vorfahr Sir Wrolf hatte ihn Gott geraubt, um ihn in seinen Besitz zu bringen. Und jetzt, hieß es, spuke sein Geist an diesem Ort und könne wegen seiner Sünden nicht ins Paradies eingehen.

«O Gott», betete sie, «bitte vergib Sir Wrolf seine Habgier. Und bitte weise mir den Weg, wie ich dir diesen Ort wiedergeben kann. Danach lass ihn bitte ins Paradies ein.»

Es ertönte ein eigentümlich hohles Geräusch, fast so, als ob die Hufeisen eines Pferdes auf Steinen ausglitten, und sie schlug sogleich die Augen auf. Aber es war nichts Außergewöhnliches zu sehen; nur ein Vorhang aus herabhängendem Efeu an der gegenüberliegenden Mauer wehte ein wenig hin und her, als wäre jemand hindurchgegangen. Sie stand auf, ging hinüber und zog den Efeu beiseite. Dahinter lag ein weiterer, flacher Bogengang in der Mauer. Doch hinter diesem Durchgang verlief nicht der Berghang, sondern es herrschte Finsternis, und eine Treppenflucht führte in die Erde hinab.

«Dort runten muss ein Keller oder so etwas sein», sagte sich Maria, und sie wäre hinuntergegangen, dies zu erkunden, hätte nicht etwas anderes ihre Aufmerksamkeit auf sich gezogen; auf dem flachen Stein neben dem Durchgang lag eine Hirtenflöte … Also hatte sie doch jemanden Flöte spielen hören … Mit klopfendem Herzen kniete sie neben der Flöte nieder und hätte sie aufgehoben, doch plötzlich ereigneten sich die Furcht erregendsten Dinge.

Das Erste war, dass das Blöken der Schafe draußen am Hang einen anderen Ton annahm; es klang nun nicht mehr zufrieden und glücklich, sondern drückte Entsetzen aus. Dann folgte ein Blitz, und ein Donnerschlag erklang über ihr.

«Miss Heliotrope!», dachte Maria sogleich. «Miss Heliotrope! Sie hat entsetzliche Angst vor Gewittern.»

Sie sprang auf und lief den Weg zurück, den sie gekommen war, nach draußen an den Hang, und dort sah sie in der Ferne Immergrün so schnell es konnte nach Hause laufen, dass die Ponykutsche nur so über den unebenen Boden sprang und hüpfte. «Gutes Immergrün! Gute Bodenfreude!», rief Maria. «Es passt auf Miss Heliotrope auf, wie ich es ihm gesagt habe.»

Als sie sich umdrehte, sah sie den Grund für das ängstliche Blöken der Schafe und begriff auch, dass Immergrün Miss Heliotrope vor etwas weit Schlimmerem als einem Gewitter in Sicherheit brachte. Denn über den Hang verteilt sah sie die erschreckenden Gestalten von einem halben Dutzend schwarz gekleideter, finsterer Männer, die aussahen, als wären sie aus den Gewitterwolken vom Himmel herabgefallen. Und sie stahlen die Lämmer! Zwei von ihnen gingen schon den Hügel hinunter und hatten beklagenswerte weiße Wollknäuel über ihre Schultern geworfen.

«Wrolf! Wrolf!», schrie Maria, aber ein tiefes Brüllen von der anderen Seite des Berges machte ihr deutlich, dass Wrolf bereits weitere Schwarze Männer abwehrte, die sie nicht sehen konnte. Wenn sie diese Lämmer, Merryweather-Lämmer, *ihre* Lämmer, retten wollte, musste sie es selbst tun.

Obgleich sie von tiefstem Entsetzen erfüllt war, zögerte sie keinen Augenblick. Sie raffte mit beiden Händen ihre Röcke, stürzte den Hang hinunter und brüllte wie damals, als sie Serena gerettet hatte: «Lassen Sie diese Lämmer los, sage ich Ihnen! Sie gehören mir! Lassen Sie sie los!»

Aber die Männer mit den Schäfchen gingen weiter, während die anderen vier auf Maria zugelaufen kamen und dabei ihre Stöcke schwangen und lachten; ihre Augen funkelten so hässlich in den dunklen Gesichtern, dass es für Maria nichts Gutes verhieß.

«Ich habe keine Angst vor euch!», rief sie ihnen entgegen, obgleich ihr vor Furcht schier die Zunge am Gaumen klebte. «Wie können Sie es wagen, meine Lämmer anzurühren! Wie können Sie es wagen!»

Danach ging alles wild durcheinander. Donner rollte, Blitze zuckten, und Regen prasselte hernieder wie Silberspeere; und die Schwarzen Männer schlossen den Ring um sie. Zu ihrer Rechten sah sie durch den Regen verschwommen eine schlanke, braun gekleidete Gestalt mit einem Hirtenstab in der Hand auf sie zulaufen, zu ihrer Linken kam Wrolf mit Serena im Gefolge zu ihrer Rettung angesprungen ... Doch sie waren bei weitem nicht so nahe wie die Schwarzen Männer ...

Und dann hörte sie durch das Getöse von Donner und Regen in der Ferne das Hufgetrappel eines galoppierenden Pferdes auf dem Rasen. Da der Reiter sich hinter ihr befand, konnte sie selbst gar nichts sehen, aber wer immer er war, die Schwarzen Männer schienen ihn zu kennen, denn ihre Gesichter wurden blass vor Entsetzen, sie drehten sich um und ergriffen die Flucht. Dann wandten sich auch die beiden Männer mit den Lämmern um, schauten hoch, sahen, was die anderen gesehen hatten, ließen die Lämmer fallen und flüchteten ebenfalls. Und die schlanke braune Gestalt kam auf sie zugelaufen und ergriff ihre Hand ... Es war Robin.

«Schnell», rief er. «Es sind noch eine ganze Menge von ihnen in der Gegend. Schnell! Lauf zum Kloster und suche dort Schutz. Wrolf und ich werden die Schafe zusammentreiben. Lauf!»

Und Maria lief, und beim Rennen schaute sie sich nach dem Reiter mit dem galoppierenden Pferd um. Doch es war nichts zu sehen; nur der Regen und die alten Buchen über ihr auf dem Berggipfel. Sie rannte auf diese Bäume zu wie auf ein Obdach, das Schutz und Geborgenheit bot, erreichte sie und ging erst langsamer, als sie den kleinen, gepflasterten Innenhof mit dem heiligen Quell erreichte. Hier herrschten Ruhe und Frieden, und die ineinander verflochtenen Äste über ihr hielten den Regen weitgehend ab. Sie sank keuchend neben dem Brunnen zu Boden und wusste, dass sie in Sicherheit war. Sie hörte Wrolf brüllen, während er die Schafe zusammentrieb, und Robins klare Stimme, die ihnen tröstlich und beruhigend zusprach.

Und bald scharten sich unter Serenas Führung rund um sie die dicken, wolligen Muttertiere und die kleinen Lämmer mit ihren schwarzen Gesichtern, den wackelnden Schwänzen und den langen, unproportionierten Beinen. Merryweather-Lämmer. Ihre Lämmer. Sie streckte ihnen die Hände entgegen und schnalzte besänftigend, und die Kleinen und ihre Mütter drängten sich näher an sie heran. Sie senkten die Köpfe, um von der kühlen Quelle zu trinken, und Maria strich ihnen über die Köpfe und sprach auf sie ein, als wären es ihre Kinder. Der Regen setzte aus, ein Strahl fahlen Sonnenlichts schien in den kleinen Hof herab und verwandelte das sprudelnde Wasser in Silber und die Schafswolle in goldenes Tuch. Dann schaute Maria hoch und sah Robin neben sich stehen; Wrolf war ebenfalls da und schüttelte sich heftig die Nässe aus dem Pelz.

«Hier sind wir in Sicherheit», erklärte Robin. Dies ist ein heiliger Ort, und die Schwarzen Männer sind sündhaft und kommen niemals hierher. Sie fürchten sich davor.»

Maria betrachtete ihn. Er wirkte ungewöhnlich ernst und war völlig durchnässt; Regentropfen fielen von der Spitze seiner Hutfeder herab.

«Dann bist du der Hirtenjunge», stellte Maria fest.

An der heiligen Quelle

«Ich bin Sir Benjamins Hirtenjunge, sein Hilfsgärtner und sein – äh – Mädchen für alles», erklärte Robin. «Wusstest du das nicht? Ich spielte gerade auf meiner Flöte, als ich plötzlich fühlte, dass etwas nicht in Ordnung war. Und ich trat hinaus und sah sie den Berg heraufkommen. Aber ich hätte sie ohne deine und Wrolfs Hilfe niemals vertreiben können.»

«Und die des Reiters», fügte Maria hinzu.

«Welches Reiters?», erkundigte sich Robin.

«Ich hörte einen Reiter hinter mir galoppieren», berichtete Maria. «Ich hatte gerade ‹Wrolf! Wrolf!› gerufen, da hörte ich ihn. Ich konnte ihn nicht sehen, aber die Schwarzen Männer konnten es. Eigentümlich, dass du ihn nicht gesehen hast.»

«Nein, ich habe ihn nicht gesehen», erklärte Robin, er wirkte ganz nüchtern, und das Wasser tropfte weiter von seiner zerzausten Feder.

«Du bist ja vielleicht nass, Robin!», bemerkte Maria.

«Du aber auch», antwortete er.

Wrolf, der alles Wasser aus seinem Fell geschüttelt hatte und nicht mehr nass war, ging nun zu dem flachen Torbogen hinter dem Efeu, wo noch Robins Flöte am Boden lag, kehrte dann wieder zurück und stieß dabei ein leises, kehliges Knurren aus.

«Er hat Recht», sagte Robin zu Maria. «Du wirst dich erkälten, wenn du nicht deine nassen Kleider ausziehst.»

Er streckte die Hand aus und half ihr auf. «Komm mit zu mir nach Hause, meine Mutter wird dir trockene Sachen geben. Wrolf kann hier bei den Schafen bleiben, bis er ganz sicher ist, dass keine Schwarzen Männer mehr herumschleichen. Wenn die Sonne erst einmal untergeht, sind die Schafe in Sicherheit. Die Schwarzen Männer wagen sich nach Sonnenuntergang nicht einmal bis an den Berg heran. Niemand wagt es. Sie haben alle Angst.»

«Vor dem Geist von Sir Wrolf?», fragte Maria.

«So wird behauptet», meinte Robin.

«Ist es weit zu deiner Wohnung, Robin?», erkundigte sich Maria. Sie war, wie ihr plötzlich bewusst wurde, sehr müde und sehr nass. Sie hatte das Gefühl, als könnte sie kaum mehr einen Schritt gehen. Und wenn Wrolf bei den Schafen blieb, würde sie nicht wie beim Aufstieg auf ihm reiten können.

«Ich wohne gleich dort unten», erklärte Robin. «Es sind ziemlich viele Stufen, aber es geht die ganze Zeit über bergab. Auf Wiedersehen, Wrolf.»

«Auf Wiedersehen, Wrolf», verabschiedete sich auch Maria und streichelte den großen, zottigen Kopf. «Auf Wiedersehen, ihr Schafe.» Dann schaute sie sich um. «Wo steckt denn nur Serena?», fragte sie besorgt. «Vor einer Minute war sie noch hier.»

«Mach dir keine Gedanken wegen Serena», beruhigte Robin sie. «Sie muss wohl weggegangen sein, um irgendetwas zu erledigen. Ich weiß nicht was, aber es ist mit Sicherheit etwas Sinnvolles. Hasen sind sehr kluge Tiere.» Dann nahm er Maria bei der Hand und führte sie über den Hof zu dem Torbogen in der Mauer hinter dem Efeuvorhang.

«Ist *das* dein Haus?», fragte sie überrascht.

«Ja», antwortete Robin. «Das ist der Paradieseingang. Wir haben drei Türen: den Vordereingang, den Hintereingang und den Paradieseingang.»

«Und du lebst dort unten mit deiner Mutter?», fragte Maria und spähte mit leichtem Unbehagen in die Finsternis hinab.

«Die netteste Mutter der Welt», erklärte Robin, griff dann mit der Hand in die Vertiefung in der Wand, holte eine Laterne heraus, nahm einen Feuerstein und Zunder aus der Tasche und zündete sie an. «Ich werde vorangehen, du folgst mir und hältst dein Kleid gut hoch, denn der Gang ist schmutzig.»

Maria hatte geglaubt, sie wäre müde, aber die Neugier ließ sie das bald völlig vergessen, als Robin sie erst eine Steintreppe hinab tief in die Erde hineinführte. Man konnte sie allerdings höchstens aus Höflichkeit eine Treppe nennen, denn die Stufen waren nur ganz grob in einen anscheinend natürlichen Felstunnel gehauen.

«Meine Mutter erzählt, dass hier einmal ein Bach verlaufen sein muss», berichtete Robin. «Und der Bach hat den Tunnel gegraben. Dann haben die Mönche die Stufen hineingehauen, damit sie bei schlechtem Wetter einen schnellen Weg ins Dorf hatten. Weißt du, diese Berge sind von vielen Höhlen und Tunneln durchzogen. Unser Haus muss auch einmal eine Höhle gewesen sein. Oder vielmehr mehrere Höhlen. Unser Haus ist sehr ulkig. Mutter glaubt, die Mönche hätten es einmal als Schule oder Krankenhaus für die Dorfbewohner angelegt.»

Sie gingen weiter, und schließlich endete der Tunnel vor einem kleinen, niedrigen, runden Torbogen mit einer Eichentür, die gerade groß genug war, um ein Kind oder jemanden sehr Kleines, Schlankes durchzulassen. Die Tür war mit einem Klopfer versehen, und den bildete ein kleines silbernes Hufeisen.

«Robin», flüsterte Maria, «die Tür ist so klein wie die zu meinem Zimmer, und der Türklopfer ist auch genau der gleiche.»

«Es heißt», erzählte Robin, «die Leute seien vor Jahrhunderten viel kleiner gewesen, als wir es heute sind. Vermutlich haben die Mönche deshalb eine so kleine Tür gemacht. Ich weiß nicht, wer den Klopfer hier angebracht hat. Er war schon da, als Mutter und ich die Tür entdeckten, und wir nehmen an, dass keiner außer uns von diesem Gang und dieser Tür weiß. Es heißt, *dein* Klopfer sei von der ersten Mondprinzessin angebracht worden.»

Er stieß die Tür auf, blies die Laterne aus und blieb dann höflich stehen, um Maria den Vortritt zu lassen.

Im Innern befand sich eine lustige kleine Höhle, der Form nach ganz ähnlich wie Marias Zimmer im Schloss, nur kleiner. Sie besaß nur ein Fenster hoch oben an der Wand, durch das nichts anderes zu sehen war als ein Stück Himmel. Der kleine Raum war ziemlich kahl, es gab nur ein niedriges Holzbett mit einer Patchworkdecke, eine geschnitzte Truhe und ein Bücherregal. Auf der gegenüberliegenden Seite des Zimmers war ein zweiter Bogendurchgang, jedoch keine Tür. Maria hätte hier gerne eine Zeit lang verweilt, um zu sehen, was für Bücher Robin auf seinem Regal stehen hatte, aber er wollte es nicht zulassen.

«Gehen wir direkt zu Mutter, damit du etwas Trockenes anzuziehen bekommst», befahl er und ging voran durch den zweiten Bogen. Maria folgte ihm und stand sogleich auf einer schmalen Treppe, die zu Loveday Minettes nettem Schlafzimmer führte.

«Robin!», rief sie voller Freude und Verwunderung. «Robin! Ist Loveday Minette deine Mutter?»

«Natürlich», erklärte Robin nüchtern.

«Und ich dachte schon, Loveday müsste einen Kobold zum Ehemann haben», fuhr Maria fort, «bei diesen schmalen Stufen. Aber dann hat sie wohl dich gemeint, als sie von ‹ihm› sprach.»

«Mein Vater war kein Kobold», erklärte Robin. «Er war ein ganz normaler Sterblicher, ein Rechtsanwalt. Er stammte nicht aus dem Tal. Er und meine Mutter lebten in dem Marktstädtchen direkt auf der anderen Seite des Paradiesberges. Er starb, als ich gerade erst vier Jahre alt war, dann kehrte meine Mutter ins Moonacre-Tal zurück. Denn sie hatte vor ihrer Hochzeit in diesem Tal gelebt, weißt du, und Menschen, die einmal hier gewohnt haben, können nirgendwo anders glücklich werden.»

Sie waren inzwischen in Lovedays Schlafzimmer angelangt, und er rief die Treppe hinab nach unten: «Mutter, bist du da? Maria ist hier, und sie ist völlig durchnässt.»

«Komme schon», antwortete Lovedays silberhelle Stimme, und im nächsten Augenblick stand sie vor ihnen, schmuck, hübsch und geradezu lächerlich jung aussehend, wenn man bedachte, dass sie Robins Mutter war.

«Geh nach unten, Robin», sagte sie, «und zieh die trockenen Kleider an, die zum Lüften am Kamin hängen.»

Robin gehorchte, und Loveday und Maria blieben alleine in Lovedays Schlafzimmer.

«Zieh gleich deine nassen Sachen aus, Maria», ordnete Loveday in geschäftig mütterlichem Ton an. «Ich habe ein Kleid, das dir wie angegossen passen wird. Es ist niemals getragen worden. Es ist nicht so abgewetzt wie mein altes Reitkostüm, das du gerade trägst.»

Maria, die gerade dabei war, ihr nasses grünes Kleid auszuziehen, hielt inne und spähte durch die Falten zu Loveday, die vor der Eichentruhe kniete und ganz tief unten nach dem Kleid wühlte, das nie getragen worden war.

«*Jetzt* weiß ich», sagte sie. «Du kommst morgens ins Schloss und legst mir die Kleider zurecht, wenn ich noch schlafe, nicht wahr, Loveday? Und mein Gebetbuch gehört dir. Und du hast die hübschen Sachen für Miss Heliotrope gemacht. O Loveday, warum bist du so gut zu mir?»

«Am Abend deiner Ankunft», erklärte Loveday, «öffnete ich das große Tor unter dem Steinbogen und ließ dich herein.

Du hast mich nicht gesehen, aber ich sah dich und hatte dich gleich lieb, als wärst du meine eigene Tochter.»

«Und als ich *dich* zum ersten Mal sah», sagte Maria, «liebte ich dich, als wärst du meine Mutter. O Loveday, warum weckst du mich nicht und gibst mir einen Kuss, wenn du früh morgens in mein Zimmer kommst?»

«Das werde ich in Zukunft tun», versprach Loveday. «Weißt du, ich kam immer heimlich. Ich wollte nicht, dass irgendeiner von meinem Kommen erfuhr. Sir Benjamin und Marmaduke Scarlet wollen keine Frauen im Haus haben. Bis zu deiner Ankunft haben sie sich mächtig gebrüstet, dass seit zwanzig Jahren kein weibliches Wesen einen Fuß in das Schloss gesetzt hätte. Du darfst ihnen nicht erzählen, dass ich komme, Maria.»

«Ich werde es nicht verraten», versprach Maria. «Aber, Loveday, wer lässt dich denn ein?»

«Der Kater Zachariah», erklärte Loveday.

«Oh», sagte Maria und zog ihr grünes Kleid, ihre nassen Schuhe und Strümpfe aus und stand mit ihren wohlgeformten kleinen weißen Füßen, die unter ihrem weißen Musselinunterrock hervorschauten, vor Loveday.

Loveday stand auf und kam auf Maria zu. In den Armen hielt sie etwas Weißes, Schimmerndes. Sie streifte es ihr über den Kopf, und Maria sah, dass es ein prachtvolles Kleid aus mondweißer Seide war. Es war das schönste Kleid, das sie jemals gesehen hatte, und sie war außer sich vor Entzücken, als Loveday die Häkchen schloss … Es passte wie angegossen.

«Es ist ein Hochzeitskleid», sagte Loveday. «Aber ich habe es nie getragen.»

«Aber warum nicht?», fragte Maria verwundert. «Es ist doch verrückt, ein so herrliches Kleid zu besitzen und es dann bei der Hochzeit nicht zu tragen.»

«Der Mann, den ich heiraten wollte, als ich dieses Kleid machte, wurde schließlich doch nicht mein Ehemann», erklärte Loveday. «Ich war einmal mit einem reichen, vornehmen Herrn verlobt und nähte dieses Kleid für meine Hochzeit mit ihm. Doch dann stritten wir uns, und ich heiratete ihn letztendlich nicht. Ich heiratete einen armen Mann, in einem Kleid aus gemustertem Musselin, das den Lebensumständen meines Bräutigams besser entsprach ... Du siehst wunderhübsch aus, meine Liebe. Sieh dich mal im Spiegel an.»

Maria trat an den alten Spiegel aus poliertem Silber und hatte diesmal keine Angst, denn Loveday stand direkt hinter ihr, schaute ihr über die Schulter und lachte, sodass sie zwei glückliche Gesichter nebeneinander sah. Die mondhelle Ausstrahlung, die der Spiegel den Gesichtern verlieh, gab ihnen eine Ähnlichkeit, als wären sie Schwestern, und erfreute ihre Herzen.

«Sehen wir uns nicht ähnlich?», rief Maria. «Ich bin unscheinbar, und du bist wunderschön, und doch sehen wir uns in diesem Spiegel ähnlich.»

«Wir sind uns ähnlich», sagte Loveday. «Aber was immer du tust, Maria, begehe nicht die gleichen Fehler wie ich.»

«Was für Fehler hast du denn begangen?», wollte Maria wissen.

«Zu viele, um sie dir alle aufzuzählen», antwortete Loveday, «doch sie alle entsprangen meinem aufbrausenden, unbeherrschten Temperament. Brause niemals auf, Maria, und gerate niemals in Zorn.»

«Ich werde mir alle Mühe geben», versprach Maria. «Und darf ich zu meiner Hochzeit dieses Kleid anziehen?»

«Natürlich», antwortete Loveday. «Wir werden es nicht einmal ändern müssen. Es passt dir wie angegossen.»

Sie gingen nach unten und sahen, dass Robin sich bereits

trockene Sachen angezogen und den Tisch mit Tee, Brot, Butter, Sahne, Honig und goldbraunem Kuchen gedeckt hatte. Der Kessel brodelte auf dem Kamin, das weiße Kätzchen schnurrte laut, und der seltsame Höhlenraum wirkte strahlend und heimelig, wenn die tanzenden Flammen des Holzfeuers ihn erhellten. Als Loveday die Sachen der Kinder zum Trocknen aufgehängt hatte, machte sie Tee in einer riesigen braunen Kanne, die wie ein Bienenstock aussah, und sie setzten sich und fielen hungrig über das leckere Essen her. Robin, der Maria an dem schneeweiß gedeckten Tisch gegenübersaß, betrachtete erstaunt ihre Aufmachung, war anfänglich aber zu sehr mit Essen beschäftigt, um etwas dazu zu sagen. Nachdem er einen halben Laib Brot und eine Menge Kuchen verzehrt hatte, äußerte er sich endlich.

«Das ist ein hübsches Kleid», sagte er mit vollem Mund. «Ich habe es noch nie gesehen. Es sieht aus wie ein Hochzeitskleid.»

«Es ist ein Hochzeitskleid», erklärte Maria undeutlich, denn auch sie hatte einen Bärenhunger und verschlang mit zwei Bissen eine Scheibe Brot und Honig. «Es ist mein Hochzeitskleid. Ich habe es anprobiert, um zu sehen, ob es passt.»

«Willst du denn heiraten?», fragte Robin scharf, und seine mahlenden Kiefer hielten plötzlich in der Bewegung inne.

«Natürlich», antwortete Maria und griff nach der Sahne. «Du wirst doch wohl nicht erwarten, dass ich eine alte Jungfer werde, oder?»

«Wirst du heute heiraten?», wollte Robin wissen.

Aber diesmal hatte Maria den Mund so voll, dass sie nicht antworten konnte, und Loveday, deren Hunger nicht so sehr durch die frische Luft, Gefahr und Anstrengung gesteigert war, knabberte zierlich an einem ganz dünnen Butterbrot und antwortete an ihrer Stelle.

«Natürlich wird sie nicht heute heiraten, Robin. Sie ist noch nicht alt genug zum Heiraten. Aber wenn sie Hochzeit feiert, wird sie dieses Kleid tragen.»

«Aber wann willst du heiraten und wen?», fragte Robin Maria.

Maria schluckte den letzten Bissen Brot, Sahne und Honig hinab, neigte den Kopf zur Seite und rührte nachdenklich in ihrem Tee. «Ich habe mich noch nicht entschieden», antwortete sie zurückhaltend, «aber ich glaube, ich werde einen Jungen heiraten, den ich aus London kenne.»

«Was?», brüllte Robin. «Du willst so einen Londoner Fatzke mit Seidenstrümpfen, Pomade im Haar und einem Gesicht wie ein Cheshirekäse heiraten?»

Der Kuchen blieb ihm im Halse stecken, und er hustete so heftig, dass Loveday ihm auf den Rücken klopfen musste und ihm noch eine Tasse Tee einschenkte. Als er wieder sprechen konnte, war sein Gesicht scharlachrot angelaufen – nicht nur vom Verschlucken, sondern vor Wut, Eifersucht und Fassungslosigkeit.

«Wie kannst du es nur wagen!», explodierte er. «Du … Maria … du … wenn du einen Mann aus London heiratest, werde ich ihm den Hals umdrehen.»

«Robin! Robin!», rief seine Mutter entsetzt aus. «So wütend habe ich dich ja noch nie erlebt. Ich wusste überhaupt nicht, dass du so aufbrausend sein kannst.»

«Na, jetzt weißt du es!», erklärte Robin zornig. «Und wenn sie den Kerl aus London heiratet, werde ich nicht nur ihm, sondern allen den Hals umdrehen, verlasse das Tal, gehe in die Stadt hinter den Bergen, wo mein Vater herstammt, und werde nie mehr zurückkehren. So!»

Maria reagierte gar nicht auf diesen Ausbruch. Sie trank einfach ihren Tee weiter und wirkte zurückhaltender als je zuvor.

Und je unbeteiligter sie wirkte, desto zorniger wurde Robin. Seine Augen sprühten Funken, die kastanienbraunen Locken schienen ihm vor Zorn wild vom Kopf abzustehen. Maria war ganz sicher, wenn sie hinter ihm gestanden hätte, hätte sie sehen können, wie die Locke in seinem Nacken hin und her peitschte wie ein Katzenschwanz. Sie trank ihren Tee mit herausfordernder Gelassenheit und ergriff dann endlich das Wort. «Warum hast du etwas dagegen, dass ich den Jungen aus London heirate?», fragte sie.

Robin schlug mit der Faust auf den Tisch, dass das Porzellan hüpfte. «Weil du *mich* heiraten wirst», brüllte er. «Hörst du, Maria! *Mich* wirst du heiraten.»

«Robin», sagte seine Mutter, «das ist nicht gerade die rechte Art, einen Antrag vorzubringen. Du müsstest niederknien und ihn mit ganz sanfter Stimme vortragen.»

«Wie soll ich hinknien, wenn ich mitten beim Teetrinken bin?», fragte Robin. «Und wie soll ich sanft sprechen, wenn ich mich fühle, als säße ein brüllender Löwe in meinem Innern? Wenn ich nicht brüllen könnte, würde ich platzen!»

«Du kannst aufhören zu brüllen, Robin», erklärte Maria. «Du kannst aufhören, denn um des lieben Friedens und der Ruhe willen habe ich mich gerade entschlossen, dich zu heiraten.»

Robins Locken legten sich wieder auf seinen Kopf, und die tiefe Rötung wich aus seiner Stirn. «Dann ist es ja gut», sagte er mit einem großen Seufzer der Erleichterung. «Abgemacht. Kann ich bitte noch etwas Kuchen haben, Mutter?»

Danach aßen, tranken und lachten sie weiter und sprachen über andere Dinge, während das Feuer hoch aufloderte, das Kätzchen schnurrte, der Kessel immer lauter summte, und das Glück schien sie wie eine Aura zu umgeben und wie ein Singen die Luft zu erfüllen, dass es fast zu sehen und zu hören war.

Doch etwas schien Robin noch ein wenig zu beunruhigen, und schließlich platzte er damit heraus: «Maria, wer ist dieser Junge aus London, den du vielleicht heiraten wolltest?»

«Ich hatte niemals die Absicht, einen Jungen aus London zu heiraten», antwortete Maria.

«Aber du sagtest doch …»

«Ich sagte, einen Jungen, den ich aus London *kenne*», berichtigte Maria. «Der Junge warst du.»

Der letzte Rest von Robins Eifersucht und Wut verflog. Er warf den Kopf zurück und lachte schallend, brüllte nun nicht vor Zorn, sondern vor Heiterkeit, und irgendetwas an diesem gewaltigen Gebrüll erinnerte Maria unvermittelt und überraschenderweise an Sir Benjamin.

«Nun hört zu, Kinder», sagte Loveday, stand vom Tisch auf und sah mit plötzlichem tiefem Ernst auf sie hinab. «Jetzt lacht ihr; doch es ist noch nicht lange her, dass Robin zornig war und Maria sich so provozierend verhielt, wie sie nur konnte. Ihr hättet euch ziemlich übel streiten können. *Und ihr dürft niemals streiten.* Wenn ihr es tut, zerstört ihr nicht nur euer eigenes Glück, sondern das Glück des ganzen Tales.»

Dann räumte sie das Teegeschirr zusammen, stapelte es in einer Ecke des Raumes neben ihrer Abwaschschüssel, faltete das Tischtuch zusammen, räumte es fort und stieg hinauf in ihr Zimmer. Sie weinte nicht, aber Maria hatte den Eindruck, dass sie es getan hätte, wäre sie nicht eine so stolze Frau gewesen.

«Es würde mich nicht wundern», sagte Maria vor sich hin, «wenn sie diesen vornehmen Herrn, den sie nicht geheiratet hat, immer noch liebte, als sie mit ihm zankte, aber sie war zu stolz, um einzulenken. Arme Loveday.»

Danach schwieg sie eine Weile und sah Robin zu, wie er das Kätzchen fütterte; sie musste daran denken, wie alle Mondprinzessinnen mit den Männern, die sie liebten, in Streit gerieten und deshalb das Moonacre-Schloss verlassen mussten; sie erinnerte sich daran, dass sie selbst nicht wieder fort wollte; sie musste daran denken, dass sie und Robin beinahe einen fürchterlichen Streit gehabt hätten. Und sie dachte daran, wie sie zum alten Pastor gesagt hatte, dass diese Streitereien vielleicht ausbleiben würden, wenn man den Paradiesberg an Gott zurückgab.

«Robin», sagte sie, «bevor wir die Sündhaftigkeit der Schwarzen Männer bannen, müssen wir Gott den Paradiesberg zurückgeben. Weißt du, Sir Wrolf hat ihn gestohlen. Wir müssen ihn zurückgeben.»

Robin schaute von dem Unterteller Milch auf, den er vor dem Kamin absetzte. «Sehr schön», meinte er. «Aber wie?»

Maria saß noch am Tisch, stützte ihr willensstarkes Kinn in die Hände und überlegte. Ja, wie eigentlich? Sie hätte gerne die Mönche um Rat gefragt, denen Sir Wrolf ihn ursprünglich gestohlen hatte, doch die waren schon seit Jahrhunderten tot. Wer ihrer Ansicht nach einem Mönch hier am nächsten kam, war der alte Pastor. Würde er wissen, was zu tun war? «Ich werde den alten Pastor fragen», sagte sie zu Robin.

«In Ordnung», sagte Robin. «Aber was der alte Pastor uns empfiehlt, unternehmen wir am besten auf der Stelle, damit wir uns dann an die Aufgabe mit den Schwarzen Männern machen können. Weißt du, wir haben keine Zeit zu verlieren. Sie werden immer bösartiger. Jeden Tag verfangen sich Tiere in Fallen, immer mehr Hühner, Gänse, Enten, Schafe und Kühe werden gestohlen. Letzte Woche sind sechs Kühe verschwunden.»

Maria stand auf. «Ich werde auf der Stelle zum alten Pastor gehen», erklärte sie. «Auf dem Heimweg.»

Robin erhob sich ebenfalls und musterte sie über den Tisch

hinweg. Seine Augen funkelten, und sie wusste, dass auch er sich auf das gewaltige Abenteuer freute, das vor ihnen lag.

«Robin», sagte sie, «woher wusstest du, dass du und ich gemeinsam die Schlechtigkeit der Schwarzen Männer niederringen müssen? Schon bei unserer allerersten Begegnung hier hast du mir erklärt, dass wir das tun müssten. Woher wusstest du das?»

«Das kam durch Serena», berichtete Robin. «Niemandem zuvor ist es je gelungen, den Schwarzen Männern etwas zu entreißen, aber du und ich, wir retteten Serena. Da begriff ich, dass wir gemeinsam das ganze Tal erlösen würden. Und als wir die Schafe retteten, wurde es mir noch klarer.»

«Da ist noch etwas, was ich nicht verstehe», sagte Maria. «Wie hast du es geschafft, mich in London in der Grünanlage zu besuchen und mit mir zu spielen?»

«Ich kam im Schlaf zu dir», erklärte Robin. «Manchmal wurde ich beim Schafehüten am Paradiesberg oder beim Unkrautjäten im Schlossgarten plötzlich müde. Dann rollte ich mich im Gras oder zwischen den Blumen zusammen und nickte ein; und war plötzlich in London. Oder ich fühlte mich schläfrig, wenn ich die Merryweather-Kapelle schrubbte. Dann legte ich mich mit dem Kopf auf Sir Wrolf und schlief ein. Oder aber es überkam mich, wenn ich mit meiner Mutter zusammen war, dass ich mich auf den Boden setzte, meinen Kopf in ihren Schoß legte und einschlief. Ich fragte Mutter einmal danach, und sie erklärte mir, dass wir in Wirklichkeit alle aus zwei Persönlichkeiten bestehen, einer geistigen und einer körperlichen, und wenn der Körper schläft, kann der Geist, der in seinem Innern lebt wie ein Brief in einem Umschlag, heraus und auf Reisen gehen.»

«Ich verstehe», sagte Maria. Dann stellte sie eine andere Frage.

«Robin, Loveday sagte mir, Sir Benjamin wisse nichts davon, dass sie hier wohnt. Wenn du aber sein Hirtenjunge und sein Gärtner bist, muss er doch wissen, dass du hier lebst?»

«Ja, natürlich weiß er das», antwortete Robin. «Aber er hält mich für ein angenommenes Kind der alten Elspeth, die früher in diesem Haus gewohnt hat. Mutter hat die Dorfbewohner gebeten, ihm diese Auskunft zu geben, weil sie nicht möchte, dass er erfährt, dass die alte Elspeth tot ist und sie nun hier lebt. Sie hält sich versteckt, wenn er in der Nähe ist.»

«Aber warum, Robin?», fragte Maria voll brennender Neugier.

«Ich weiß es nicht», meinte Robin gleichgültig und goss dem Kätzchen frische Milch ein.

«Robin, bist du denn kein bisschen neugierig?», fragte Maria leidenschaftlich. «Hast du Loveday denn nicht gefragt?»

«Nein», antwortete Robin. «Warum sollte ich? Das geht mich doch überhaupt nichts an. Wie es mir gelang, dich in London zu besuchen, das war meine Sache, also fragte ich meine Mutter danach. Doch warum sie nicht will, dass Sir Benjamin weiß, dass sie hier lebt, geht mich nichts an.»

Maria stieß einen schweren, ungeduldigen Seufzer aus. Die mangelnde Neugier der Männer lag wirklich außerhalb ihres Fassungsvermögens. Für sich persönlich hatte sie das Gefühl, es würde sie umbringen, wenn sie nicht vor dem Einschlafen heute Abend herausfände, was zwischen Loveday und Sir Benjamin war. Aber es hatte keinen Zweck, Robin weitere Fragen zu stellen.

«Ich gehe nach oben, um das Kleid auszuziehen, Robin», sagte sie und raffte ihre eigenen Kleider, die vor dem Feuer lagen, zusammen. «Dann schaue ich auf dem Nachhauseweg im Pfarrhaus vorbei und frage den alten Pastor wegen des Paradiesberges.»

«In Ordnung», antwortete Robin fröhlich. Und als sie dann die Stufen zu Lovedays Zimmer emporstieg, rief er hinter ihr her: «Wenn du das nächste Mal dieses Kleid anziehst, dann um mich zu heiraten.»

«So soll es sein, Robin», sagte Maria. Und sie lachte. Es würde ein großer Spaß werden, Robin zu heiraten.

Sie hatte erwartet, Loveday oben vorzufinden, doch sie war nirgendwo zu sehen, und als sie das hübsche Brautkleid auszog und wieder in die Eichentruhe legte, hatte sie das Gefühl, Loveday sei durch Robins Zimmer über die Treppe im Berg und durch die Paradiestür zum Paradiesberg gegangen, um Trost zu finden, wo einst die Mondprinzessin umhergegangen war, weil sie sich mit dem Mann, den sie liebte, zerstritten hatte.

2

Als sie sich umgezogen hatte und wieder nach unten gegangen war, ließ Robin sie durch die Hintertür hinaus, und sie lief die ganze Strecke durch die zunehmende Dämmerung zum Pfarrhaus, wo sie an der alten Vordertür klopfte. Der alte Pastor öffnete ihr sogleich mit einem wohlwollenden Lächeln und schloss die Tür hinter ihr.

In seinem kleinen Zimmer war es warm, behaglich und hübsch, denn er hatte die Vorhänge zugezogen, Kerzen angezündet, im Herd ein loderndes Feuer entfacht, und seine rosafarbenen Geranien strahlten kräftig. Sie setzte sich neben ihn auf die Holzbank, wärmte ihre Füße am Feuer – denn nach dem Gewitter war es ziemlich kalt geworden – und erzählte ihm, dass sie Gott gerne den Paradiesberg zurückgeben wolle, aber nicht wisse wie.

«Ich werde es dir sagen», meinte der alte Pastor. «Komm morgen ganz früh zur Kirche, wenn die Kinder dort spielen, dann werden wir alle zusammen zum Paradiesberg hinaufsteigen und ihn Gott wiederschenken. Aber du musst noch etwas anderes tun, Maria, und das musst du heute Abend erledigen.»

«Ja?», fragte Maria.

«Sir Benjamin verdient eine Menge Geld mit der Wolle der Schafe, die er am Paradiesberg hält, doch wenn dieser Berg Gott wiedergegeben wird, dann ist die Wolle vom morgigen Vormittag an Gottes Eigentum und nicht Sir Benjamins. Das musst du ihm erklären.»

Maria schaute ihn etwas zweifelnd an. «Könnten Sie ihm das nicht erklären?», fragte sie. «Sie könnten mich doch jetzt nach Hause begleiten.»

«Das könnte ich nicht», sagte der alte Pastor entschieden. «Ich werde für den Rest des Abends sehr beschäftigt sein. Du solltest nun besser nach Hause gehen, Maria, denn es wird dunkel, und du wirst ja nicht allein im Dunkeln durch den Park gehen wollen.»

Maria stand augenblicklich auf. Das wollte sie bestimmt nicht. Alleine im Dunkeln zu sein gefiel ihr ganz und gar nicht, so lange die Schwarzen Männer sich in der Gegend aufhielten. Als der alte Pastor die Tür hinter ihr geschlossen hatte und sie sah, wie viel dunkler es in der Zwischenzeit geworden war, wurde ihr ausgesprochen ängstlich zumute. Er hätte sie schließlich begleiten können, dachte sie. Er hätte sie begleiten und sich um sie kümmern können … Und was war das für ein großer Schatten, dort vor dem Tor? War es ein Schwarzer Mann?

Sie stieß einen gedämpften Angstschrei aus, der sogleich in

einen Freudenschrei umschlug, als der vermeintliche Schwarze Mann den Schweif hob und durch die Luft wirbelte und sie den dunklen Umriss Wrolfs erkannte. Sie ging den Gartenweg hinab, tätschelte seinen großen Kopf und dachte verwundert daran, dass sie sich einmal vor ihm gefürchtet hatte. Dann gingen sie gemeinsam die Dorfstraße hinab und durch das zerfallene Tor in den Park.

Diesen Spaziergang durch den Park mit Wrolf sollte sie nie vergessen. Es herrschte nun fast völlige Dunkelheit, und alleine hätte sie große Angst gehabt, doch mit Wrolf an ihrer Seite, dieser Verkörperung von Mut und Kraft, fühlte sie sich völlig sicher. Sie ging langsam, hatte die Finger einer Hand tief in die mächtige, pelzige Mähne gegraben, roch den süßen Geruch von feuchter Erde, Blumen und Moos und hob den Kopf, um über den Baumkronen die ersten Sterne am Himmel auffunkeln zu sehen.

Nach dem Unwetter war es so still, dass sie einen Hund, der Meilen entfernt war, bellen und die Vögel schlafen gehen hören konnte. Hin und wieder warf sie einen Blick auf die dunklen Lichtungen rechts und links des Weges, jetzt jedoch ohne jede Erwartung und nur mit dem Gedanken, wie schön sie waren. Sie rechnete nun nicht wirklich damit, das kleine weiße Pferd zu sehen, denn sie hatte so oft nach ihm Ausschau gehalten und es nie wieder gesehen. Manchmal fragte sie sich, ob sie es überhaupt jemals gesehen hatte oder ob es sich an jenem ersten Abend nur um einen verirrten Mondstrahl gehandelt hatte.

Nein, es lag nicht an irgendetwas Sichtbarem, dass dieser Nachhauseweg so schön war. Es lag an Wrolf. Seit diesem Nachmittag schien ein neues, sehr starkes Band zwischen ihnen zu bestehen. Sie glaubte, ihm gefiel, was Robin und sie sich vorgenommen hatten. Er wünschte, dass es ihr gelänge und dass sie nicht daran scheiterte wie die früheren Mondmädchen. Er wollte nicht, dass sie Moonacre Manor wieder verlassen müsste. Vielleicht wollte er selbst nicht wieder Abschied nehmen müssen? Denn es schien, als hätte der gelbbraune Hund immer wieder in den Kiefernwald zurückkehren müssen, wenn das Mondmädchen mit ihrem Liebsten stritt. Es war, als stellte er eine Art Abbild der guten Eigenschaften der Männer von Moonacre dar: Er war stark, tapfer, liebevoll, herzlich und von rötlicher Farbe – und eine Trennung des Mondmädchens von ihrem Mann bedeutete gleichzeitig ihre Trennung von dem gelbbraunen Hund.

Und das kleine weiße Pferd, dachte Maria plötzlich, besaß alle Eigenschaften des Mondmädchens: die weiße Schönheit, die strahlende Reinheit und den geheimen Stolz. Nur dass der gelbbraune Hund und das kleine weiße Pferd eine Vollkommenheit besaßen, an welche die einzelnen Sonnen- und Mond-Merryweathers niemals heranreichen würden ... Sie waren Idealbilder ... Es lag an diesen Gedanken, die ihr durch den Kopf gingen, und an Wrolfs offensichtlicher Zufriedenheit mit ihr, dass Maria diesen Heimweg so genoss.

Erst als das Herrenhaus in Sicht kam und sie ein Licht aus dem Turmfenster blinken sah, als hätte dort jemand eine Lampe entzündet, deren Schein sie nach Hause führen sollte, überlegte sie plötzlich, ob Sir Benjamin und Miss Heliotrope nicht schrecklich besorgt um sie wären. Sie war nun höchst ungeduldig, denn sie hatte seit Stunden nicht an die beiden gedacht.

«Schnell, Wrolf», sagte sie und zupfte an seiner Mähne. «Beeil dich! Schnell!»

Aber Wrolf wollte sich nicht drängen lassen, schaute in ihr Gesicht empor und warf ihr einen besänftigenden Blick zu ... Er wusste, dass sie sich nicht sorgten.

Und das Bild, das sich ihr bot, als sie die erleuchtete Halle betrat, vermittelte nicht gerade den Eindruck, als habe man sich um sie Sorgen gemacht. Sir Benjamin und Miss Heliotrope saßen am Tisch vor dem Feuer, verzehrten Schweinekoteletts mit Zwiebeln, Backäpfel und Eiercreme, während Wiggins und Serena am Kamin Brot und Milch aus Schüsseln schlapperten.

«Glücklich wieder zu Hause», meinte Sir Benjamin, aber nicht in dem Ton, als hätte er daran gezweifelt. Und er trug seine beste Weste, wie sie bemerkte, die mit den aufgestickten gelben Rosen und scharlachroten Nelken, und seinen dicken Rubinring. Die Menschen machen sich nicht die Mühe, ihre besten Kleider anzulegen, wenn sie in Sorge sind.

«Du bist spät, Liebes», sagte Miss Heliotrope, jedoch nicht so, als ob es ihr etwas ausmachte.

Maria stellte fest, dass ihr Merryweather-Appetit trotz des ausgiebigen Tees noch recht gut funktionierte, und registrierte mit Bedauern, dass Sir Benjamin sich auf die Koteletts und Zwiebeln konzentriert und sehr wenig übrig gelassen hatte, worauf sie sich hätte konzentrieren können, und dass Miss Heliotrope, vor deren Platz man die Backäpfel und die Eiercreme gestellt hatte, heute Abend offenbar an keinerlei Verdauungsstörungen litt. Aber sie hätte sich keine Sorgen zu machen brauchen, denn nun öffnete sich die Küchentür, und in dem Spalt erschienen übereinander die Köpfe von Marmaduke Scarlet und Zachariah, dem Kater.

«Wenn die junge Herrin und der Hund Wrolf noch einmal geruhen würden, meine bescheidene Unterkunft zu betreten, fänden sie dort einen kleinen Imbiss zur jeweiligen Befriedigung der geheimen Sehnsüchte einer hochgeborenen jungen Dame und ihres getreuen Begleiters», erklärte Marmaduke.

Maria und Wrolf geruhten, und das ziemlich schnell. Die

vom Schein eines großen Feuers erhellte Küche war unbeschreiblich behaglich. Der Kanarienvogel, den Zachariah bislang noch nicht verspeist hatte, sang aus vollem Halse. Auf dem Tisch standen: ein gebratenes Täubchen in einer Silberschale, ein Apfelkloß und ein Teller Sahne. Am Boden lag ein riesiger Lammknochen. Wrolf fiel ohne viel Federlesens darüber her, aber Maria, die den Geruch ihres Mahls so köstlich fand, dass ihre Nase zitterte wie die eines Kaninchens, trat erst an den Herd und schaute in die Asche.

Ja, da war wieder eine Reihe von Bildern eingezeichnet. Zuerst ein Bild von Serena, die auf drei Beinen und mit vom Wind angelegten Ohren dahinhoppelte, dann wieder der Umriss der Mondsichel, die für sie selbst stand, und dann die Umrisse zweier kleiner Häuser, so wie Kinder sie malen.

Maria lachte vor Freude laut auf. Serena hatte die Nachricht gebracht, und Zachariah hatte sie am Kamin aufgemalt. «Serena sagt, Maria befindet sich völlig in Sicherheit.»

«Ach, die schlaue Serena!», rief Maria. «Und der kluge Zachariah!»

Zachariah strich mit dreifach auf dem Rücken geringeltem Schwanz immer wieder dicht um ihre Röcke und schnurrte, schnurrte und schnurrte.

3

Doch die Entdeckung der Bilder am Kamin sollte nicht Marias letzte Entdeckung an diesem Tag bleiben. Es sollte noch eine kommen.

Als sie ihr köstliches Abendbrot gegessen hatte und in die

Halle zurückgekehrt war, hatte sie diese leer vorgefunden, doch der Kerzenschein, der unter der Salontür hindurchfiel, sagte ihr, wo sie die anderen finden würde. Und da waren sie alle vier: Wiggins und Serena schliefen am Feuer, und Sir Benjamin und Miss Heliotrope saßen einander gegenüber an dem kleinen Tisch, der sonst an der Wand stand mit den Schachfiguren und dem Nähkästchen darauf …

Sie spielten Schach … Endlich wurden die erstarrten Figuren wieder benutzt. Die kleinen roten Hunde und weißen Pferdchen stolzierten über die schwarzen und weißen Felder, die Könige und Königinnen, Springer und Läufer waren alle zu einer Schlachtenreihe aufgestellt und wirkten nun keineswegs mehr starr. Im Lichtschein von Feuer und Kerzen schienen sie nicht aus Elfenbein zu bestehen, sondern aus Opal und Perlmutt. Sie waren zum Leben erwacht.

«Oh!», rief Maria begeistert. «Sie benutzen wieder die Schachfiguren!»

Sir Benjamin schaute auf, und Maria sah, dass sein Gesicht stärker gerötet war als zuvor, und in seinen Augen stand ein Ausdruck des Erschreckens, als täte er etwas, womit er selbst nie wieder gerechnet hatte.

«Ich habe seit über zwanzig Jahren nicht mehr Schach gespielt», gab er heiser zu. «Früher habe ich immer mit … nun ja, das ist eine alte Geschichte …»

«Und was hat Sie gerade jetzt dazu veranlasst?», wollte Maria wissen.

«Als wir dieses Zimmer betraten, wirkten sie plötzlich so unbenutzt», erklärte Sir Benjamin. «Nicht wie das Cembalo, das seit deiner Ankunft ganz anders aussieht. Ehe ich noch recht wusste, was ich sagte, hatte ich Miss Heliotrope eine Partie vorgeschlagen.»

«Wo ist das Nähkästchen?», wollte Maria wissen. «Das Nähkästchen, das neben den Schachfiguren auf dem Tisch stand? Es ist ebenfalls unbenutzt. Was haben Sie damit gemacht?»

«War da ein Nähkästchen?», fragte Sir Benjamin ausweichend.

Miss Heliotrope blickte über ihre Brillengläser hinweg. «Ich glaube, ich habe es irgendwo auf den Boden gestellt», sagte sie.

«Auf den Boden!», rief Maria empört. Dann sah sie es unten in der Ecke und stürzte darauf zu. «Wenn ihr die Schachfiguren benutzt, werde ich das Nähkästchen benutzen», erklärte sie.

«Gewiss, meine Liebe», sagte Sir Benjamin. Aber er konzentrierte sich auf das Spiel, und sie bezweifelte, dass er gehört hatte, was sie sagte. Nichtsdestotrotz besaß sie seine Genehmigung, die Genehmigung, das Nähkästchen zu öffnen, was man ihr am Vortag versagt hatte. Sie trug es hinüber zur Fensterbank, setzte sich, hielt es ein Weilchen in ihrem Schoß und sog den angenehmen, schwachen Duft des Zedernholzes ein. Dann hob sie den Deckel und schaute hinein.

Das Kästchen war gepolstert und mit elfenbeinfarbener Seide ausgeschlagen, und an der Innenseite des Deckels waren mit Seidenschleifen ein wunderhübscher kleiner silberner Fingerhut und eine Schere befestigt. In dem Kästchen lag eine halb fertige, säuberlich zusammengefaltete Stickerei. Maria nahm sie heraus und klappte sie auf; es war eine weiße Seidenweste mit weißen Mondgänseblümchen und gelben Mittelpunkten wie kleine Sonnen. Hinter jedem Gänseblümchen standen grüne Blätter, sodass es sich gut von der weißen Seide abhob. Es war fast fertig; nur noch wenige Blätter waren zu sticken.

Maria stellte das Nähkästchen auf die Bank neben sich und breitete die Weste auf ihrem Schoß aus. Dann betrachtete sie Sir Benjamin, der ihr gegenübersaß und zu sehr in sein Schachspiel vertieft war, um zu bemerken, was sie tat. Der Kerzenschein glänzte auf der wundervollen bestickten Weste, die er trug. Maria schaute von einem Arbeitsstück zum anderen. Es waren andere Blumen, aber das Muster war ähnlich. Es bestand kein Zweifel daran, dass ein und dieselbe Hand diese beiden Stücke angefertigt hatte und – jawohl – die gleichen Stiche zierten die Blumenstickerei auf den Lavendelsäckchen, die Loveday für Miss Heliotrope gemacht hatte ... Loveday hatte diese beiden Westen gestickt.

Maria blieb ganz still sitzen und dachte angestrengt nach. Die Weste in ihrem Schoß, so dachte sie, sah aus, als wäre sie aus dem gleichen Stoff gemacht wie das Hochzeitskleid, das sie erst heute Nachmittag getragen hatte. Sie sah so aus, als wäre sie ebenfalls für eine Hochzeit gemacht. Mondgänseblümchen, gelbe Sonnen als Mittelpunkt, Mond und Sonne.

Plötzlich fiel ihr wieder etwas ein, was Marmaduke Scarlet bei ihrem ersten Besuch in der Küche zum Lob von Miss Heliotrope gesagt hatte. «Sie stellt eine deutliche Verbesserung gegenüber der Anstandsdame dar, die früher mit der anderen jungen Herrin hier wohnte.» Und dann musste sie daran denken, was Loveday über die alte Elspeth gesagt hatte, die einmal im Herrenhaus gelebt hatte, dann aber mit Marmaduke in Streit geraten war und nicht mehr dort hatte wohnen wollen. Sir Benjamin hatte sie zur Pförtnerin gemacht, und dann war sie auch mit ihm in Streit geraten. Aber mit Loveday musste sie freundschaftlichen Umgang gepflegt haben, denn Loveday hatte gewusst, wann sie gestorben war, und ihre Stelle im Torhaus im Berg angenommen.

Plötzlich wurde Maria alles klar. Ihre Neugier war befriedigt. Loveday hatte als junges Mädchen hier mit ihrer Gouvernante gelebt, genau wie sie, Maria, nun mit der ihren hier lebte. Und Loveday und ihre Gouvernante waren in der kleinen Ponykutsche gefahren. Und Loveday hatte Immergrün geritten und Wrolf geliebt. Und sie hätte Sir Benjamin geheiratet, aber sie zerstritten sich und sie ging fort. Maria erinnerte sich, wie der alte Pastor bei ihrem gemeinsamen Frühstück über die Melodie sprach, die Maria dem Cembalo entlockt hatte: «Die muss sie als Letztes gespielt haben, ehe sie das Cembalo zuklappte. Ja, ich erinnere mich, dass sie es an jenem Abend spielte. Es war ihr letzter Abend auf dem Herrensitz. Das liegt jetzt zwanzig Jahre zurück.»

Maria hatte damals nicht gewusst, von wem die Rede war. Es war natürlich Loveday. Loveday und Sir Benjamin hatten sich an jenem Abend gestritten, und Loveday war fortgegangen in die Stadt hinter den Bergen und hatte stattdessen den Anwalt, Robins Vater, geheiratet ... Und Wrolf war in die Kiefernwälder verschwunden ... Aber sie liebte dieses Tal so sehr, dass sie nach dem Tode ihres Ehemannes zurückgekommen war.

Sie war jedoch zu stolz, um Sir Benjamin von ihrer Rückkehr wissen zu lassen, zu stolz, einen Versuch zur Versöhnung zu unternehmen. Maria fragte sich, was den Anlass zu dem Streit zwischen Sir Benjamin und Loveday gegeben hatte. Was immer es sein mochte, es war höchste Zeit, dass sie es bereinigten, nachdem Sir Benjamin und Marmadukes Ablehnung gegenüber Frauen durch ihr und Miss Heliotropes gutes Benehmen ein wenig gemildert war.

«Ich muss dafür sorgen, dass sie sich aussöhnen», sagte sich Maria wild entschlossen.

Doch zuerst musste der Paradiesberg an Gott zurückgegeben werden. Das war die nächste Aufgabe. Maria faltete die Weste zusammen, packte sie fort, klemmte das Nähkästchen unter ihren Arm und ging leise zur Turmtreppe. Denn sie musste zeitig zu Bett, wollte sie doch am nächsten Morgen schon früh zu ihrem nächsten Abenteuer aufstehen. Doch vor dem Schlafengehen war noch etwas zu erledigen.

Die Hand auf der Klinke der Turmtür, sagte sie in gebieterischem Ton: «Sir Benjamin! Sir!»

Ihr Vetter blickte sichtlich erschreckt auf, denn niemals zuvor war er in seinem eigenen Haus auf so herrische Weise angesprochen worden.

«Sir Benjamin», sagte Maria, «Sie haben keinen Anspruch auf das Geld aus dem Verkauf der Wolle der Schafe, die Sie am Paradiesberg halten.»

«Potztausend, Maria!», stieß Sir Benjamin hervor. «Und warum nicht, wenn ich bitten darf?»

«Sir Wrolf hat den Paradiesberg dem Herrgott gestohlen», erklärte Maria entschieden. «Und morgen werden der alte Pastor, alle Kinder und ich ihn an Gott zurückgeben. Er wird nicht mehr Ihr Eigentum sein.»

«Mein Gott!», sagte Sir Benjamin.

«Sie müssen mir Ihr Wort geben, Sir», sagte Maria, «dass Sie das Geld nicht mehr für sich behalten, sondern es an die Armen verteilen.»

«Das wird mein Einkommen beträchtlich dezimieren», sagte Sir Benjamin in ziemlich trockenem Ton.

«Sie könnten weniger essen», schlug Maria vor.

«Maria!», rief Miss Heliotrope entsetzt. «Was für eine Art, mit deinem Vetter zu sprechen!»

«Ich spreche zu seinem eigenen Wohl mit ihm», erklärte Maria.

Plötzlich warf Sir Benjamin den Kopf zurück und brüllte vor Lachen; es war das gleiche urwüchsige Gebrüll, das Robin früher an diesem Abend ausgestoßen hatte. «Nun schön, Maria», sagte er. «Wir werden den Befehl Eurer Hoheit befolgen.»

Maria ging glücklich zu Bett in dem Bewusstsein, dass ihre Neugier an diesem Tag in vielerlei Hinsicht befriedigt worden war … Doch sie wusste noch immer nicht, wo Marmaduke Scarlet schlief.

Gott erhält den Paradiesberg zurück

I

Loveday Minette hielt ihr Versprechen und weckte Maria am nächsten Morgen mit einem Kuss auf die Wange, der so leicht war, als ob ein Schmetterlingsflügel sie streifte. Und als Maria die Augen aufschlug, glaubte sie für einen Augenblick, in das Gesicht eines Engels zu blicken. Dann begriff sie, wer es war, und lächelte.

«Mutter Minette», sagte sie.

Loveday lachte. «Ich habe in meinem Leben schon viele Namen erhalten», sagte sie, «aber das ist eindeutig der beste. Nun steh schnell auf, Maria! Du hast heute Morgen eine Menge zu erledigen.»

Maria sprang mit einem Satz aus dem Bett, sodass Wiggins, der zufällig auf ihren Füßen lag, durch die Luft geschleudert wurde und flach auf dem Rücken und in entsprechend schlechter Laune auf dem Boden landete. Dort lag er, streckte alle viere in die Luft und knurrte bitterböse, bis Loveday aus der Dose auf dem Kaminvorsprung ein Zuckerplätzchen nahm und es auf seine Brust legte. Da schoss er augenblicklich in die Höhe, verzehrte es und war wieder ganz glücklich.

«Du wusstest genau, wo du ein Plätzchen finden würdest, Mutter Minette», sagte Maria, als sie sich an der Silberschüssel wusch. «Hat Marmaduke Scarlet sie auch schon für dich gebacken, als du ein junges Mädchen warst und in diesem Zimmer schliefst?»

Loveday Minette, die gerade dabei war, Marias Reitkostüm aus der Truhe zu nehmen, hielt verwundert inne. «Wie kommst du auf den Gedanken, dass ich als junges Mädchen hier schlief?»

«Ich habe es einfach erraten», antwortete Maria, während sie in ihre Unterröcke stieg. «Wo sonst hättest du schließlich schlafen sollen? Sir Benjamin und seine Mutter bewohnten die Zimmer im anderen Turm. Deine Gouvernante hatte vermutlich das große Schlafzimmer in diesem hier, so wie jetzt Miss Heliotrope. Hast du oft hier gesessen? Oder häufiger im Salon? Wo saßest du, als du dein Hochzeitskleid genäht hast? Und Sir Benjamins Weste?»

«Maria!», rief Loveday fassungslos. «Hat dir jemand von mir erzählt?»

«Nein», antwortete Maria. «Ich habe einfach nur zwei und zwei zusammengezählt.»

«Deine Rechenkünste sind so gut, Maria, dass du mir Angst machst», meinte Loveday.

«Ich habe gesunden Menschenverstand», erwiderte Maria, nahm Loveday behutsam das Kostüm ab und zog es an. «Und es sollte mich nicht wundern, wenn ich durchaus die erste Merryweather wäre, die darüber verfügt. Ich muss ihn von meiner Mutter geerbt haben, denn mein Vater besaß keinen. Und ich glaube auch nicht, dass du oder Sir Benjamin welchen habt. Sonst hättet ihr euch nicht zerstritten. Warum habt ihr euch gezankt?»

«Das ist eine zu lange Geschichte, um sie jetzt zu erzählen», wehrte Loveday hastig ab.

«Du wirst ausreichend Zeit haben, wenn wir durch den Park zum Dorf gehen», erklärte Maria. «Mutter Minette, du musst es mir erzählen. Mütter und Töchter, die einander in Liebe verbunden sind, haben keine Geheimnisse voreinander.»

Loveday Minette antwortete nicht. Sie reichte Maria ihren Federhut, schlang sich ihren grauen Schal um die Schultern und ging voran durch die kleine Tür, die just die richtige Größe hatte für Mondmädchen und Zwerge, und stieg die Turmtreppe zur Halle hinab. Wiggins folgte ihnen.

In der Halle wurden sie bereits von Wrolf und Serena und erstaunlicherweise auch von Zachariah erwartet.

«Kommt Zachariah auch mit?», erkundigte sich Maria erstaunt. «Ich dachte immer, er würde niemals mit irgendjemandem irgendwohin gehen.»

«Es handelt sich um einen großen Augenblick in der Geschichte von Moonacre», erklärte Loveday. «Deshalb stehen dir alle Tiere, die ein besonderes Interesse an dir haben, nun bei. Immergrün wartet draußen. Ich habe es für dich gesattelt. Robin ist mit den anderen Kindern in der Kirche.»

Sie gingen hinaus und die Stufen hinab, wo Immergrün geduldig am Aufsteigbock wartete.

«Du reitest Immergrün, ich werde mich auf Wrolfs Rücken setzen», entschied Maria. «Es spielt keine Rolle, dass du kein Reitkostüm anhast. Immergrün geht ganz ruhig.»

«Ich weiß doch», sagte Loveday sanft, während sie fachkundig vom Aufsteigbock in den Sattel stieg. «Mein liebstes Immergrün!»

Immergrün wieherte leise und herzlich und schaute dann liebevoll zu Maria, damit diese nicht eifersüchtig würde.

«Die Merryweather-Tiere scheinen alle sehr alt zu werden, nicht wahr?», meinte Maria, als sie auf Wrolfs Rücken kletterte und die grauen Haare in seiner Mähne bemerkte.

«Sie wissen, dass sie gebraucht werden», antwortete Loveday.

«Ja, sie haben Verstand», antwortete Maria nachdenklich. Die Führung und der Schutz durch die Tiere war, wie sie in zunehmendem Maß begriff, für die nicht gerade vernünftigen Merryweathers äußerst notwendig.

Es war noch so früh, dass der Mond über der Zeder wie ein Lampion am Himmel hing und die Sterne erst schwach funkelten. Aber hinter dem Paradiesberg schimmerte der Himmel im Osten wie eine Rose, und im Westen über dem Meer hing eine perlweiße Wolkenbank, die von reinem Gold umrahmt wurde. Sie hatten reichlich Zeit, und die beiden Mondmädchen ritten langsam die moosbewachsene Straße unter den Bäumen entlang. Immergrüns Hufe verursachten auf dem Moos keinerlei Geräusch, und Wrolf lief wie immer lautlos voraus. Serena, Zachariah und Wiggins, die ihnen folgten, unterhielten sich, jedoch so leise, dass ihr Gespräch kaum zu hören war. Es war genau die richtige Art von stillem Augenblick, um Geschichten zu erzählen.

«Nun erzähl mir, Mutter Minette», bat Maria.

2

«Wie du, bin auch ich nicht auf Moonacre geboren», sagte Loveday. «Ich erblickte das Licht der Welt in Cornwall, wo das Meer gegen die großen Felsklippen dröhnt und es die schönsten Geranien der Welt gibt. Ich lebte dort, bis ich zehn Jahre alt war. Dann starben meine Eltern, und ich kam mit meiner Gouvernante Elspeth nach Moonacre, wo mich Lady Letitia Merryweather, meine angeheiratete Tante und die Mutter von Sir Benjamin, aufziehen sollte. Sie war früh verwitwet, aber sie war eine begabte Frau, die ihren Sohn großartig erzog und das Anwesen so geschickt bewirtschaftete, dass Moonacre unter ihrer Herrschaft gedieh. Sie war streng und unerbittlich, und ich liebte sie nicht, obgleich ich heute sicher bin, dass sie das Beste wollte für das arme, mittellose Waisenmädchen, das ich war; denn als ich auf Moonacre ankam, besaß ich nichts auf der Welt außer den Kleidern, die ich am Leibe trug und zehn Blumentöpfen mit Geranienablegern, jenen prachtvollen lachsrosa Geranien, die den Stolz Cornwalls darstellen.»

«Deshalb stehen so viele Geranien in deiner Wohnung», murmelte Maria.

«Ja», sagte Loveday. «Die bei mir zu Hause und auch beim alten Pastor sind Ableger jener ursprünglichen zehn Stecklinge. Und wenn ich Leid über Moonacre brachte, so brachte ich ihm zumindest auch Geranien.»

«Erzähl weiter», drängte Maria sie sanft.

«Mein Vater, Sir Benjamins Vater und dein Großvater waren Brüder», berichtete Loveday. «Es gab nur diese drei Geschwister, und jeder von ihnen hatte wiederum nur ein Kind: Sir Benjamin, mich und deinen Vater. So sind die Merryweathers inzwischen zu einer sehr kleinen Familie geschrumpft, denn nur noch Sir Benjamin, ich und du sind übrig.»

«Nun», erklärte Maria mannhaft, «was uns zahlenmäßig fehlt, machen wir durch gute Eigenschaften wett. Es ließen sich kaum drei nettere Leute finden. Und ich kann mir überhaupt nicht vorstellen, wie so nette Leute wie du und Sir Benjamin in Streit geraten konnten … Sprich weiter von eurem Zerwürfnis, Mutter Minette … Was *war* denn nun der Anlass?»

«Die Geranien!», gestand Loveday ganz leise.

«Die Geranien!», keuchte Maria. «Aber wie in aller Welt könnt ihr wegen Geranien einen so schrecklichen, lebenslangen Streit vom Zaun gebrochen haben?»

«Im Rückblick ist mir das auch ganz und gar unklar», gab Loveday zu, «aber damals erschienen mir diese Geranien als das Wichtigste auf der Welt. So ist das immer bei Streitigkeiten, Maria, insbesondere bei Merryweather-Streitigkeiten. Sie fangen mit Kleinigkeiten wie rosafarbenen Geranien an, und dann scheint diese Kleinigkeit anzuwachsen, bis sie die ganze Welt erfüllt.»

«Fahr fort», bat Maria.

«Als ich auf Moonacre ankam», berichtete Loveday, «war ich ein sehr unglückliches kleines Mädchen. Ich hatte meine Eltern geliebt, und sie waren gestorben. Ich hatte mein Zuhause in Cornwall geliebt und es verloren. Das Einzige, was mich an meine Eltern und mein Zuhause erinnerte, waren meine rosafarbenen Geranien. Mir fehlen die Worte, Maria, um auszudrücken, wie viel mir diese Pflanzen bedeuteten. Bei meiner Ankunft stellte man mir das kleine Turmzimmer zur Verfügung, und ich füllte es mit Geranien; und als sie sich vermehrten, stellte ich die Töpfe auf die Turmtreppen … Und damit begann der Ärger … Denn Lady Letitia hatte zwei heftige Abneigungen: nämlich gegen Geranien und gegen die Farbe Rosa, insbesondere Lachsrosa. Im ganzen

Schlossgarten befand sich keine einzige Geranie und im Haus nicht das geringste bisschen Rosa. Sie war es, die den Salon des Schlosses eingerichtet und die Stuhlbezüge gestickt hat, und du wirst dich erinnern, dass die Rosen rot und gelb sind, aber keine einzige rosa ist.»

«Ich weiß», sagte Maria. «Eines, was mir am Salon so gut gefällt, ist die Tatsache, dass es dort überhaupt kein Rosa gibt, denn mir geht es wie Lady Letitia, Loveday, ich kann Rosa nicht ausstehen.»

«Was!», schrie Loveday. «Da reitest du so ruhig neben mir, Maria, und wagst mir zu sagen, dass du Rosa nicht magst?» Loveday richtete sich auf, ihre Augen sprühten kalte Funken, und sie schien ganz und gar zu versteinern. Sie sah aus wie eine Frau, der man eine tödliche Kränkung zugefügt hatte; und Maria fand das Ganze so lächerlich, dass sie sich ebenfalls aufrichtete; ihre Augen funkelten und sie öffnete den Mund zu einer bissigen Bemerkung. Doch ehe sie die Zeit dazu hatte, ertönte ein leises Knurren von Wrolf und ein mahnendes Wiehern von Immergrün, und anstatt Loveday anzufahren, lachte Maria.

«Lass uns nicht streiten», meinte sie. «Du magst Rosa, ich nicht, und wir werden uns damit abfinden, verschiedener Meinung zu sein.»

Loveday beruhigte sich und lächelte. «Genau das war es, wozu Lady Letitia und ich nicht imstande waren», sagte sie. «Wir zankten uns unablässig. Sie wollte keine einzige Geranie von meinem Turm herab ins Haus wachsen lassen, sie wollte mich nicht einmal ein rosafarbenes Band im Haar tragen lassen. Und ich war schrecklich verbittert, denn für mich bedeutete eine Kränkung meiner Geranien einen Angriff auf meine Eltern. Ich war sehr unglücklich und wäre vermutlich daran gestorben, wäre da nicht meine Gouvernante, die alte

Elspeth gewesen, die zwar ein starrsinniges altes Stück war, aber stets Partei für mich ergriff, und Sir Benjamin mit seiner Freundlichkeit. Als ich ein zehnjähriges Kind war, war er ein strahlender junger Mann von fünfundzwanzig und, wie ich schon sagte, ungeheuer nett zu mir; und ich liebte ihn, obgleich er die Abneigung seiner Mutter gegen rosa Geranien teilte. Denn er ähnelte nicht seiner Mutter, die stets über die Dinge sprach, die sie verabscheute; er hielt einfach den Mund und erwähnte sie nicht. Er machte mir stets Geschenke, um die Strenge seiner Mutter auszugleichen. In seiner Jugend war er ein geschickter Schreiner, und er hat die hübschen Möbel gebaut, die nun in deinem Zimmer stehen. Und er brachte mir Schachspielen bei.

Wir spielten immer zusammen Schach. Ich kann dir nicht sagen, wie sehr ich ihn liebte, Maria. Und er liebte mich ebenfalls … Seine Mutter liebte er allerdings mehr.»

«Das hat dich gewiss sehr eifersüchtig auf seine Mutter gemacht», sagte Maria.

«Ja, das hat es», meinte Loveday. «Ich war damals ein schreckliches Mädchen, Maria; eifersüchtig und stolz und von einer kalten Leidenschaft, die sich sehr vom lodernden Zorn Lady Letitias unterschied und sie sehr verärgerte. Und doch liebte mich Sir Benjamin, und als ich größer wurde, bat er mich, ihn zu heiraten, und ich sagte ja.»

«War Lady Letitia aufgebracht?», erkundigte sich Maria.

«Und wie!», sagte Loveday. «Aber sie war nur eine Frau. Sir Benjamin war inzwischen über dreißig, und ihr war klar, dass er mich jederzeit heiraten konnte, wenn er wollte. Also machte sie das Beste daraus. Aber sie mochte mich wirklich überhaupt nicht und war sehr unglücklich über unsere Verlobung. Ich glaube, ihre Unzufriedenheit muss sie geschwächt haben, denn in jenem Winter erkältete sie sich und starb daran, ehe einer von uns auch nur etwas unternehmen konnte. Sir Benjamin brach es schier das Herz, denn er hatte seine Mutter angebetet. Ich gab mir alle Mühe, ihn zu trösten, und er schien mich mehr zu lieben als jemals zuvor. Wir kamen überein, im Frühling zu heiraten, und er und ich und Elspeth machten uns daran, das Haus für die Hochzeit auf Hochglanz zu polieren. Und ich arbeitete schwer an meiner Stickerei. Ich hatte für Sir Benjamin bereits eine wunderschöne hellblaue Weste gemacht mit gelben und scharlachroten Stickereien, denn das sind die Sonnenfarben, die er so gern mag; und nun begann ich mit einer neuen für unsere Hochzeit. Und ich nähte meine Aussteuerwäsche und mein Hochzeitskleid ... Und dann tat ich an einem Frühlingsabend vor unserer Hochzeit etwas sehr Dummes.»

«Ich kann es mir genau vorstellen», sagte Maria. «In der Zwischenzeit quoll der Turm derartig von rosa Geranien über, dass kaum mehr ein paar Zentimeter Raum blieben, einen weiteren Topf aufzustellen, sodass du, als Sir Benjamin eines Tages ausgeritten war, alle herunterbrachtest und im Haus verteiltest.»

«Genau das habe ich gemacht», bestätigte Loveday. «Insbesondere füllte ich den Salon mit ihnen, denn der alte Pastor sollte zum Abendessen kommen, und ich wollte, dass alles so fröhlich wie möglich wirken sollte. Dann zog ich eines meiner Aussteuerkleider an, ein rosafarbenes, und schmückte den Esstisch mit rosaroten Blumen. Schließlich kam der alte Pastor. Ziemlich spät, denn er hatte sich beim Reiten zu lange aufgehalten, erschien dann auch Sir Benjamin und sah, was ich getan hatte.»

«Und was sagte er?», fragte Maria.

«Zuerst sagte er gar nichts», berichtete Loveday, «weil der alte Pastor da war. Er spielte den ganzen Abend über den höflichen Gastgeber, aber ich fühlte, dass er äußerst wütend war. Und ich glaube, der alte Pastor hat es auch begriffen, denn nach dem Abendessen versuchte er, die Stimmung zu heben, indem er mich bat, ihnen vorzusingen und zu spielen, und ich sang ein Lied, das irgendein Merryweather vor Jahrhunderten geschrieben hatte und das Sir Benjamin besonders mochte, weil das Mädchen aus dem Lied ihn an mich erinnerte.»

«Ja», flüsterte Maria vor sich hin. «Ich kenne dieses Lied.»

«Aber es schien ihm an diesem Abend nicht zu gefallen», erzählte Loveday. «Und sobald der alte Pastor fort war, sagte er mir unverblümt, was er von mir hielt. Er hat das aufbrausende Temperament der Merryweathers, weißt du, auch wenn er so strahlend und herzlich ist, und als junger Mann konnte er sich aufführen wie ein brüllender Löwe. Und in jener Nacht wütete und tobte er, dass sein Zorn fast das Dach abgedeckt hätte. Er sagte, ich hätte die Erinnerung an seine heilige Mutter besudelt und wäre nicht würdig, in ihre Fußstapfen zu treten. Und er sagte noch andere Dinge, die mich sehr wütend machten, sodass ich auch harte Worte sagte. Unter anderem erklärte ich, seine Mutter sei schließlich keine Heilige gewesen, sondern eine äußerst bösartige Frau, die mit einem kleinen Mädchen wegen dessen Vorliebe für Rosa so streng umgegangen war. Und keine Heilige würde Geranien hassen, sagte ich. Heilige liebten alle von Gott geschaffenen Blumen, insbesondere die lachsrosa Geranien von Cornwall, denn Gott habe keine schöneren Blumen geschaffen als sie … Daraufhin packte Sir Benjamin alle in seiner Reichweite stehenden Geranientöpfe und warf sie aus dem Fenster in den Rosengarten.»

«Und was hast du gemacht?», wollte Maria wissen.

«Ich ging hinauf in mein Turmzimmer, zog das Seidenkleid aus und ein Ausgehkleid an, schrieb dann ein Briefchen

Ein schockierender Temperamentsausbruch nach Merryweather-Art

an meine Gouvernante Elspeth, worin ich ihr sagte, dass ich für immer fortginge, sie sich aber keine Sorgen machen sollte, und schob ihn unter ihrer Schlafzimmertür hindurch. Als dann völlige Dunkelheit herrschte und im Haus Ruhe eingekehrt war, packte ich einen großen Handarbeitsbeutel, schlüpfte aus dem Haus in den Rosengarten, sammelte zwischen den Topfscherben alle Geranienpflanzen zusammen, die ich in der Dunkelheit finden konnte, und stopfte sie in meinen Beutel. Dann ging ich durch den Park und hinaus durch den Tunnel und durch das große Tor und die Straße hinab, die aus dem Tal führt. Ich ging die ganze Nacht, und bei Tagesanbruch befand ich mich in einer Welt, die mir völlig fremd war; sie erschien mir wie ein anderes Land, wo ich mir fremd und verloren vorkam. Aber ich gab meiner Schwäche nicht nach und kehrte nicht um. Ich folgte der Straße bis zur Marktstadt, klopfte an die Tür des ersten hübschen Hauses, an das ich gelangte, und fragte, ob sie mich nicht als Hausmädchen nehmen würden. Und sie taten es. Und der Sohn des Hauses, ein junger Anwalt, verliebte sich auf den ersten Blick in mich, und ich heiratete ihn so schnell, wie die Hochzeit sich arrangieren ließ, weil er freundlich war und ich ihn gern mochte, und in meinem Stolz und Zorn wollte ich es ein für allemal unmöglich machen, für Sir Benjamin noch erreichbar zu sein.

«Hat er denn versucht, dich zurückzuholen?», erkundigte sich Maria.

«Ja, das hat er. Er, der alte Pastor und Elspeth gaben keine Ruhe, ehe sie herausgefunden hatten, wo ich steckte, und Sir Benjamin schickte den alten Pastor, um mir sagen zu lassen, dass er mir vergeben und mich wieder aufnehmen würde. Aber er kam nicht persönlich … Vermutlich war er immer noch gekränkt, stolz und wütend … Und er übermittelte keinerlei Entschuldigung, dass er meine Geranien aus dem Fenster geworfen hatte. So wurde ich noch wütender und schickte den alten Pastor mit der Nachricht zurück, dass ich so bald wie möglich meinen Anwalt heiraten und in der Stadt wohnen bleiben würde, um niemals wieder einen Fuß ins Tal zu setzen.»

«Das hast du dann aber doch getan», sagte Maria.

«Ja, ich konnte nicht anders. Ich liebte das Tal zu sehr, um ihm fernzubleiben, und als Mädchen vom Lande hasste ich die Stadt. Nachdem Elspeth als Torhüterin eingesetzt war, besuchte ich sie regelmäßig im Torhaus, und als sie und mein Ehemann starben, packte ich meine Habe einschließlich meiner rosafarbenen Geranien zusammen und kam heimlich, um hier zu leben, wie ich dir schon erzählte … wie die erste Mondprinzessin.»

«Was?», keuchte Maria. «Hat die hier gelebt?»

«Ich glaube schon», sagte Loveday. «Als Robin und ich ins Torhaus zogen, hatte niemand den kleinen Höhlenraum bewohnt, der nun Robins Zimmer ist. Er lag voller Erde und Steine und Müll, die durch das Loch, das nun das Fenster ist, hereingefallen waren. Robin und ich räumten den Müll fort und entdeckten die kleine Tür zum Berg mit dem Hufeisenklopfer, und wir fanden tief unter dem Schutt auch den silbernen Spiegel mit dem galoppierenden Pferd darüber, der jetzt in meinem Zimmer hängt. Wem sonst, wenn nicht ihr, hätte er gehören sollen? Ich glaube, sie hat ihr ganzes Leben hier zugebracht, nachdem sie aus dem Herrenhaus ausgezogen war und ließ ihr kleines weißes Pferd an den Hängen des Paradiesberges weiden.»

«Wahrscheinlich», sagte Maria. «Loveday, nach der Legende hat sie ihre Perlenkette mitgenommen, als sie das Herrenhaus verließ. Hast du die auch gefunden?»

«Nein», erklärte Loveday. «Ich habe oft gesucht, aber die Perlen niemals gefunden. Der große Rubinring, den die Prinzessin Sir Wrolf schenkte, ist in Sicherheit, und Sir Benjamin trägt ihn gelegentlich; doch die Perlen sind anscheinend verloren. Es ist ein Jammer, denn du hättest bei deiner Hochzeit mit ihnen bestimmt prachtvoll ausgesehen.»

«Wenn ich mir vorstelle, Loveday», meinte Maria, «dass du die ganzen Jahre im Torhaus gelebt und nicht einmal versucht hast, dich mit Sir Benjamin zu versöhnen!»

«Warum sollte ich?», fragte Loveday mit kalter, harter Stimme. «Er hat ja auch niemals versucht, sich mit mir auszusöhnen.»

«Hat er doch wohl! Er hat den alten Pastor zum Haus des Rechtsanwalts geschickt.»

«Das war keine richtige Versöhnung», sagte Loveday. «Er hat niemals gesagt, dass es ihm Leid täte, dass er so wütend wurde, er hat sich niemals entschuldigt, dass er meine rosafarbenen Geranien aus dem Fenster warf. Und all die anderen, die er nicht aus dem Fenster geworfen hat, muss er wohl verbrannt haben, denn meines Wissens ist im Schloss oder im Garten nie wieder eine rosa Geranie aufgetaucht.»

Maria schwieg, doch sie musste plötzlich an den geheimnisvollen Raum über dem Tunnel denken, der vom Stallhof zur Küche führte, und an die rosafarbenen Geranien, die sie dort im Fenster gesehen hatte. Sie beschloss nun, sich diese rosa Geranien an Ort und Stelle genauer anzusehen, sowie sich die Gelegenheit ergäbe. Doch jetzt ging es erst einmal darum, Gott den Paradiesberg zurückzugeben, und sie waren inzwischen an dem zerfallenen Tor zum Dorf angelangt.

«Mutter Minette, ich habe jetzt keine Zeit, dir zu sagen, wie ungeheuer töricht ich dein und Sir Benjamins Verhalten finde», sagte sie ernst, «aber ich werde es dir später erzählen.

Vielleicht lassen wir die Tiere besser am Tor zum Kirchhof stehen, während wir in der Kirche sind?»

«Nein, wir nehmen sie mit hinein», widersprach Loveday. «Der alte Pastor hat nichts dagegen, dass Tiere seine Kirche betreten. Er sagt, Hunde, Katzen und Pferde seien bei weitem die anständigsten Kinder Gottes, im Prinzip jedenfalls weit anständiger als Männer und Frauen, und er könne beileibe nicht einsehen, warum er sie aus Gottes Haus fernhalten solle.»

«Ich auch nicht», meinte Maria.

Sie ritten die Dorfstraße entlang, die um diese frühe Stunde noch zu schlafen schien, nur der Bach vom Paradiesberg plätscherte fröhlich unter den Brücken vor den Gartentörchen, weiter durch das Friedhofsportal und über den Gottesacker. Am Eingang stiegen Loveday und Maria ab und gingen Hand in Hand in die Kirche. Wrolf und Immergrün, Zachariah und Serena folgten ihnen paarweise. Wiggins bildete die Nachhut und trug seine Rute gerade wie ein Banner.

3

Die Kirche war von Sonnenschein, Kindern und Musik erfüllt. Der alte Pastor stand mit der Fiedel unter dem Kinn auf den Altarstufen und spielte eine der hübschesten Weisen, die Maria jemals gehört hatte. Rings um ihn her auf den Stufen saßen sämtliche Kinder von Silverydew in ihren bunten Kleidern und sahen wie Blumen aus, sangen wie die Vögel in der Dämmerung aus voller Kehle und voller Begeisterung.

Der alte Pastor hörte nicht auf zu spielen, als Loveday Minette, Maria, Wrolf, Immergrün, Zachariah, Serena und

Wiggins sich zu den singenden Kindern gesellten, sondern rief ihnen zu: «Setzt euch hin und lernt so schnell wie möglich den Text dieses neuen Liedes.»

Loveday und Maria setzten sich mit Wiggins und Serena auf dem Schoß und Wrolf und Immergrün geduldig und demutsvoll an ihrer Seite, um das neue Lied zu lernen … Doch Zachariah sprang über die Tür in die Merryweather-Kirchenbank und ließ sich auf einem der Polster nieder, als verkörpere er sämtliche Pharaonen der Geschichte in seiner schnurrenden Persönlichkeit.

Sie konnten leicht in den Text des neuen Liedes einstimmen, das der alte Pastor zu dieser Gelegenheit geschrieben hatte, und Loveday und Maria sangen ihn ebenso freudig wie die anwesenden Kinder.

Frühlingslied

Gelobt sei der Herr, der uns die Sonne schenkt,
die strahlend uns vom Himmel lacht,
gelobt sei der Herr, der uns den Mond gegeben,
der lieblich funkelt in der reinen Pracht.
Gelobt sei der Herr für hellen Sternenschein
rings über uns am Zelt der Nacht.

Gelobt sei der Herr für Wind und Regen,
für Wolken, Tau und Luft so klar,
hoch droben für den Regenbogen,
der uns erstrahlt so wunderbar,
für alles dies dem Herrn sei Dank,
aus vollem Herzen immerdar.

Gelobt sei der Herr für Jahreszeiten,
die köstlich sind und uns beschenken
mit Blumen, Nüssen, Früchten.
Die uns mit Holz und Korn bedenken,
uns unser täglich Brot zu bereiten,
und gütlich unser Leben lenken.

Gelobt sei der Herr für den Wechsel der Zeit,
für neu erwachtes, junges Leben,
für Knospen, Blüten, Lämmer, Kinder,
für den Gesang, den Amseln geben.
Das Lob weit und breit
möge sich zum Himmelstor erheben.

«Das wird wohl genügen», meinte der alte Pastor, als alle zu seiner Zufriedenheit sangen. «Maria, würdest du bitte zur Merryweather-Kapelle gehen und nachsehen, ob Robin die Aufgabe, mit der ich ihn betraut habe, zu Ende geführt hat?»

Maria setzte Serena ab, die auf ihrem Schoß gelegen hatte, und eilte zur Kapelle. Robin saß im Schneidersitz am Boden und lehnte sich mit dem Rücken an Sir Wrolfs Grab. Sir Wrolfs großes Schwert mit dem Kreuzgriff lag auf seinen Knien, und er scheuerte es wie wild mit Schmirgelpapier. Als er Maria erblickte, schaute er auf und grinste. «Ich schaffe es nicht, das Eisen hell und sauber funkeln zu lassen», erklärte er. «Es ist zu alt. Aber so sieht es jedenfalls schon besser aus. Wir nehmen es mit, sagt der alte Pastor.»

Maria bekam vor Vergnügen Grübchen auf den Wangen. Das war eine gute Idee vom alten Pastor! Sir Wrolf selbst konnte sie nicht begleiten, um das Eigentum, das er gestohlen hatte, zurückzugeben, aber sie konnten wenigstens sein Schwert mitnehmen!

Robin stand auf, klopfte den Staub von seinen Kleidern, verstaute das Schmirgelpapier zusammen mit der Scheuerbürste und dem Eimer in der Ecke der Kapelle, und gemeinsam brachten Maria und er das Schwert dem Pastor. Als sie auf die Altarstufen zugingen, hatte der alte Pastor seine Geige wieder weggeräumt und seine Soutane angelegt, Loveday Minette hob die Statue der Gottesmutter mit dem Kind aus der Nische, und die Kinder holten die Glocke von ihrem Platz neben der Kanzel.

«Nehmen wir sie mit?», erkundigte sich Maria.

«Natürlich», antwortete der alte Pastor. «Sie sind Klostereigentum, und wir werden sie dahin zurückbringen, wo sie hingehören.»

Einige der Kinder hatten Tränen in den Augen. «Wir werden die Jungfrau schrecklich vermissen», klagten sie.

«Unsinn», widersprach der alte Pastor. «Ihr könnt ihr eure Geschenke ebenso gut am Paradiesberg darbringen wie hier. Von heute an werden wir häufig dorthin gehen, um Gott zu loben. Nun kommt alle mit. Wir brechen noch jetzt zu einer Prozession dorthin auf. Ich gehe voran, und ihr Übrigen, ihr Kinder und Tiere, folgt mir paarweise und singt, so kräftig ihr könnt, das Loblied, das ich euch beigebracht habe. Beim Tragen der Jungfrau und der Glocke könnt ihr euch abwechseln.»

«Wir werden ein Bild bieten wie die Tiere auf dem Weg zur Arche Noah», meinte Maria.

«Ein besseres Bild könnten wir gar nicht abgeben», sagte der alte Pastor. «Kommt jetzt. Robin, gib mir das Schwert.»

Robin reichte ihm das große Schwert mit dem Kreuzgriff. Der alte Pastor hielt es wie ein Prozessionskreuz in die Höhe, schritt damit den Mittelgang hinab – hinaus ins Sonnenlicht und sang aus voller Brust. Dicht hinter ihm gingen nebeneinander Wrolf und Immergrün, ihnen folgten Maria und Robin, dann Wiggins und Zachariah als Paar, darauf Loveday Minette mit dem kleinen Peterkin Pepper an der Hand, gefolgt von Prudence Honeybun und allen anderen Kindern, die die Jungfrau und die Glocke trugen und kräftig das Lied sangen, das der alte Pastor sie gelehrt hatte.

Bis sie an den steilen Weg anlangten, stand die Sonne hoch am Himmel, und es war der prächtigste Frühlingsmorgen, den man sich denken konnte. Beim Aufstieg sangen die Kinder, wenn auch etwas atemlos, weiter und pflückten Farne, Immergrün und Schlüsselblumen, die sie zu großen Sträußen banden, und rings um sie her sangen auch die Vögel und jubilierten so laut, dass sie fast den Gesang der Kinder übertönten. Als sie vom überwachsenen Weg hinaus auf den Paradiesberg kamen, schien die Sonne strahlender als je zuvor, und auf dem Weg zum Gipfel waren alle ganz glücklich, gingen zwischen Schafen und herumtollenden Lämmern über kräftig grünes Gras und purpurne Veilchen, vorbei an dem blühenden Schlehenbaum und immer höher hinauf, wo die Buchen ihr Silber und Grün dem blauen Himmel entgegenreckten. Als sie fast oben angelangt waren, hieß der alte Pastor sie stehen bleiben, damit sie wieder Atem schöpfen konnten, und dann machten sie sich singend auf, unter den Buchenzweigen hindurch zum Eingang in der zerfallenen Mauer in den gepflasterten Innenhof.

Als sie dort stehen blieben, begriff Maria, warum der alte Pastor ihr am Vorabend nicht angeboten hatte, sie durch den Park nach Hause zu begleiten … Er hatte Wichtigeres zu tun gehabt … Sobald sie gegangen war, musste er in der zunehmenden Dämmerung hier heraufgestiegen sein und im

Schein von Mond und Sternen die halbe Nacht gearbeitet haben. Denn zwischen den Pflastersteinen war alles Unkraut gejätet, alle Trümmerstücke weggeräumt, die Dornenhecken zurückgeschnitten, und die Fliesen waren gewaschen und geschrubbt, dass sich das Sonnenlicht in ihnen wie Perlmutt spiegelte. Brunnen und Kanal waren von welkem Laub gesäubert, sodass die Quelle klar und kräftig sprudelte und dann rasch und mühelos dahinfloss und sich silbern unter dem flachen Bogen der Eberesche ergoss. Der Baum sah prachtvoll aus in der Morgensonne, seine Beeren leuchteten wie Kerzen, und unter seinen Ästen hatte der alte Pastor die Steine, die er vom Hof geräumt hatte, zu einem kleinen Altar aufgestapelt. Das Ganze wirkte frisch, sauber, hübsch und völlig neu hergerichtet. Nachdem der Pastor Sir Wrolfs Schwert in die Äste der Esche gesteckt hatte, sodass es wie ein Kreuz hinter dem Altar stand, die Blumensträuße der Kinder davor gelegt, die Statue der Jungfrau mit dem Kind in die leere Nische über dem steinernen Torbogen gestellt und die Glocke an einem Ast der alten Stechpalme aufgehängt hatte, war der ganze Ort bereit für die Gebete und Lobpreisungen, die der alte Pastor nun einleitete.

Zuerst blieb er mit Loveday vor dem Altar stehen, während die Kinder und Tiere im Kreis um sie herumstanden, zu denen sich nun auch so viele Schafe und Lämmer geschart hatten, wie sich nur in den Hof drängen konnten, und sprach ein sehr langes Gebet; aber da es ein so schöner Morgen war, störte sich niemand daran. Er bat um Vergebung für Sir Wrolf, der diesen Ort Gott gestohlen hatte, und an dieser Stelle stieß der lebende Wrolf ein tiefes, reumütiges Heulen aus. Dann bat der alte Pastor um Vergebung für alle Merryweathers, die in den darauf folgenden Generationen versäumt hatten, ihn zurückzugeben, und an dieser Stelle senkten Loveday Minette, Maria und Robin die Köpfe und sagten, wie sehr sie das bedauerten. Dann betete er um weitere Vergebung für die Merryweathers, weil sie das Geld aus dem Erlös der Wolle von den Schafen, die an diesem heiligen Berg weideten, für sich behielten, und nun blökten alle Schafe jämmerlich. Und dann betete er dafür, dass dieser Ort von nun an heilig sei für alle Zeiten und keine Sünde hier mehr begangen werden sollte. Dann sagten alle Amen, die Schafe blökten leise und geheimnisvoll, Robin trat an die Stechpalme und begann die Glocke zu läuten. Sie ertönte laut und klar, um den Menschen im Tal zu verkünden, dass der Paradiesberg wieder Gottes Eigentum war. Dann nahm Robin seine Hirtenflöte von der Stelle neben dem Paradieseingang, wo sie noch immer lag, und sie sangen zu seiner Begleitung *Der Herr ist mein Hirte* und *Lobet den Herrn*, das Glockenlied und das Frühlingslied und alle Hymnen, die ihnen einfielen. Dann kehrten sie schließlich widerstrebend, weil es hier oben so schön war, dem Berg den Rücken und zogen singend zum Dorf zurück.

Als sie dort ankamen, stellten sie fest, dass der Klang der Glocke und ihr fröhlicher Gesang alle Erwachsenen auf die Dorfstraße gelockt hatte, und die Kinder lachten und redeten und weinten alle zusammen, weil sie so glücklich waren. Denn der Frühling hatte Einzug gehalten, und Gott hatte seinen Paradiesberg wieder.

Das Schloss im Kiefernwald

I

Für eine Weile bekam Maria weder Robin noch Loveday zu Gesicht, und da am Morgen keine Kleider für sie bereitlagen, vermutete sie, dass zur Zeit keine Abenteuer auf sie warteten. Wrolf schien auch viel unterwegs zu sein und glaubte offenbar, dass sie eine Zeit lang auf sich selbst aufpassen könne. Es war herrliches Wetter. Bäume und Pflanzen bekamen Blätter und Blüten, und die Vögel sangen aus voller Kehle.

Wenn Maria morgens aufstand, lief sie zuerst zum Südfenster ihres Zimmers und sah nach den Osterglocken, die sich von der Finsternis der bedrohlichen Schwarzen Männer und Schwarzen Hähne als strahlendes Lichtmeer abhoben.

Dann lief sie – wie üblich – ans Westfenster, um in den Rosengarten zu schauen, wo junge grüne Blätter einen zarten

Hauch bildeten und die kräftigen Farben der Vogelflügel wie Feuer blitzten.

Danach trat sie – wie üblich – ans Nordfenster und betrachtete lange und ernst die dunkle Masse des Kiefernwalds hinter den emporragenden Dächern. Mehrere Male glaubte sie in der frühen Dämmerung draußen in den Wäldern einen Hahn krähen zu hören, und der Schrei war eine Herausforderung an sie.

«Na?», fragte er. «Kikeriki. Was willst du dagegen unternehmen? Was willst du tun?»

Aber da sie nicht die geringste Ahnung hatte, was sie gegen die Schlechtigkeit der Schwarzen Männer unternehmen konnte, wusste sie darauf keine Antwort. Sie konnte nur warten. Doch in der Zwischenzeit war sie nicht müßig, denn sie hielt sich für alles bereit, was man von ihr verlangen würde. Sie versuchte, sich im Innern nicht zu fürchten, und stellte fest, dass diese Art zu warten und nachzudenken einen stark beschäftigen konnte.

Außerdem hatte sie ihren Unterricht bei Miss Heliotrope und ritt fast jeden Tag zum Paradiesberg hinauf, bewunderte die Schafe und Lämmer und sprach mit den Kindern, die dort im Innenhof unter den Buchen spielten. Denn inzwischen hatten die Kinder von Silverydew das Kloster als zweiten Kindergarten angenommen. Die Kirche hatte ihre Zuneigung nicht verloren, aber sie hatten beschlossen, dort nur an kalten und nassen Tagen hinzugehen und sich bei schönem, warmem Wetter auf dem Paradiesberg zu versammeln. Sie hatten keine Angst, sich dort aufzuhalten, denn sie wussten instinktiv, dass der Berg nun wieder Gott gehörte und die Schwarzen Männer nicht zurückkehren konnten.

Robin musste das ebenso empfinden wie die anderen Kinder, dachte Maria, denn er hütete die Schafe nicht mehr. Sie sah ihn dort kein einziges Mal wieder. Sie vermisste ihn, aber sie vermutete, dass er irgendwo etwas Nützliches erledigte, und sie würde ihn bald wieder sehen, wenn sie sich ein wenig geduldete.

Der kleine, gepflasterte Innenhof sah immer weniger wie eine Ruine und jeden Tag mehr wie ein Gotteshaus aus. Die Füße der vielen Kinder und Erwachsenen, die häufig nach getaner Arbeit hier heraufkamen, hatten einen Weg getrampelt, von den Buchen zum Torbogen in der Mauer.

Der alte Pastor hatte auf dem Steinaltar vor Sir Wrolfs großem Schwert und zu jeder Seite des Torbogens zwei dicke rosa Geranienstöcke aufgestellt; und auch die Jungfrau mit dem Kind bekam ständig ihre Blumengeschenke, genau wie früher in der Kirche.

Der Dorfschreiner hatte eine Bank gezimmert, auf der die erschöpften Erwachsenen Platz nehmen und sich ausruhen konnten, wenn sie sich den Berg heraufgeschleppt hatten. Der Dorfmaurer hatte an vielen Stellen das Mauerwerk ausgebessert, und der Dachdecker des Dorfes, der weithin als der Beste seines Fachs bekannt war, hatte bereits Pfosten und Balken aufgerichtet, die eines Tages das Strohdach tragen sollten, das den kleinen Hof gegen den von den Bäumen tropfenden Regen schützen würde.

Unbekannte hatten verschiedene Schätze gestiftet: eine irdene Vase für die Blumen der Gottesmutter, eine Kette Rosskastanien, die die Mauer zieren sollte, und ein kräftiges neues Seil, um die Glocke zu läuten. Wann immer hier oben irgendjemand seine Gebete sprach, läutete er, wie früher die Mönche, die Glocke, um die Leute unten im Dorf wissen zu lassen, was sie taten.

Als Maria eines Tages mit Sir Benjamin ausritt, führte sie ihn zum Paradiesberg, damit er sehen sollte, was dort oben vollbracht worden war. Als er die Schafe sah und daran dachte, dass er mit ihnen nichts mehr verdienen würde, schaute er sehr finster drein; doch als Maria ihn in den Innenhof geleitete, besserte sich seine Stimmung merklich. Er nahm seinen Hut ab, wie er das in der Kirche tat, und blickte sich begeistert um, und als sie wieder gingen, blieb er neben den Geranientöpfen an der Tür stehen und schnupperte.

«Sie riechen gut», sagte er. «Ausgesprochen gut.»

«Früher habe ich Rosa nicht ausstehen können», erklärte Maria, «aber jetzt … sie sehen so hübsch aus hier … ich glaube fast, ich werde meine Meinung ändern.»

«Glaub es nicht nur, tu es einfach», erklärte Sir Benjamin unvermittelt, fast barsch. «Vergeude keinen Hass an eine rosafarbene Geranie. Alle Farben kommen von der Sonne und sind daher gut. Bewahr deinen Hass für schwarze, böse Dinge auf. Nun komm um des Himmels willen mit nach Hause. Ich habe mich von dir verleiten lassen, eine Stunde lang hier herumzubummeln, und jetzt kommen wir zu spät zum Mittagessen.»

Auf dem ganzen Rückweg war er ziemlich kurz angebunden, wie Maria ihn gar nicht kannte, aber sie störte sich nicht daran, denn sie wusste nun, dass er den Streit ebenso bedauerte wie Loveday. Und nach einem guten Essen (Rinderbraten, Soße, Yorkshire Pudding, Bratkartoffeln, Gemüse, Meerrettichsoße, Apfelkuchen, Zucker, Rahmkäse, Pflaumenkuchen und Bier) war er wieder ganz der Alte.

2

Am nächsten Morgen träumte Maria vor dem Erwachen, die gemeißelte Mondsichel über ihrem Kopf sei wie ein Schmetterling herabgeschwebt und hätte sie auf die Nase geküsst. Und als sie aufwachte, sah sie, dass ihr Reitkostüm bereitgelegt war – also hatte Loveday ihr wohl einen Kuss gegeben. Beim Frühstück bemerkte Sir Benjamin, dass Maria das Kostüm trug, und grinste von einem Ohr zum anderen.

«Ein wunderschöner Tag», sagte er. «Ein prachtvoller Tag. Viel zu schön, um ihn über Schulbüchern zu vergeuden. Geben Sie ihr heute frei, Miss Heliotrope. Lassen Sie sie heute machen, was sie mag. Du könntest dir den Obstgarten ansehen, Maria. Ich habe ein paar Schafe dort untergebracht, sie sehen hübsch aus.» Dann seufzte er tief. «Ich werde mehr Schafe halten müssen, da ich die am Paradiesberg durch deine Tatkraft losgeworden bin.»

Doch als Maria ihn anschaute, sah sie, dass er ihr wegen der Schafe nicht wirklich böse war, denn seine Augen zwinkerten. Sir Benjamins gute Stimmung überraschte sie allerdings ein wenig, denn zuvor hatte sich eine kleine Katastrophe ereignet. Marmaduke Scarlet hatte die Tür zur Speisekammer aufgelassen, und Wrolf hatte sich hineingeschlichen und die ganze Lammkeule fürs Mittagessen, sämtliche Rindersteaks und die Nierenpastete fürs Abendessen sowie den Frühstücksschinken gefressen … Nie zuvor hatte man etwas Derartiges bei ihm erlebt.

Miss Heliotrope erklärte sich einverstanden, Maria freizugeben, und sobald diese ihr Frühstück beendet hatte, ging sie mit Serena, Wiggins und Wrolf zum Stall, um Immergrün zu satteln, denn sie wollte auch ihr Pony in den Obsthain mitnehmen, um dann irgendwohin weiterzureiten. Dann führte sie Immergrün und die anderen Tiere durch den Gang in den Gemüsegarten, wo die Obstbäume gerade zu blühen begannen und der Maulbeerbaum sich in Grün hüllte. Sie blieb auf einem der schmalen Wege zwischen den Buchshecken stehen und schaute zu dem Fenster über dem Gang, in dem wie beim ersten Mal lachsrosa Geranien prangten.

«Ich werde später hineinschauen», sagte sich Maria. «Wenn ich die Sache mit den Schwarzen Männern gelöst habe.»

Dann trat sie an das Tor in der Ostmauer, schloss es auf und ging hinaus in den Obsthain. Sie war eine Zeit lang nicht hier gewesen und schnappte nun begeistert nach Luft, als sie die rosafarbenen und weißen Blüten sah, die über ihrem Kopf einen Baldachin bildeten, wie er einer Königin würdig gewesen wäre. Es war in letzter Zeit so warm gewesen, dass die Obstbäume entschieden früher blühten als gewöhnlich, und um die knorrigen Stämme der alten Bäume wuchsen immer noch Büschel von Schlüsselblumen.

Ein übermütiges Frühlingslüftchen bewegte die Apfelblüten und trug Maria vom anderen Ende des Obsthains Fetzen einer fröhlichen Melodie zu. Sie ging dem Klang nach und fand Robin im Gras unter dem größten und schönsten der blühenden Bäume sitzen. Er lehnte mit dem Rücken am Baumstamm und spielte auf seiner Flöte. In den Ästen über ihm wimmelte es von Vögeln; Rotkehlchen, Amseln, Drosseln, Meisen, Zaunkönige, Finken, die alle aus Leibeskräften sangen. Ein paar Kaninchen sprangen herum und sahen aus, als tanzten sie zum Takt der Musik; Serena begann ebenfalls zu tanzen, und Wiggins drehte sich unaufhörlich im Kreis und jagte seinen Schwanz, wie er es als Welpe getan hatte. Wrolf und Immergrün waren zu würdevoll, um zu tanzen oder zu hüpfen, aber Wrolf wedelte mit dem Schwanz, und Immergrün wieherte vor Begeisterung.

«Robin, du bist eine Art Zauberer wie Orpheus», stellte Maria fest. «Ich glaube, Tiere und Vögel würden deiner Musik überallhin folgen.»

«Das ist wahr», gab Robin zu. Dann lächelte er zu ihr hinauf und fragte: «Nun, bist du bereit?»

Marias Herz klopfte heftig. «Heute?», flüsterte sie.

«Ja», sagte Robin. «Jetzt. Ich habe die letzten Tage damit zugebracht, in Wrolfs Begleitung den Kiefernwald zu erkunden. Er hat mir das Schloss der Schwarzen Männer gezeigt, und ich habe herausgefunden, wie man hineinkommt. Es wird freilich nicht genügen, einfach nur wie üblich an der Tür zu läuten. Sie würden uns nicht einlassen. Wir müssen uns heimlich einschleichen.»

«Aber Robin», flüsterte Maria, «was fangen wir an, wenn wir erst drinnen sind?»

«Das weiß ich auch nicht so genau», meinte Robin. «Vielleicht sagen wir den Schwarzen Männern persönlich, sie sollen nicht mehr so böse sein. Wir könnten es jedenfalls versuchen.»

Maria fand, dass dieser Plan, so einfach er war, schrecklich gefährlich klang, und bekam am ganzen Körper eine Gänsehaut; doch sie beantwortete sein fröhliches Grinsen mit einem tapferen Lächeln.

«Nur einen Augenblick, junge Herrin und junger Meister Robin», rief eine quäkende Stimme, und als sie sich umdrehten, sahen sie zwischen den Bäumen Marmaduke Scarlet mit einem dicken Lederbeutel in der Hand, dicht gefolgt von Zachariah, auf sich zukommen.

«Als ich durch den Spalt der Küchentür, die beim Frühstück ein wenig offen stand, vernahm, dass dies ein Festtag werden sollte, ohne die dunklen Wolken irgendwelcher Erziehungsmaßnahmen, habe ich mir erlaubt, ein kleines Picknick zusammenzustellen», erklärte er. «Es wird den Schmerz des Hungers lindern, wenn Ihre Streifzüge länger als vorgesehen die unversehrte Rückkehr zu dem altehrwürdigen Gemäuer hinauszögern, der ihre Gönner so brennend entgegensehen. An den Beuteln sind Riemen, die Sie über die Schultern ziehen können, und wenn Sie sie auf dem Rücken tragen, wird ihr Gewicht keinerlei Behinderung darstellen. Guten Tag, junge Herrin; guten Tag, junger Meister Robin.»

Dann reichte er ihnen die Beutel, tat ihre Dankesworte mit einer Handbewegung ab und verbeugte sich tief. Als er sich umdrehte, hielt er mitten in der Bewegung inne und richtete seine strahlenden blauen Augen auf Zachariah.

«Zachariah», sprach er feierlich, «begleite sie und tu heute deine Pflicht.» Dann drehte er sich endgültig um und humpelte durch den Obsthain davon.

«Nun», meinte Robin, als sie sich die Beutel wie empfohlen über die Köpfe gezogen hatten, Maria ihren Fuß in seine ausgestreckte Hand stellte und sich auf Immergrün schwang, «kommt alle mit, und möge Gott der gerechten Sache beistehen!»

Der Zug mit Wrolf an der Spitze, dann Maria auf Immergrün und Robin neben ihr, dahinter Wiggins, Serena und Zachariah mit dem dreifach geringelten Schwanz, schlug den Weg zum anderen Ende des mit einer Mauer umgebenen Obsthains ein und durch eine weitere Tür in jenen Teil des Parks, wo Maria am allerersten Morgen gewesen war. Doch sie zogen nicht in Richtung der Schlüsselblumensenke und des Meeres, sondern bogen ab nach Norden auf die Kiefernwälder zu.

Ein Holzzaun trennte den Park vom Kiefernwald, doch an einer Stelle war eine Lücke, durch die sie hindurchgingen.

«Sir Benjamin flickt den Zaun immer, doch sie brechen stets wieder durch», erzählte Robin.

Kaum standen sie in dem Kiefernwald, als der helle Frühlingssonnenschein auch schon erlosch und Dämmerlicht die Umgebung matt erhellte. Die hohen Bäume ragten um sie her wie die Säulen einer Kathedrale, weit oben verzweigten und verwoben sich die Äste und bildeten über ihren Köpfen einen ausladenden, finsteren Baldachin. Ein dicker Teppich aus Kiefernnadeln erstickte jedes Geräusch ihrer Füße, und die Stille war tief und befremdlich. Die Säulengänge dieses weitläufigen Waldes sahen alle gleich aus, aber Wrolf kannte den Weg. Die große, zottige Gestalt sprang vor ihnen her immer tiefer in den Wald. Robin und Immergrün, Serena und Zachariah schienen unermüdlich, doch Wiggins taten bald die Pfoten weh, er bekam Angst und begann zu jammern, sodass Maria ihn tragen musste. Er zitterte ein wenig, und als Maria ihn an sich drückte, fühlte sie sich entschieden tapferer. Nichts ist besser, als jemanden, der Angst hat, zu beschützen, wenn man selbst Angst hat, damit man sich tapfer fühlt wie ein Löwe … so tapfer wie … Wrolf … Sie betrachtete Wrolf, der vor ihnen herging.

«Robin!», flüsterte sie plötzlich, «ich glaube, Wrolf ist überhaupt kein Hund. Ich glaube, er ist ein Löwe!»

«Natürlich», antwortete Robin.

«Aber Sir Benjamin nennt ihn stets einen Hund!»

«Es hätte doch keinen Sinn, die Leute in Furcht und Schrecken zu versetzen», meinte Robin.

«Also!», wunderte sich Maria. «Also … ich hätte niemals …! Ich bin froh, dass ich ihn kennen gelernt habe, ehe ich erfuhr, was er in Wirklichkeit ist.»

Sie schaute zu Wrolf, der vor ihnen herging, und obgleich sie dachte, dass sie vor ihm keine größere Achtung entwickeln könnte, als sie ihm bereits entgegenbrachte, empfand sie nun neben Achtung auch ehrfürchtige Scheu … Ein Löwe!

Ein wenig später nahm Wrolf plötzlich unter einer riesigen Kiefer Platz, deren Wurzeln die Erde durchstießen, sich in verschiedene Richtungen wanden und einluden, sich darauf niederzulassen und anzulehnen. Neben dem Baum verlief ein kleiner, sauberer Bach, der nach Osten dem Meer zueilte.

«Mittagessen!», sagte Robin.

Maria stieg ab und machte es sich zusammen mit Robin zwischen den kräftigen Wurzeln bequem, während die fünf Tiere sich dankbar auf den weichen Nadelteppich neben sie legten. Maria öffnete die zwei Beutel, faltete die schneeweißen Servietten auf und stieß angesichts ihres Inhalts einen Freudenschrei aus. Marmaduke Scarlet hatte sich selbst übertroffen. Es war erstaunlich, was er in einem so kleinen Behältnis alles untergebracht hatte. Schinkenbrötchen, Marmeladebrötchen, Würstchen im Schlafrock, Apfeltaschen, Pfefferkuchen, Safrankuchen, Zuckerplätzchen, Möhren. Eine kleine Kristallflasche Milch. Zwei kleine Hornbecher und Hornteller. Die Augen der Kinder funkelten, die Tiere leckten sich die Schnauzen, und sie alle machten sich genüsslich darüber her. Zachariah bekam die Schinkenbrötchen und Milch aus einem Teller. Serena verzehrte die Möhren. Wiggins entschied sich für die Würstchen im Schlafrock und Zuckerplätzchen. Immergrün kaute genüsslich an den Apfeltaschen. Maria und Robin aßen alles auf, was übrig blieb. Wrolf verschmähte die Wurstbrötchen, die sie ihm anboten, und nahm stattdessen einen kräftigen Schluck aus dem Bach.

«Er sollte etwas essen. Er muss bei Kräften bleiben», meinte Robin.

«Er hat sich beim Frühstück schadlos gehalten», berichtete Maria. «Er hat die Lammkeule, Beefsteaks, Nierenpastete und einen Schinken gefressen. Ich wunderte mich schon, dass er so gefräßig war; aber jetzt ist mir alles klar.»

«Löwen tun das gerne», erklärte Robin. «Sie fressen einmal ausgiebig und zehren dann den ganzen Tag davon.»

Als sie alle gegessen und reichlich aus dem Bach getrunken hatten, faltete Maria ein paar Butterbrotpapiere zusammen, die sie nicht mehr benötigten, und schob sie unter die Wurzeln, auf denen sie gesessen hatten, bis sie nicht mehr zu sehen waren. Aber Wrolf schien die Stelle, die sie ausgesucht hatte, nicht zu gefallen, denn er fischte sie mit der Pfote wieder heraus, nahm sie ins Maul und trug sie auf die andere Seite des Baumes, um sie dort fallen zu lassen.

«Aber man darf sie nicht sehen, Wrolf», sagte Maria. «Ich hasse Abfall.» Und sie drückte sie kräftig unter die Wurzeln. Zu ihrer Überraschung gab der Boden nach, sodass sie fast vornüber auf die Nase gefallen wäre.

«Schau, Robin!», rief sie. «Da unten ist ein Hohlraum!»

Robin kam, kniete sich neben sie, und als sie hinabspähten, erkannten sie, dass sich unter der Kiefer eine große Höhle befand. Für einen kleinen Menschen wäre es durchaus möglich gewesen, sich zwischen den Wurzeln hindurch und hineinzuzwängen.

«Sieh mal einer an», sagte Robin. «Man könnte da unten leben, und niemand weiß, wo man ist. Gehen wir nun lieber weiter. Wrolf scheint zu warten.»

Also gingen sie wie vorher weiter unter Wrolfs Führung in den dunklen Wald, der immer unergründlicher und finsterer wurde, je weiter sie vordrangen, bis es schließlich so dunkel wurde, dass sie kaum noch erkennen konnten, wo sie gingen. Dann wurde es ein bisschen heller, und Robin sagte: «Schau, Maria!»

Sie waren im Wald an den Rand einer Lichtung gelangt – ein trostloser Fleck wie ein Steinbruch, in dem Findlinge umherlagen und Pfützen zwischen den Steinen standen. Auf drei Seiten ragte der Fels kahl wie eine Mauer empor, und die Felswand ihnen gegenüber wurde von einem Schloss gekrönt, quadratisch wie ein Turm und so alt, dass es aussah, als wäre es selbst ein Teil des Gesteins, auf dem es errichtet war. Ringsum, nur da nicht, wo ein großes Tor zu der Lichtung führte, drängten sich die nachtschwarzen Kiefern dicht an das Bauwerk heran … Es war ein Furcht erregendes Schloss.

Und so weit Maria sehen konnte, führte kein weiterer Weg dort hinauf, nur eine Treppe, die in die Felswand gehauen war. Sie würden nun den Schutz der Kiefern verlassen müssen und für jeden sichtbar die Lichtung überqueren.

«Es gibt noch einen anderen Weg», flüsterte Robin. «Wrolf hat ihn mir gezeigt, als wir letztes Mal hier waren. Schau, er führt uns schon dorthin.»

Sie gingen zurück unter die Kiefern, bogen in weitem Halbkreis nach links und begannen einen steilen Hang hochzuklettern, wo sich Felsen zwischen den Kiefern aus dem Boden und durch das Dickicht der Brombeersträucher schoben. Maria musste absitzen und Immergrün führen, Robin trug Zachariah und Wiggins, damit sie mit ihrem dichten Fell nicht in den Dornenhecken hängen blieben. Dann wandten sie sich wieder nach rechts und gelangten genau auf die Rückseite des Schlosses. Die bedrohlichen Mauern ragten vor ihnen in den Himmel. Nirgendwo gab es eine Tür oder ein Fenster.

«Wir klettern auf den höchsten Baum und von dort auf die Zinnen», erklärte Robin leichthin. «Ich habe es neulich versucht, es geht ganz einfach.»

«Ich glaube kaum, dass Wrolf es einfach finden wird», sagte Maria.

«Oh, die Tiere können nicht mit», meinte Robin. «Wir müssen alleine gehen.»

Dort hinein ohne Wrolf? Marias Mut sank, aber sie sagte

kein Wort, sondern raffte nur ihren Rock und machte sich bereit, Robin die Kiefer hinauf zu folgen. Die Äste wuchsen tief herab, und wenn sie ihre Füße dort aufsetzte, wo Robin es sagte, würde es nicht schwierig sein.

Aber Wiggins wollte nicht allein bei Wrolf zurückgelassen werden. Und noch ehe Maria einen halben Meter über dem Boden war, stellte er sich am Stamm hoch und begann kläglich zu jaulen.

«Robin», sagte Maria, «ich kann Wiggins nicht zurücklassen. Er begleitet mich immer überallhin.»

«Dann gib ihn mir hoch», meinte Robin gutmütig. «Ich kann ihn mit einer Hand halten und mit der anderen klettern.»

Also stiegen sie hinunter, ergriffen Wiggins und machten sich erneut an den Aufstieg. Als sie halb oben waren, fühlte Maria sich etwas sicherer und schaute nach unten. Wrolf, Immergrün und Serena standen mit dem Ausdruck tiefster Zufriedenheit und Zustimmung in den pelzigen Gesichtern Seite an Seite am Fuß der Kiefer. Verwundert stellte Maria fest, dass Zachariah hinter ihr den Baum hochkletterte. Er begleitete sie …

Irgendwie fühlte sich Maria in Zachariahs Gesellschaft entschieden sicherer. Er war vielleicht nur ein Kater, aber kein gewöhnlicher.

Der oberste Kiefernast spannte sich wie eine Brücke vom Baumstamm zu den Zinnen, und wäre der Abgrund nicht so entsetzlich tief gewesen, wäre es lächerlich einfach gewesen, hinüberzurobben. Wären es zwischen Ast und Boden nur wenige Meter gewesen, hätte Maria sich nichts dabei gedacht. Und Robin schien sich auch so nichts dabei zu denken. Er kroch mit Wiggins unter dem Arm absolut sorglos hinüber.

Doch als Maria an der Reihe war, hatte sie das Gefühl, es

nicht zu schaffen. Unter ihr schien es Meilen in die Tiefe zu gehen. Sie konnte einfach nicht. Als Robin unversehrt auf der anderen Seite angelangt war und seine freie Hand auf die Brustwehr legte, saß sie noch immer am anderen Ende des Astes und schwankte vor Übelkeit und Schwindelgefühl hin und her. Sie fürchtete den Augenblick, da Robin sich umdrehen und sehen würde, dass sie Angst hatte ... Aber sie schaffte es nicht. Dann sprang etwas Schwarzes über ihre Schulter hinweg vor ihr auf den Ast, und sie fühlte, wie ein dicker, pelziger, schwarzer Schwanz sie an der Nase kitzelte. Mit erleichtertem Aufatmen umklammerte sie ihn mit einer Hand, als wäre er ein Seil, schloss die Augen, schob sich nach vorn und wurde von Zachariah über den Ast zu Robin geführt, der sich mit ausgestreckten Armen über die Brustwehr beugte, um sie zu empfangen.

3

Als sie die Augen wieder aufschlug, saßen sie auf dem Steindach des Schlosses der Schwarzen Männer. Es glich einem Innenhof und war völlig leer bis auf eine Art rechteckigen Steinkastens in der Mitte, in dessen einer Seitenwand sich eine Tür befand. Sie saßen am Boden, um wieder zu Atem zu kommen, dann trat Robin an die Tür und öffnete sie. Im Innern führte eine Wendeltreppe hinab in die Dunkelheit. Wortlos hob er Wiggins auf den Arm und ging voran, Maria folgte ihm, und ihr auf den Fersen folgte Zachariah.

Das Licht, das durch die offene Tür fiel, reichte nicht weit, und bald bewegten sie sich in rabenschwarzer Finsternis. Sie

Das Schloss der Schwarzen Männer

gingen weiter und ertasteten sich ihren Weg, bis Robin auf eine weitere Tür stieß. Er suchte nach dem Riegel, hob ihn an und öffnete die Tür vorsichtig einen Zentimeter. Ein senkrechter Lichtstrahl fiel durch den Spalt; Robin öffnete die Tür etwas weiter und sah sich um.

«Komm mit!», flüsterte er Maria zu.

Sie schlüpften durch die Tür und schlossen sie geräuschlos hinter sich. Sie standen auf einer schmalen Steingalerie, von der aus ein enges Treppenhaus in die große Halle des Schlosses hinabführte. Offensichtlich diente sie gleichzeitig als Halle und als Küche, denn in dem großen Kamin brannte ein mächtiges Feuer, und auf Spießen brieten riesige Fleischstücke.

«Das wird Sir Benjamins Rindfleisch sein», flüsterte Robin Maria zu. «Weißt du, vor ein paar Tagen ist sein bester Bulle gestohlen worden.» – «Nein, das wusste ich nicht», sagte Maria.

«Es war aber so», fuhr Robin fort. «Und gestern sind Peterkin Peppers Vater alle Eier gestohlen worden. Letzten Mittwoch fehlte Prudences Vater ein Fass Apfelmost, und bei Mrs. Honeybun ist alles Brot verschwunden.»

In der Mitte der Halle war ein Tisch aufgebockt, auf dem in der Mitte eine Schüssel mit hartgekochten Eiern stand. Daneben lagen Brotlaibe und standen Mostkrüge.

Doch Maria interessierte sich weniger für das Essen als für die Menschen in der Halle. Zwei wild aussehende schwarzhaarige Männer mit Bärten und Lederschürzen drehten die Fleischstücke an den Spießen, zwei andere stellten Teller und Becher auf den Tisch. Ein weiterer pustete mit dem Blasebalg in einen Kohlenkessel, und noch einer saß auf einem Schemel und wetzte eine Menge schrecklich aussehender Messer. Maria gefiel keiner von ihnen.

«Sie wollen essen», flüsterte sie Robin zu. «Die essen aber spät.»

«Sie essen, wenn sie ihr schändliches Tagwerk vollbracht haben», erklärte Robin. «Wir warten, bis sie Mr. Honeybuns Apfelmost getrunken haben und guter Stimmung sind. Dann gehen wir hinunter.»

Am anderen Ende der Halle ging eine Tür auf, und ein sehr großer Mann, entschieden größer als die anderen, mit einem prachtvollen Schwarzen Hahn auf der Schulter und einem Gewehr in den Händen kam herein, und von seinem Gürtel baumelten zwei tote Kaninchen. Er war der Mann, dem sie damals Serena abgenommen hatten. Ihm folgten fünf weitere Männer mit Körben voll herrlich frischem Fisch. Einige reichten sie dem Mann am Kamin, der sich daranmachte, sie auszunehmen und dann über den Kohlen zu braten. Dann zogen die Schwarzen Männer ihre Stiefel aus und machten es sich auf den Bänken an den Wänden bequem.

Maria zählte. Insgesamt waren es zwanzig. Zwanzig riesige Schwarze Männer und ein großer Schwarzer Hahn gegen zwei Kinder, einen ausgesprochen kleinen Hund und einen Kater.

Als Fleisch und Fisch gar waren, begann das Mahl. Die Schwarzen Männer zogen die Bänke an den Tisch und fielen mit Feuereifer über das Essen her; die Kinder kochten vor Wut, als sie sahen, wie sie sich die gestohlenen Speisen schmecken ließen. Der Fisch roch köstlich. Zachariah schien das besonders zu empfinden, denn sobald die Schwarzen Männer sich über die Schuppentiere hermachten, begann er leise vor sich hin zu fauchen und zu fluchen.

Irgendjemand hatte Maria einmal erzählt, man könne gestohlene Speisen und Getränke nicht genießen, doch sie stellte fest, dass diese Behauptung nicht den Tatsachen entsprach, denn nie zuvor hatte sie jemanden so genüsslich essen gesehen wie die Schwarzen Männer – nicht einmal Sir Benjamin. Sie hatten sich in ziemlich schlechter Stimmung zu Tisch gesetzt, doch je weiter die Mahlzeit voranschritt und je mehr sie von Sir Benjamins Rind, Mr. Honeybuns Most, den Eiern und dem Brot und den Fischen aus der Merryweather Bay verzehrten, um so lustiger wurden die Schwarzen Männer, sie lachten, sangen und klopften im Takt auf den Tisch. Sie machten ein solches Getöse, dass der Schwarze Hahn aufflog, sich auf einem Balken niederließ und zu krähen begann, und sein Krähen begleitete ihren Gesang.

Hahnenlied

Wir sind die Männer aus den Wäldern des Nordens,
aus dem Moor, von den Bergen, der See,
wilde Jäger, Fischer und Fallensteller
und leben ganz frei, juchhe!
Wir sind die Männer vom Schwarzen Hahn,
der hoch droben haust in der Kiefer.
Er schreit hinaus sein Kikeriki,
der Schwarze Hahn in der Kiefer.

Wir sind die Söhne von Donner und Blitz,
von Frost und Wind und Schnee.
Wir bringen Chaos, Furcht vor der Nacht
und Dunkelheit, wo wir auch gehn.
Wir sind die Männer vom Schwarzen Hahn
mit schwarzem Gefieder und finsterem Kamm.
Er schreit hinaus sein Kikeriki,
der Hahn mit dem finsteren Kamm.

Wir sind die Männer von Kerker und Bau,
von Axt und Helm und Schild.
Wir sind die Männer von Keule und Schwert,
kämpfen unnachgiebig und wild.
Wir sind die Männer vom Schwarzen Hahn,
der so laut vom Bergfried kräht,
kräht Kikeriki. Der Schwarze Hahn,
der so laut vom Bergfried kräht.

Robins Flöte tat es diesem gleich – er hatte sie aus seiner Tasche gezogen und zu spielen begonnen. Als er die Melodie fehlerfrei spielen konnte, flüsterte er Maria zu: «Jetzt!»

Dann marschierte er, immer noch spielend, die steinerne Treppe hinunter, hinter ihm kam Maria mit Wiggins auf dem Arm, und ihnen folgte Zachariah, immer noch fauchend und maunzend, den langen Schwanz gereizt umherpeitschend.

Sie schritten tapfer in die Halle hinab auf die Schwarzen Männer zu; als sie den Tisch schon fast erreicht hatten, begann Robins liebliche Musik das Gegröle zu übertönen, und die Schwarzen Männer wandten sich um. Ihre Verwunderung war so groß, dass sie gar nichts Schreckliches unternahmen, sondern nur mit dem Singen und Trommeln aufhörten, sitzen blieben und gafften, wie Robin, der immer noch den krähenden Hahn auf dem Balken begleitete, sich zur Linken des Anführers der Schwarzen Männer am Kopfende des Tisches aufstellte und Maria zu seiner Rechten.

«Prachtvoller Gesang, werter Herr!», rief Robin mit seiner klaren Stimme, und sein Flötenspiel war so hübsch, dass die Schwarzen Männer nacheinander in das Lied einfielen, bis schließlich alle sangen.

Sobald das verwunderte Schweigen wieder eintrat, setzte

Maria sich auf die Bank neben ihren Gastgeber, zog einen sauberen Teller heran und bat mit heller, silberreiner Stimme: «Kann ich bitte etwas Fisch bekommen?»

Und Robin nahm ebenfalls Platz und fragte: «Ich auch, bitte?»

Ohne anscheinend recht zu wissen, was er tat, streckte der Anführer der Schwarzen Männer seine Gabel aus, spießte zwei Fische auf, die in der Schüssel vor ihm lagen, gab Maria und Robin je einen und schnitt auf das drängende, wilde «Miau» hinter sich die Fischköpfe ab und warf sie über seine Schulter Zachariah zu.

«Der Fisch ist köstlich, Sir», bemerkte Maria und aß mit Appetit.

Er schmeckte tatsächlich köstlich, und sie stellte fest, dass sie trotz der ausgiebigen Mahlzeit im Wald Hunger hatte, und je mehr sie aß, desto mehr wich ihre Angst. Als sie schließlich satt war, fühlte sie sich voller Mut und wagte, nachdem sie Messer und Gabel hingelegt hatte, den Mann neben sich direkt anzusehen.

Er hatte ein Geiergesicht, finster und böse, mit einer grausamen Hakennase und blitzenden Augen, die einen direkt und ohne alle Sanftheit musterten. Seine schwarzen Augenbrauen wirkten bedrohlich, und was zwischen dem schwarzen Schnauzbart und dem dichten schwarzen Kinnbart von seinem Mund zu sehen war, ähnelte einer grauenhaften Falle. Doch sein Blick verriet bei aller Härte Überraschung, und Maria begriff instinktiv, dass man mit Menschen im Augenblick der Überraschung eine Menge anstellen konnte.

«Monsieur Cocq de Noir», sagte sie sehr höflich, «ich habe schon lange auf das Vergnügen gewartet, Ihre Bekanntschaft zu machen.»

Damit überraschte sie ihren Gastgeber noch mehr.

Ihm traten deutlich die Augen aus dem Kopf. «Wie kommst du darauf, mich Cocq de Noir zu nennen?», fragte er.

«Weil Sie so heißen», sagte Maria. «Ich weiß, wer Sie sind. Sie sind der Nachfahre jenes kleinen Sohnes von Sir William, der angeblich von Sir Wrolf umgebracht worden ist. Aber dem war nicht so. Seine Mutter brachte ihn weit jenseits des Tales in Sicherheit. Er kam nie wieder, wohl aber seine Söhne, und ihr alle hier seid deren Nachkommen.»

Die auf diese Erklärung hin eintretende Stille bestätigte Maria, dass der alte Pastor und sie richtig gedacht hatten.

«Es war sehr böse von meinem Ahnherrn, Sir Wrolf, dass er versuchte, des Schwarzen Sir William Land zu rauben», fuhr Maria fort. «Aber er war im Plündern und Stehlen kein bisschen schlimmer, als Sie es sind.»

«Mein Land ist unfruchtbar», gab Sir Cocq de Noir heftig zurück. «Wir können in einem Kiefernwald kein Vieh halten. Wovon soll ich mit meinen Männern leben, wenn wir nicht rauben und stehlen?»

«Sie sollten mit den Menschen im Tal Handel treiben», meldete Robin sich plötzlich zu Wort. «Im Tal bekommen wir nie frischen Fisch. Wir sind ganz versessen darauf. Sie sollten uns Ihren Fisch verkaufen, dann würden wir Ihnen Fleisch, Eier und Geflügel verkaufen.»

Sir Cocq de Noir schnaubte verächtlich. «Es wäre einem Cocq de Noir völlig unmöglich, sich in seinem alten Familiensitz angemessen am Leben zu erhalten, indem er mit Fisch handelt», erklärte er empört, und seine Stimme ging langsam von ärgerlichem Gemurmel in wütendes Gebrüll über. «Wo ist die Perlenkette, die meine Vorfahrin, die Mondprinzessin, mit nach Schloss Moonacre nahm? Diese Perlen sind Familienbesitz. Wenn ich sie hätte, könnte ich sie verkaufen und davon bis ans Ende meiner Tage bestens leben. Bösartigkeit ist für mich nur insofern interessant, als sie die einzige Möglichkeit darstellt, mir zu verschaffen, was ich will … Deine Familie hat diese Perlen gestohlen.»

«Hat sie nicht!», rief Maria empört. «Die Perlen sind seit dem Verschwinden der Mondprinzessin nicht mehr gesehen worden. Sie hat sie entweder verloren oder selbst versteckt. Wir haben sie jedenfalls nicht.»

«Gib mir diese Perlen», sagte Sir Cocq de Noir, «und ich werde vielleicht ernsthaft in Erwägung ziehen, mich zu bessern.»

«Wie soll ich Ihnen geben können, was vor Hunderten von Jahren verloren ging?», fragte Maria zornig. Dann erinnerte sie sich an Lovedays Mahnung, nicht wütend zu werden, und bemühte sich, ruhiger zu sprechen. «Wir sollten uns nicht zanken», sagte sie. «Wenn Sie Sir Wrolf vergeben, dass er versucht hat, dem Schwarzen William sein Land zu nehmen, wird Sir Benjamin Ihnen alle Wilddiebereien und alles Stehlen verzeihen, und wenn Sie dann versprechen, nicht mehr böse zu sein, können wir für alle Zeit Freunde werden … Denn wissen Sie, schließlich sind wir entfernte Vettern. Die Mondprinzessin ist letzten Endes auch meine Ahnfrau.»

Aber Sir Cocq de Noir wurde immer wütender. «Wenn Sir Wrolf auch nicht den Sohn des Schwarzen William umgebracht hat, so hat er doch den Schwarzen William selbst ermordet», brauste er auf. «Und das ist eine Sünde, die nicht verziehen werden kann, so lange noch ein Cocq de Noir am Leben ist.»

«Sir Wrolf hat Sir William nicht ermordet», erklärte Maria beherzt. «Sir William hatte einfach irgendwann von allem genug, wie das bei bösen Menschen manchmal ist, und verschwand von sich aus. Und ich glaube, er nahm einfach ein Schiff und segelte in den Sonnenuntergang.»

«Beweise es!», brüllte Sir Cocq de Noir und schlug mit der Faust auf den Tisch. «Verschaff mir die Perlen und beweise mir, dass der Schwarze William nicht ermordet wurde, dann werde ich ein Muster an Tugendhaftigkeit sein bis ans Ende meiner Tage.»

Es war sinnlos. Sir Cocq de Noir war so grenzenlos unvernünftig mit seinen Forderungen, dass Maria sich einfach nicht mehr beherrschen konnte. Obwohl Robin sich nach vorn beugte und ihr einen warnenden Blick zuwarf und Zachariah ein lautes, vorwurfsvolles «Miau!» ertönen ließ, kochte sie einfach über.

«Sie sind der unvernünftigste Mensch, der mir jemals begegnet ist», platzte sie heraus, «und gleichzeitig der Verruchteste! Und wenn der Schwarze William auch nur die geringste Ähnlichkeit mit Ihnen hatte, könnte ich Sir Wrolf keinen Vorwurf machen, wenn er ihn tatsächlich umgebracht hätte – was er freilich nicht tat. Und ich schäme mich, Ihre entfernte Verwandte zu sein, jawohl.»

Daraufhin brach die Hölle los. Die Schwarzen Männer sprangen von den Bänken, brüllten, schwangen ihre Keulen, und der Schwarze Hahn auf dem Balken krähte wie von Sinnen, und Sir Cocq de Noir schrie aus vollem Hals: «Das sind die unverschämtesten Kinder, die ich je gesehen habe. Steckt sie in den Kerker und lasst sie bei Wasser und Brot schmachten. Weder Würstchen noch Apfelkuchen – nur bei Wasser und Brot.»

Robin sprang auf. «Nichts wie weg!», brüllte er Maria zu. «Schnell! Nichts wie weg!»

Er tauchte unter den Tisch, schnappte Wiggins, der die ganze Zeit über zu Marias Füßen an einem köstlichen Knochen genagt hatte, dann stürzten sie davon und rannten auf die schmale Steintreppe zu, die zu der kleinen Galerie führte, noch ehe die Schwarzen Männer recht begriffen, was sie taten.

Als die Kerle merkten, was geschah, waren sie auch schon hinter den Kindern her, und wahrscheinlich wäre ihnen die Flucht nicht geglückt, hätte Zachariah ihren Rückzug nicht meisterhaft gedeckt.

Er plusterte sich auf das Doppelte seiner ohnehin schon beachtlichen Größe auf, kam rückwärts gehend hinter Maria und Robin her und fauchte und kratzte so wild und verschoss so schreckliche Blitze aus seinen großen grünen Augen, dass die Schwarzen Männer für einen Augenblick eingeschüchtert waren. So liefen die vier Abenteurer die Stufen hoch zur Galerie und durch die schmale Tür in die schützende Dunkelheit des Treppenhauses.

«Lauf weiter!», keuchte Robin. «Nur noch fünf Minuten, Maria, dann fliehen wir auf Wrolf und Immergrün.»

Die Kinder hatten gerade das Dach erreicht, als sie die Schwarzen Männer die Stufen heraufpoltern hörten. Sie krabbelten über die Brustwehr auf den Ast der hilfreichen Kiefer und krochen hinüber, Maria vorneweg. Robin folgte ihr mit Wiggins im Arm, und Zachariah bildete die Nachhut. Sie schafften es bis zum Stamm der Kiefer und kletterten an ihm hinab; unten angelangt, erlitten sie, wie sich beide später gegenseitig versicherten, den größten Schock dieses Tages.

Wrolf und Immergrün waren fort.

4

Dann grinste Robin Maria zu und nahm sie bei der Hand. «Wir werden es zu Fuß schaffen», sagte er. «Lauf, Maria. Raff deine Röcke und lauf. Die Schwarzen Männer werden es nicht wagen, über den Kiefernast zu klettern, aber sie werden durch das Tor und über die Felsen kommen.»

Sie liefen los, und als sie die Lichtung erreichten und Maria über ihre Schulter schaute, sah sie, dass Robin völlig Recht hatte. Die Schwarzen Männer strömten aus dem Schlosstor und rannten die in den Fels gehauenen Treppen hinunter.

«Lauf! Lauf!», drängte Robin, doch seine Stimme klang wenig ermutigend, und in der Tat war an Flucht kaum zu denken, denn sie waren bereits völlig außer Atem und kannten den Weg nicht genau; überdies war Maria durch ihre Röcke und Robin durch Wiggins behindert. Nur Zachariah sprang mühelos dahin und schien weder übergroße Eile noch Angst zu kennen. Plötzlich verwandelte sich ihre Verzweiflung in Freude, denn ein Sonnenstrahl, der durch die finsteren Bäume drang, fiel auf eine prachtvolle, silbrige, langohrige Gestalt, die vor ihnen herlief.

«Serena», keuchte Maria. «Das ist Serena, die uns den Weg zeigen will!»

Von dem Augenblick an hatten sie keine Angst mehr, auch wenn sie die Schwarzen Männer bald hinter sich hörten. Sie folgten Serena und rannten, bis sie schließlich die große Kiefer vor sich aufragen sahen, wo sie am Mittag gegessen hatten. Serena sauste darauf zu, sprang zwischen zwei der gewaltigen Wurzeln und verschwand.

«Sie ist schnurstracks hineingelaufen!», keuchte Maria. «Hinab in die unterirdische Höhle, die Wrolf uns gezeigt hat!»

«Sie will, dass wir ihr folgen», meinte Robin.

Maria quetschte sich als Erste zwischen die Wurzeln und kroch auf Händen und Knien darunter hindurch, Robin schob Wiggins und Zachariah hinterdrein und folgte ihnen. Sie schafften es gerade noch. Wären sie nur ein klein wenig dicker gewesen, wären sie jämmerlich stecken geblieben. Und sie schafften es zur rechten Zeit. Ein klein wenig später, und der erste Schwarze Mann, der an der großen Kiefer angelangt wäre, hätte Robins Bein geschnappt, als dieser verschwinden wollte.

Drunten im warmen, sicheren Dunkel unter den Kiefernwurzeln, rutschten sie einen steilen Erdhang hinunter, dann stürzten sie. Aber sie taten sich nicht weh, denn sie landeten weich auf einem Polster aus trockenen Kiefernnadeln.

Einen Augenblick lang blieben sie alle keuchend liegen, um Atem zu schöpfen, und sahen zunächst gar nichts. Als ihre Augen sich dann langsam an die Dunkelheit gewöhnten, zeigte ihnen ein Lichtstrahl, der durch die Kiefernwurzeln weit über ihnen drang, ein wenig von ihrer Umgebung, und sie setzten sich auf und schauten sich um. Sie saßen in einer kleinen Erdhöhle. Sie saßen auf weichem Untergrund, die niedrigen Wände der Höhle waren aus Fels. Und als sie dann allmählich besser sehen konnten, machten sie eine erschreckende Entdeckung …

Vor langer Zeit musste jemand in dieser Höhle gelebt haben … Eine Ausbuchtung in der Wand war geschwärzt, als hätte dort einmal ein Feuer gebrannt, und auf einem flachen Stein daneben stand ein Eisentopf, der wohl einmal zum Kochen verwendet worden war. Und auf dem Stein neben dem Topf lagen ein Jagdmesser in einer Metallscheide und ein angelaufener Silberbecher. Maria und Robin hoben die Sachen auf und besahen sie, hielten sie im schummrigen Licht dicht vor die Augen. Und siehe da, die Scheide des Messers war wunderbar in der Form eines Hahns gearbeitet, und auch der Silberbecher war mit dem Umriss eines Hahns verziert.

«Hier hat einmal jemand gelebt», erklärte Robin.

«Der Schwarze Sir William hat hier gelebt», stellte Maria triumphierend fest. «Ich nehme an, zu jener Zeit waren die Kiefernwurzeln noch nicht so knorrig und die Öffnung ziemlich groß. Es ist genau so, wie ich gesagt habe, Robin. Er war das ganze Streiten leid und hat sich hier in die Einsamkeit des Waldes zurückgezogen.»

Robin wollte gerade antworten, da gab es plötzlich über ihnen ein schreckliches Geräusch, der Klang einer Axt auf Holz, und sie begriffen, dass sie letztendlich doch nicht so sicher waren und sprangen auf. Die Schwarzen Männer, die zu kräftig waren, um sich wie die Kinder zwischen den Wurzeln hindurchzuzwängen, machten sich nun mit dem Beil über die Wurzeln her.

«Schau!», rief Robin, dessen Augen sich inzwischen an die Finsternis gewöhnt hatten. «Sieh dir Zachariah an!»

Ihnen gegenüber, auf der anderen Seite der Höhle, befand sich ein zerklüfteter dreieckiger Zugang zu etwas, das wie eine weitere Höhle aussah, und dort stand Zachariah und winkte hektisch mit dem Schwanz. Sie rannten auf ihn zu, und es stellte sich heraus, dass es keine Höhle, sondern ein unterirdischer Gang war, der tief ins Erdreich führte, ganz wie jener von der Paradiestür zu Lovedays Haus. Doch jetzt hatten die Kinder keine Laterne, und es war stockfinster.

Aber Zachariah war ebenso gut wie eine Laterne. Maria ergriff fest seinen Schwanz, wie sie es bei der Überquerung des Kiefernastes getan hatte, Robin folgte ihr und hielt sich mit der rechten Hand an ihrem Rock, Wiggins trug er unter dem linken Arm, und Serena hüpfte hinterdrein. Sie stolperten davon in der Dunkelheit, immer tiefer hinab, stießen unterwegs mit den Zehen gegen Steine, schürften sich die Ellbogen an den Wänden des Felstunnels auf, wurden jedoch von Zachariahs Schwanz sicher geleitet.

Hinter sich hörten sie ein reißendes Geräusch und wussten, dass die Schwarzen Männer nun in das Versteck eingedrungen waren; dann folgte Stille, als betrachteten die Kerle ihre Entdeckung, schließlich das Klappern nagelbeschlagener Schuhe auf dem Stein, das den Kindern sagte, dass die Männer sie durch den Gang hinab verfolgten.

«Aber sie werden nicht so schnell vorankommen wie wir», meinte Robin aufmunternd. «Sie haben ja nicht Zachariahs Schwanz.»

Also stolperten sie weiter, und bald klang ihnen durch den Gang ein seltsames, herrliches Geräusch entgegen, mal laut, mal leise, wie neu aufbrausende und wieder verhallende Musik, deren Auf und Ab sich ständig wiederholt.

«Was ist das nur?», fragte Maria.

«Das Meer», antwortete Robin. «Ich glaube, ja ich glaube, wir kommen an der Merryweather Bay heraus.»

Maria konnte nicht sprechen. Ihre Aufregung bei dem Gedanken, in so unmittelbarer Nähe des Meeres zu sein, erstickte sie schier.

Dann erschien ein trübes grünes Licht im Tunnel, vor dessen Hintergrund sie die Umrisse von Zachariahs Ohren und Barthaaren sehen konnte, und die ganze Zeit über umgab sie das angenehme Rauschen des Meeres. Dann wurde der Tunnel breiter, und die Kinder gelangten in eine größere Höhle, wo auf der anderen Seite ein winziges Stückchen herrlichen Tageslichts zu erkennen war. Zachariah lief darauf zu, aber Maria hielt ihn mit einem heftigen Ruck am Schwanz zurück.

«Schau!», rief sie. «Da liegt Sir Williams Boot!»

Sie blieben stehen und schauten sich um. Das Boot war

schmal und lang, wie ein Wikingerschiff. Das Holz war an einigen Stellen weggefault, doch die Spanten waren noch stark, kräftig und schön geformt, und der Bug des Bootes war in der Form eines Hahnes mit gespreizten Federn geschnitzt.

«Da!», rief Maria triumphierend. «Das ist das Schiff, mit dem der Schwarze William in den Sonnenuntergang gesegelt ist.»

«Warum liegt es dann hier?», fragte Robin. «Es müsste doch mit ihm im Sonnenuntergang geblieben sein.»

«Nachdem Sir William im Sonnenuntergang gelandet war, brachten die kleinen weißen Pferde, die im Meer leben, es wieder an Land», erklärte Maria. «Und eines hat es hier hereingezogen.»

Robin lachte auf eine Art, die zu sagen schien: «Ich glaube kein Wort von dem, was du erzählst»; und vielleicht wären sie noch länger stehen geblieben, um darüber zu streiten, doch Zachariah, der sich nicht sonderlich für Sir Williams Boot interessierte, sondern nur dafür, sie in Sicherheit zu bringen, zog nun seinerseits heftig an seinem Schwanz und zerrte sie weiter in Richtung Tageslicht. Sie stellten fest, dass es nur der Eingang zu einer weiteren Höhle war mit sandigem, muschelbestreutem Boden, die geradewegs zur Merryweather Bay führte.

«Oh! Oh! Oh!», rief Maria. «Halt, Zachariah! Robin, halt! Schau, Wiggins! Schau, Serena!»

Und obgleich sie wussten, dass die Schwarzen Männer hinter ihnen her waren, blieben sie alle stehen und genossen den Anblick. Die Merryweather Bay hatte die Form eines Halbmondes. Wundervolle Felsklippen mit zahlreichen Höhlen umschlossen einen kleinen Strand mit bunten Kieseln und einen Streifen goldenen Sandes, auf dem Felsbrocken lagen, in deren Vertiefungen scharlachrote Seeanemonen, Muscheln und bunte Algen wie Seidenbänder wucherten. Hinter der Bucht war das Meer tiefblau mit weißgekrönten Wellen, die wie galoppierende Pferde wirkten. Hunderte von weißen Pferden, die in funkelndem Licht sich bis zum Horizont bewegten, dass Maria vor Staunen am liebsten geschrien hätte. In der Bucht strömte dieses wundervolle Meer in vielen aufeinander folgenden strahlenden Wellen heran und versprühte Schauer funkelnden Schaums und regenbogenfarbiger Blasen, die sich wie hingeworfene Blüten um ihre Füße legten.

Der salzige Duft der See und ihr kühler Hauch schienen gewaltige Wogen von Kraft in Marias Körper fluten zu lassen, und über ihr kreisten prachtvolle Seemöwen und stießen ihre seltsamen, gellenden Schreie aus.

Eine alte Steinmole reichte in die Bucht hinaus; darauf waren Fischernetze zum Trocknen ausgelegt. Auf dem Wasser schaukelten ein paar hässliche kleine schwarze Fischerboote, deren schmutzige schwarze Segel sich um die Masten legten. Beim Anblick der Boote wurde Maria plötzlich wütend. Schwarz! Hässliche kleine schwarze Boote auf der funkelnden See. Hier müssten blaue, rote, grüne, gelbe Boote liegen mit Segeln, weiß wie Vogelschwingen … Und das würden sie auch, wenn die Finsternis der Schwarzen Männer erst von diesem Flecken Erde verbannt wäre.

Noch war es nicht so weit, und ihre Bemühungen, sie zu verbannen, waren ein kompletter Fehlschlag gewesen. Robin zerrte mit einem warnenden Aufschrei an Marias Rock. Sie schaute sich um und sah die Schwarzen Männer wie scheußliche schwarze Käfer aus der Höhle quellen.

«Lauf!», schrie Robin.

Ein gefährlicher, steiler Pfad wand sich die Klippe hinauf, und sie rannten darauf zu, Serena vorneweg und Zachariah hinter ihnen. Da Maria das Klettern nicht gewöhnt war, empfand sie es als sehr anstrengend, und für Robin war es mit Wiggins unter dem Arm auch nicht gerade einfach. Er versuchte, Wiggins abzusetzen, damit der selbst hinaufklettere, aber auch Wiggins war nicht an Steine gewöhnt und wollte keinen Schritt gehen, sodass Robin ihn wieder hochnehmen musste. Es war ein entsetzlicher Aufstieg, denn sehr bald erklangen hinter ihnen die rasch näher kommenden Schritte der Schwarzen Männer.

Es war wie ein Albtraum. Und Maria fragte sich, ob sie, wenn sie erst oben angelangt wären, schnell genug laufen könnten, um den Schwarzen Männern zu entkommen. Warum, ach warum nur hatten Wrolf und Immergrün sie im Stich gelassen? Aber sie würden es niemals bis oben schaffen, dachte sie. In wenigen Minuten würden sich die Hände der Schwarzen Männer um ihre Knöchel schließen. Sie wusste, dass sie dicht hinter ihnen her waren, weil Zachariah hinter ihr so heftig fauchte und maunzte.

«Weiter!», keuchte Robin hinter ihr. «Schneller! Schneller!»

Aber die arme Maria konnte nicht schneller. Ihre Glieder schienen sich in Blei verwandelt zu haben, ihre Hände waren aufgeschürft und bluteten, wo sie sich an den scharfkantigen Steinen festgehalten hatte. Die einzige Art und Weise, weiter voranzukommen, war, ihren Blick auf den weißen Schwanz von Serena zu heften, die vor ihr her den Fels hinaufhüpfte, und die zwei langen Ohren der Häsin zu fixieren, die wie Banner durch die Luft wehten. Der Anblick dieses Wuschelschwanzes hatte etwas sehr Tröstliches, die fröhlich wippenden Ohren etwas Aufmunterndes. Serena war augenscheinlich ganz gelassen. Maria ging immer weiter und sah nur noch Serena.

Plötzlich tat die Häsin einen großen Satz und verschwand, Marias wunde Hände umklammerten nicht mehr Gestein, sondern Gras- und Heidekrautbüschel, und sie blickte direkt in das braune, pelzige Gesicht von Wrolf. Sie hatten den Klippenrand erreicht und wurden dort von Wrolf und Immergrün erwartet. Sie hätte nicht an den geliebten Tieren zweifeln sollen. «Wrolf! Wrolf!», rief Maria, schlang die Arme um seinen Hals und gab ihm einen leidenschaftlichen Kuss auf die kalte schwarze Nase.

«Vergeude keine Zeit damit, ihn abzuküssen», rief Robin verzweifelt hinter ihr. «Steig auf!»

Sie kletterte auf Wrolf, Zachariah nahm hinter ihr Platz, Robin schwang sich mit Wiggins auf Immergrün, und mit Serena vorneweg rasten sie wie der Wind heimwärts, und die Seemöwen kreisten und kreischten triumphierend über ihren Köpfen. Kiefern und goldene Ginsterbüsche flogen nur so an ihnen vorüber. Es ging bergauf und bergab, und schließlich gelangten sie zur Schlüsselblumensenke, wo sie Serena gefunden hatten; dann wichen die Kiefern Eichen und Buchen, und sie sahen die Apfelblüten über die Gartenmauer winken und dahinter die Türme des Herrenhauses emporragen. Nun waren sie in Sicherheit; sie sahen ihr Zuhause, und die Schwarzen Männer waren weit hinter ihnen, sodass Wrolf und Immergrün vom Galopp in einen sanften Trab fallen konnten. Maria und Robin konnten Atem schöpfen, einander zulächeln und glücklich sein, dass sie gerettet waren.

«Na, das war ein toller Tag!», meinte Robin.

«Aber ich habe noch nicht erreicht, was ich mir vorgenommen habe», antwortete Maria. «Die Schwarzen Männer sind genauso schlecht wie früher und noch wütender. Wir haben sie nicht besser, sondern schlimmer gemacht.»

«Trotzdem macht mir das irgendwie keine Sorgen. Dir denn?», erkundigte sich Robin.

«Nein, mir auch nicht», sagte Maria. «Wahrscheinlich konnten wir nicht damit rechnen, es beim ersten Anlauf zu schaffen. Aber irgendwann muss man ja einen ersten Versuch machen, und den haben wir hinter uns.»

«Und es war ein verdammt aufregendes Abenteuer», sagte Robin. Dann blickte er zum Himmel und sah, dass er schon abendlich getönt war. «He, bald geht die Sonne unter», rief er. «Wir waren den ganzen Tag unterwegs. Ich muss schnell nach Hause laufen, sonst sorgt sich meine Mutter.»

Er sprang von Immergrün, reichte Maria die Zügel, setzte Wiggins ab und schoss davon durch den Park in Richtung Torhaus, wobei er sich noch einmal umdrehte und Maria zuwinkte. Das Licht des Sonnenuntergangs ließ die lange grüne Feder auf seinem Hut und sein rosiges, lachendes Gesicht erstrahlen. Dann war er fort, und die Bäume nahmen ihn auf, als wäre er ihr eigenes Kind.

5

Maria ritt langsam durch den Ziergarten in den Hof des Stallgebäudes, wo Digweed sie bereits erwartete. Er sagte kein Wort, schenkte ihr aber ein breites, tröstendes Grinsen, als wollte er sagen: «Mach dir nichts draus. Das nächste Mal wirst du mehr Glück haben!» – und er führte Immergrün davon, um es ordentlich zu striegeln und zu füttern. Auch Wrolf warf ihr, sobald Maria von seinem Rücken gerutscht war, einen ermutigenden, zuversichtlichen Blick zu, dann ging er mit Zachariah, Serena und Wiggins langsam die Steintreppe zur Küche hinauf, um sich Ruhe und Fressen zu verschaffen. Sie wirkten alle sehr erschöpft … Alle außer Wiggins, der die Gruppe mit der Miene eines siegreichen Eroberers anführte …

Aber Wiggins hatte schließlich den ganzen Tag nichts anderes getan, als im Weg herumzustehen und sich tragen zu lassen. Er hatte das Gesicht eines Feldherrn, der fernab vom staubigen Kampfgetümmel auf seinem Hügel gestanden hat, doch an der Spitze seiner Soldaten marschiert, wenn es im Triumphzug nach Hause geht.

Nur dass wir keinen Sieg errungen haben, dachte Maria, und jetzt, als Robin nicht mehr bei ihr war, fühlte sie sich doch ein wenig niedergeschlagen. Sie hatte das Gefühl, als könnte sie gar nicht ins Haus gehen und Sir Benjamin unter die Augen treten, weil er ihr sofort ansehen würde, dass ihre Mission nicht erfolgreich verlaufen war. Sie setzte sich auf die steinerne Brunneneinfassung und wollte sich ein wenig ausruhen.

Hier im Hof der Stallungen war es angenehm friedlich, mit den weißen Tauben, die um sie her gurrten, und dem blauen Himmel über ihr, der mit kleinen rosa Wölkchen übersät war wie mit Tausenden von Flaumfedern. Sie beugte sich hinab, schaute in den Brunnen und sah ihr eigenes Gesicht, das ihr aus dem dunklen Wasser entgegenblickte. Es wirkte bleich und müde und ein wenig traurig, nicht ganz wie das Gesicht, das sie kannte. Es sieht aus, dachte sie, wie das Gesicht der ersten Mondprinzessin vielleicht ausgesehen haben mochte, als sie für immer vom Herrenhaus fortritt. Vielleicht hatte sie einst auch eine Weile hier am Brunnenrand gesessen, ehe sie ihr kleines weißes Pferd gesattelt hatte, und ihr Gesicht mit dem schönen goldenen Haar und den mondschimmernden Perlen an ihrem Hals im Spiegel des Wassers gesehen.

«Was hat sie nur mit den Perlen gemacht?», überlegte Maria.

Ein hohes, krächzendes Husten, ein Bitte-dreh-dich-um-und-sieh-mich-Husten riss sie aus ihren Gedanken, und als sie sich umschaute, sah sie Marmaduke Scarlet oben an der Küchentreppe stehen. Er nickte und lächelte ihr zu, und auch ihn schien der Fehlschlag dieses ersten Versuchs beileibe nicht zu bekümmern.

«Ich bereite gerade ein Omelett vor, an dem Sie sich beim Abendessen laben sollen», sagte er, «und brauche die Butter, die ich heute früh zum Kühlen in den Brunnen gestellt habe. Darf ich Sie mit der Bitte belästigen, junge Herrin, Ihre Hand in die Öffnung direkt unter Ihnen zu stecken, um die erforderliche Zutat herauszuholen und sie mit hereinzubringen, wenn sie ins Haus kommen, um sich zur Vorbereitung der Nahrungsaufnahme, welche Sie inzwischen bitter nötig haben dürften, frisch zu machen?»

Nach Beendigung dieser Bemerkung verneigte sich Marmaduke Scarlet und zog sich zurück, und Maria machte sich gleich daran, seiner Bitte Folge zu leisten, denn sie hatte verstanden, was seine lange Rede in schlichter Sprache bedeuten sollte: «Sie lassen uns mit dem Essen warten. Beeilen Sie sich.»

Sie beugte sich wieder über den Brunnen, streckte den Arm zwischen die Farne und tastete nach den interessanten Geheimfächern in der Brunnenwand, die Sir Benjamin ihr am ersten Tag gezeigt und von denen sie gedacht hatte, dass sie ein hervorragendes Versteck für Juwelen abgeben würden. Im ersten kleinen Fach konnte sie nur Käse finden, doch im zweiten, das sie ausprobierte, fand sich auch die Butter. Es war ein ziemlich kleines Klümpchen, dachte sie, sobald sie es ans Tageslicht befördert hatte, und sie fragte sich, ob es wohl ausreichen würde, denn Marmaduke Scarlets köstliche Omeletts waren stets riesig und sehr butterreich. Vielleicht befand sich tiefer im Innern ein zweites Klümpchen. Diesmal beugte sie sich weit über den Brunnenrand, so weit sie nur konnte, und tastete mit der Hand bis ganz tief in die kleine Nische.

Butter fand sie keine, doch ihre Finger fühlten etwas wie ein kleines Metallkästchen, und sie ergriff es und zog es heraus. Es war tatsächlich ein Kästchen, und sie setzte sich wieder auf den Brunnenrand und stellte es auf ihren Schoß. Es war sehr alt, doch der Hahn auf dem Deckel war noch zu erkennen. Es war nicht verschlossen, und sie schlug es auf. Im Innern lag ein Stückchen ausgeblichener, vermodernder Seide, das schon bei der Berührung fast zu Staub zu zerfallen schien, und in deren Innern lag eine Reihe schimmernder Perlen.

Maria blieb reglos sitzen und hielt sie in den Fingern, den Mund offen angesichts dieser Schönheit. Über ihr hatte der Himmel sich im Sonnenuntergang von Blau zu Rosa und Gold gewandelt, und die Tauben, die um sie her stolzierten, hatten goldene Flügelspitzen. Der Wind hatte ausgesetzt, und es war völlig still. Ganz langsam hob Maria die Hände und legte die Perlen um ihren Hals, dann beugte sie sich erneut über den Brunnen und betrachtete ihr Spiegelbild. Der Sonnenuntergang spielte in ihrem Haar ebenso wie in den Taubenfedern, denn jetzt schimmerte es wie pures Gold um ihr bleiches Gesicht; noch intensiver als die Perlen um die Säule ihres weißen Halses. Sie lächelte sich im Wasser zu, und das Gesicht erwiderte ihr Lächeln, und der Augenblick war so köstlich und friedlich, dass es schien, als hielte die ganze Welt den Atem an.

Maria setzte sich wieder auf und dachte über die Perlen nach. Als hätte die erste Mondprinzessin es ihr erzählt, wusste sie, wie sie in das Versteck am Brunnen gekommen waren. Das Mondmädchen hatte an dem Abend, als es fortging, tatsächlich eine kleine Weile hier gesessen und sich gefragt, wem die Perlen eigentlich gehörten; ob sie sein Eigentum waren, da ihr Vater sie ihm geschenkt hatte, oder das ihres Ehemannes – waren sie doch die einzige Mitgift gewesen, die die junge Frau nach Moonacre mitgebracht hatte. Sie hatte sich nicht entschließen können, und da sie nicht hatte mitnehmen wollen, was ihr nicht gehörte, und auch ihrem Ehemann keinen Reichtum schenken wollte, der ihm nicht zustand, hatte sie die Perlen im Brunnen versteckt.

Eine krächzende Stimme erklang nun lauter und etwas empört vom oberen Absatz der Küchentreppe. «Junge Herrin, es ist spät …»

Maria lockerte die Perlen ein wenig, schob sie in ihren Umhang und knöpfte ihn darüber zu. Dann nahm sie das Butterklümpchen und ging langsam und ruhig die Treppen ins Haus hinauf.

Das kleine weiße Pferd

I

Maria schlief in dieser Nacht einige Stunden sehr tief, dann wachte sie ganz plötzlich auf und fand ihr kleines Zimmer taghell erleuchtet. Zuerst glaubte sie, es wäre schon Morgen, doch dann begriff sie, dass der hellste Mond durchs Fenster schien, den sie je gesehen hatte, und ihr Zimmer mit Licht durchflutete. Die Silberwogen spülten durch die unverhängten Fenster fast so herein, wie die Wellen in der Merryweather Bay herangerauscht gekommen waren, um sich zur Begrüßung an ihren Füßen zu brechen.

Dieser Mondschein hatte etwas besonders Freundliches an sich, als liebe und rufe der Mond der heutigen Nacht sie als seine Schwester und erhelle die Welt alleine für sie. Sie löste die mondschimmernden Perlen, die sie noch immer um den Hals trug, und hielt sie wie zum Geschenk empor, und der Mond beschien ihre Schönheit und steigerte sie noch um das Zehnfache, als wolle er ihr Geschenk annehmen.

Und doch mochte Maria diese Perlen nicht weggeben. Sie liebte sie viel zu sehr. Nicht einmal dem herrlichen Mond wollte sie sie schenken, und sie den Schwarzen Männern zu bringen – nun, dazu war sie einfach nicht imstande. Und doch musste sie es tun. Sir Cocq de Noir hatte versprochen, sie würden von ihren Freveltaten ablassen, wenn sie ihm beweisen könnte, dass Sir William nicht von Sir Wrolf ermordet worden war, sondern sich aus freien Stücken dazu entschieden hatte, ein Einsiedlerleben zu führen, und wenn sie ihm die Perlen zurückgeben könnte.

Die erste Bedingung war bereits erfüllt, denn als die Schwarzen Männer sie und Robin verfolgten, mussten sie Sir Williams Einsiedelei mit eigenen Augen gesehen haben; und die Perlen sollte er auch haben, wenn sie sich überwinden konnte, sie ihm zu überlassen … Dann würde er nicht mehr böse sein, und ungetrübtes Glück würde im Moonacre-Tal einkehren …

Irgendwie bezweifelte Maria nicht, dass Monsieur Cocq de Noir sein Versprechen halten würde, wenn sie sich an ihren Teil der Abmachung hielt. Selbst die schlechtesten Menschen haben einen guten Kern, und wenn sie an seinen offenen Blick dachte, war sie ganz sicher, dass er sein Wort nicht brechen würde. Und doch hatte sie das Gefühl, dass sie ihm die Perlen, die sie selbst gefunden hatte und die bereits ein Teil von ihr zu sein schienen, nicht geben konnte.

«Wenn ich sie *dir* schenken könnte», sagte sie zum Mond. «Aber diesem hässlichen Schwarzen Mann mag ich sie nicht schenken.»

Und dann kam ihr schlagartig der Gedanke, dass wenn sie die Perlen Monsieur Cocq de Noir schenkte, sie sie ja irgendwie auch dem Mond gab. Denn der Mond gehörte zur Nacht, und was war der Nacht ähnlicher als Monsieur Cocq de Noir und sein Kiefernwald? Und die erste Mondprinzessin stammte aus dem nachtschwarzen Kiefernwald und hatte die Perlen mitgebracht. Die Perlen gehörten den Schwarzen Männern weit mehr als den Merryweathers.

«Ich werde es tun», gelobte Maria, und da sie nicht länger liegen bleiben konnte, stand sie auf, trat ans Südfenster und blickte durch die Zweige der Zeder in den Ziergarten hinab.

Dort schimmerte alles schwarz und silbern wie am Abend ihrer Ankunft. Die Zauberkraft des Mondes hatte den Narzissen ihr Gold gestohlen, und jede von ihnen trug nun einen Silberkelch auf einem schlanken Silberstängel. Und die Eibenmänner und -hähne wirkten schwarz wie die Nacht und so lebendig, dass Maria das Gefühl hatte, wenn die Osterglocken zu läuten begännen, würden sie sich gleich in Bewegung setzen ... Einer bewegte sich tatsächlich, und Maria hielt den Atem an.

Aber sie täuschte sich, es war nicht einer der Schwarzen Männer, der neben der Silberplatte des Seerosenteichs aus dem Schatten trat, es war eine zottige, vierbeinige Kreatur, die langsam durch den Garten tappte, unter ihr Fenster kam und dort am Zedernbaum stehen blieb und zu ihr hochschaute ... Es war Wrolf.

Sie beugte sich aus dem Fenster und sprach zu ihm: «Ja, Wrolf, ich werde es tun, Wrolf», sagte sie. «Und ich mache es jetzt. Warte dort unten auf mich.»

Sie zog sich an, so schnell sie konnte, und versuchte, kein Geräusch zu machen, weil sie Wiggins nicht wecken wollte. So lieb sie ihn hatte, wusste sie doch, dass sie heute Nacht schneller vorankäme, wenn sie nur Wrolf als Begleiter hätte. Der wunderbare Wrolf! Sie begriff jetzt, warum er und Immergrün sie und Robin ohne Hilfe aus dem Schloss entkommen lassen hatten. Wäre das nicht so gewesen, hätte Sir Cocq de Noir niemals die Einsiedelei des Schwarzen William zu Gesicht bekommen.

Maria zog ihr Reitkostüm an und legte sich dann wieder die Perlen um den Hals. Dann blieb sie stehen und überlegte einen Augenblick. Sie wollte weder Miss Heliotrope wecken, wenn sie die Treppen hinabstieg, noch wollte sie von Sir Benjamin gesehen werden. Er ging manchmal sehr spät zu Bett, und sie wusste nicht, wie spät es war … Vielleicht erst kurz nach Mitternacht … Konnte sie die Zeder hinunterklettern? Gewiss doch. Sie hatte schon am allerersten Abend festgestellt, wie leicht das war; entschieden leichter, als auf die Kiefer zu klettern. Und Marmaduke bestieg sie schließlich auch.

Sie ließ sich für Angst erst gar keine Zeit und kletterte aus dem Fenster auf den großen, sicheren Ast darunter und dann ganz ruhig von Ast zu Ast tiefer, bis ihr tastender Fuß schließlich kein hartes Holz mehr unter sich fühlte, sondern die biegsame Kraft von Wrolfs Rücken. Mit einem erleichterten Seufzen ließ sie sich darauf nieder und hielt sich in der pelzigen Mähne fest.

«Ich bin bereit, Wrolf», sagte sie.

Sogleich setzte er sich in gleichmäßigem Schritt durch den mondbeschienenen schwarzweißen Ziergarten in Bewegung. Mit der Pranke hob er den Riegel des Tores, das niemals verschlossen war, und schon waren sie im Park in Richtung Kiefernwald. Voller Entzücken betrachtete Maria die mondbeschienene Welt. Es herrschte völlige Ruhe und Stille. Kein Vogel schrie, kein Blättchen rührte sich.

Doch obgleich die Nacht so friedlich war, überkam sie,

sobald sie den Park hinter sich gelassen hatten, schreckliche Angst, nicht vor den Schwarzen Männern, sondern vor der Dunkelheit. Der Mond konnte den dichten Baldachin der Kiefernzweige nicht durchdringen, und die pechschwarze Finsternis wirkte wie ein Leichentuch, das nicht nur Bewegung und Sicht, sondern auch das Atmen schwer machte. Wrolf ging nun sehr langsam, und sie hatte nicht die geringste Vorstellung, wie er sich zurechtfand. Und sie fürchtete, dass die Bäume, die sie nicht sehen konnte, sie streiften. Und vielleicht nicht nur die Bäume, sondern auch Kobolde und Faune, die möglicherweise in diesem Wald lebten und denen die Stunden der Finsternis gehörten.

Sie hatte unwillkürlich zum Schutz den Arm vors Gesicht gehoben und stellte fest, dass ihr Mund vor Angst ganz trocken war. Als einmal ein unsichtbares Zweiglein an ihrem Haar zupfte, glaubte sie, es wäre eine Hand, und als eine Brombeerhecke an ihren Röcken riss, hatte sie das Gefühl, Hände wollten sie von Wrolfs Rücken zerren, und musste sich alle Mühe geben, nicht aufzuschreien. Und dann war ihr plötzlich – nur weil sie ihn nicht sehen konnte –, als hätte Wrolf sie allein gelassen. Sie ritt nicht mehr auf Wrolf, sondern auf irgendeinem Tier aus einem Albtraum, das sie immer weiter in die Angst hineintrug. «Wenn ich nirgendwo ein Licht sehe, glaube ich nicht, dass ich das durchhalten werde», dachte sie. Und dann sagte sie sich, dass sie es durchhalten musste. Alles hat einmal ein Ende, selbst die Nacht. Entschlossen ließ sie den Arm sinken, den sie schützend vor dem Gesicht angewinkelt hatte, straffte die Schultern und lächelte in die Finsternis.

Und dann, fast so, als wäre ihr Lächeln ein Flämmchen gewesen, das eine Laterne entzündet hatte, stellte sie fest, dass sie ein bisschen sehen konnte. Sie konnte den zottigen Kopf ihres Reittieres erkennen, und es war ihr eigener lieber Wrolf.

Ungenau konnte sie die Umrisse der Bäume erkennen. Dann wurde das silberne Licht noch stärker und war so zauberhaft, dass ihr klar wurde, dass von ihm nichts Böses kommen konnte. «Es muss der Mond sein», dachte sie, wusste aber gleichzeitig, dass das Mondlicht die finsteren Baumkronen nicht durchdringen konnte, dass nicht einmal der Mond ein so wundervolles Licht besaß.

Und dann sah sie es. Ein kleines weißes Pferd lief im leichten Galopp vor ihnen her und leitete sie, und sein makelloser, schneeweißer Leib verströmte Licht wie eine Lampe. Es lief ein Stückchen voraus, aber für einen kurzen Augenblick sah Maria es deutlich wie eine Kamee vor dem dunklen Hintergrund. Der stolze Schwung des Halses, die wehende weiße Mähne und der Schweif, das Blitzen der Silberhufe waren ihr fremd und zugleich so vertraut, als ob sie es mit Augen sähe, die es oft zuvor wahrgenommen und doch niemals seine Schönheit so direkt bewundert hatten; Maria war nicht einmal überrascht, ein eigentümliches kleines Silberhorn aus seiner Stirn ragen zu sehen, als es seinen hübschen Kopf ein wenig drehte und sich nach ihr umschaute ... Ihr kleines weißes Pferd war ein Einhorn.

Danach kamen sie schnell voran, und es gelang Wrolf, das kleine weiße Pferd im Blick zu behalten. Doch sie sollten es niemals einholen, und Maria konnte es nie mehr so deutlich sehen wie im ersten Augenblick ihrer Vision; auf dem übrigen Weg war es nur ein sicherer Schein, eine bewegliche Lichtform, deren Umriss sich von der Dunkelheit kaum erkennbar abzeichnete. Doch sie war zufrieden mit dem, was sie sah, zufrieden, als der Wald sich lichtete und die Finsternis wich und die Strahlung des kleinen weißen Pferdes angesichts der wachsenden Leuchtkraft des Mondes nachließ; sie war sogar glücklich, als es schließlich ganz verschwand ... Denn nun hatte sie es zweimal gesehen und würde nicht wieder an seiner Existenz zweifeln. Und vielleicht würde sie es ja noch einmal zu Gesicht bekommen. Sie hatte das starke Gefühl, dass sie es noch ein einziges Mal zu sehen bekäme.

2

Wrolf und Maria standen draußen auf der Lichtung und schauten zum Schloss der Schwarzen Männer hinauf; darüber hing der Mond wie eine große Scheibe am Himmel und zeichnete die Umrisse eines Mannes, der unter der Last auf seinem Rücken weit vornübergebeugt war.

«Armer Mensch!», sagte Maria. «Das da oben im Mond ist Sir Cocq de Noir, Wrolf, und er trägt seine Sündhaftigkeit auf dem Rücken wie Christian in John Bunyans Geschichte *Pilgrim's Progress.* Er wird froh sein, wenn er die Bürde abgeworfen hat.»

Auf diese Bemerkung reagierte Wrolf nur mit einem verächtlichen Schnauben, überquerte die Lichtung und trottete auf die in den Felsen gehauene Treppe zu. Hier blieb er stehen, um Maria anzudeuten, dass sie die Stufen leichter erklimmen könnten, wenn sie von seinem Rücken abstiege. Also stieg sie ab. Maria ging voran und Wrolf folgte ihr.

Sie stiegen immer weiter hinauf, und der Weg war so lang und steil, dass Maria das Gefühl hatte, zum Mann im Mond selbst hinaufzuklettern, um ihm die Gnade zu bringen, die ihn von seiner Last befreite. Doch schließlich langten sie oben an, und sie stand völlig außer Atem vor dem großen Schlosseingang; Wrolf stand neben ihr und presste seinen großen, zottigen Kopf an ihre Schulter, um ihr Mut zu machen. Hoch über ihnen befand sich eine Eisenglocke, von der eine lange, rostige Kette herunterhing. Sie ergriff sie und zerrte aus Leibeskräften daran, und die Glocke ertönte in der Stille der Nacht, als läute eine Kirchturmuhr den Beginn eines neuen Tages ein.

Fast augenblicklich wurde das Fenster über dem großen Tor aufgestoßen, und ein dunkles Adlergesicht schaute heraus. Sir Cocq de Noir betrachtete Maria und Wrolf schweigend, doch die Art, wie er die Augenbrauen hob und spöttisch den Mund verzog, war nicht gerade ermutigend. Maria sagte auch kein Wort, sondern löste die Perlen von ihrem Hals und hielt sie ins Mondlicht, damit er sie sähe; da funkelten plötzlich Sir Cocq de Noirs Augen, und er schloss das Fenster und verschwand. Es knirschte und quietschte, als Bolzen und Riegel zurückgeschoben wurden und die schwere Tür aufschwang. Sir Cocq de Noir stand ihnen mit einer hoch über den Kopf gehaltenen Laterne und dem schwarzen Hahn auf seiner Schulter gegenüber.

«Du kannst hereinkommen, Mondmädchen», erklärte er. «Aber der braune Hund soll draußen warten.»

«Das wird er mit Sicherheit nicht», sagte Maria unnachgiebig. «Wo ich hingehe, geht auch mein Hund mit.» Und ehe Sir Cocq de Noir noch irgendetwas hätte sagen können, trat sie ein, von Wrolf dicht gefolgt, und die Tür fiel laut hinter ihnen ins Schloss. Sie befanden sich in einem kleinen, steinernen Raum mit Steinsitzen zu beiden Seiten und einer weiteren Tür, die, wie Maria annahm, in die große Halle führte. Der Raum hatte kein Fenster, war kalt und klamm wie eine Gruft und wurde nur schwach von der Laterne erhellt, die Sir Cocq de Noir jetzt auf einen der Sitze stellte. Der schwarze Hahn schlug Furcht erregend mit den Flügeln, und Maria würde sich jetzt sehr gefürchtet haben, hätte nicht Wrolf seinen starken, warmen Körper an sie gedrückt. Maria schlang den Arm um seinen Hals, während sie mit der rechten Hand die Perlen an ihre Brust presste. Sir Cocq de Noir streckte eine kräftige, schlanke braune Hand mit Fingern wie Adlerkrallen aus und hätte die Perlen wohl geschnappt, wenn Wrolf nicht so bedrohlich geknurrt hätte, dass er seine Hand zurückzog.

«Sir», sagte Maria. «Ich habe die beiden Bedingungen erfüllt. Als sie mir in die Höhle unter der Kiefer folgten, haben sie wohl erkannt, dass das die Einsiedelei war, in die sich Sir William zurückzog, als er die Welt leid war. Und als Sie unten den Gang zur Höhle weiter gingen, sahen Sie das Boot, mit dem er in den Sonnenuntergang gesegelt ist ... Sie wissen also jetzt, dass Sir Wrolf den Schwarzen William nicht umgebracht hat ... Und wie Sie sehen, habe ich die Perlen mitgebracht. Ich habe sie zufällig zu Hause im Brunnen gefunden. Das Mondmädchen muss sie dort in der Nacht versteckt haben, als es fortging. Ich weiß, dass Sie Ihr Wort halten, Sir. Ich weiß, dass Sie, da ich meinen Teil der Abmachung eingehalten habe, nun den Ihren einhalten werden.»

«Ich bin nicht der Ansicht, dass du meine Bedingungen erfüllt hast ...», erwiderte Sir Cocq de Noir. «Sicher, du hast die Perlen, doch das Messer und der Becher beweisen lediglich, dass die Höhle unter der Kiefer einmal vom Schwarzen William benutzt wurde, nicht dass er sich damals dorthin zurückzog, als man Sir Wrolf verdächtigte, seinen Tod herbeigeführt zu haben. Und zu deinem Märchen vom Fortsegeln in den Sonnenuntergang in jenem Boot in der unteren Höhle – nun, Mondmädchen, wie kam das Boot dann in die Höhle zurück?»

Es war die gleiche Frage, die Robin ihr gestellt hatte, und

Maria erteilte die gleiche Antwort. «Die weißen Pferde, die im Meer leben, brachten es an Land», erklärte sie. «Und eines zog es in die Höhle.»

Der Schwarze Hahn krähte zum Spott lange und laut, und Sir Cocq de Noir brach in schallendes Gelächter aus. «Eine schöne Geschichte», spöttelte er. «Glaubst du tatsächlich, ein vernünftiger Mensch würde diesem Märchen Glauben schenken? Mondmädchen, du kannst einem Cocq de Noir keinen Mondstaub in die Augen streuen. Gib mir diese Perlen, die mein rechtmäßiges Eigentum sind, und mach dich davon. Ich werde dir diesmal nichts tun, aber wenn du jemals wieder in die Nähe meines Schlosses kommst, wirst du in den Kerker geworfen, von dem ich gesprochen habe.»

Doch Maria gab nicht nach. «Was ich Ihnen erzählt habe, war kein Märchen, sondern die Wahrheit», sagte sie unerschütterlich.

Und wieder krähte der Hahn, und sein Herr lachte. «Zeig mir das weiße Pferd, das das Boot nach der Rückkehr vom Sonnenuntergang in die Höhle gezogen hat, dann werde ich dir glauben», erklärte er.

«Nun gut», antwortete Maria gelassen. «Begleiten Sie mich in den Kiefernwald, dann will ich es Ihnen zeigen.»

Im selben Augenblick, als sie das ausgesprochen hatte, war Maria auch schon wie betäubt vor Verwunderung und Angst. Verwunderung, weil sie erst in dem Augenblick, da die Worte ihr schon entschlüpft waren, wusste, was sie gesagt hatte, und Angst, weil sie befürchtete, ihre Behauptung könnte nicht zutreffen. Vielleicht würde sie Sir Cocq de Noir in den Kiefernwald führen und sie bekämen überhaupt nichts zu sehen … Doch dann drückte Wrolf sich zuversichtlich an sie, und Maria wusste, alles würde gut werden.

«Sollen wir nun gehen?», fragte sie Sir Cocq de Noir und

Der schwarze Hahn krähte zum Spott lange und laut, und Sir Cocq de Noir brach in schallendes Gelächter aus.

ließ Wrolf einen Augenblick lang los, um sich die Perlenkette wieder umzulegen.

Zur Antwort lachte er noch einmal, hob seine Laterne auf und öffnete die Tür. «Aber hüte dich», sagte er, «ich werde auf der Jagd nach deinen Hirngespinsten nicht die ganze Nacht dort draußen in den Wäldern herumirren. Wenn ich dein weißes Pferd nicht gesehen habe, ehe wir bei der großen Kiefer angelangt sind, habe ich gewonnen und du hast verloren – du gibst mir diese Perlen, und ich kann weiter wildern und stehlen.»

«Und wenn wir das Pferd sehen», sagte Maria, «habe ich gewonnen, und Sie haben verloren. Ich gebe Ihnen die Perlen, und von diesem Tag an hören Sie und Ihre Männer mit ihren Freveltaten auf.»

«Abgemacht», sagte Sir Cocq de Noir, streckte ihr die Hand entgegen und Maria ergriff sie; und als sie sich die Hände schüttelten, sie in sein Gesicht hochsah und seinem festen Blick begegnete, wusste Maria, dass er Wort halten würde, wobei gleichzeitig offenkundig war, dass er nicht einen Augenblick lang damit rechnete, es wirklich halten zu müssen. Er lachte, und der Hahn krähte höhnisch, als er die Tür öffnete.

3

Im hellen Mondlicht stiegen die vier gemeinsam die Treppe an der Klippe hinab, und als sie unten angelangt waren, schwang Maria sich wieder auf Wrolfs Rücken, und sie überquerten die Lichtung zum Kiefernwald. Sir Cocq de Noir hielt seine Laterne hoch, um ihnen zu leuchten, aber sie verbreitete nur einen unsteten Schein in der großen Finsternis rings um sie her. Doch Maria hatte nun weder Angst vor der Dunkelheit noch vor dem groß gewachsenen Mann, der neben ihr dahinschritt … Irgendwie mochte sie Sir Cocq de Noir inzwischen ganz gern … Er war vielleicht ein sündhafter Mensch, aber er verstand zu lachen und ein Geschäft abzuschließen.

Dann wich ihr Gefühl des Wohlbehagens in diesem Aufflackern freundschaftlicher Gefühle tiefer Sorge, denn sie mussten nun bald die Kiefer erreichen, und in der Finsternis um sie war nicht das geringste Licht zu sehen, nicht das kleinste Zeichen dessen, was sie zu suchen gekommen waren. Sie hatte, so dachte Maria nun, ihren viel gepriesenen gesunden Menschenverstand über Bord geworfen, als sie jene Geschichte von den weißen Seepferden erzählte, die Sir Williams Boot aus dem Sonnenuntergang geborgen hatten, und von dem einen, das es in die Höhle gezogen hatte. Es war natürlich nur ein Märchen, das sie sich ausgedacht hatte. Das Komische daran war nur, dass sie in den Augenblicken, als sie es Robin und Monsieur Cocq de Noir erzählt hatte, fest davon überzeugt gewesen war …

Nun, jetzt war sie nicht mehr davon überzeugt, und je weiter sie durch die Dunkelheit gingen, desto mehr verließ sie der Mut, und hätte Maria nicht einen so starken Willen besessen, sie hätte zu weinen begonnen, denn nun sollte zum zweiten Mal alles umsonst gewesen sein. Sie konnte sich nicht erinnern, wann sie sich jemals so unglücklich gefühlt hatte, und nun herrschten tiefe Dunkelheit und tiefe Stille, und Sir Cocq de Noirs Laterne flackerte, als ob sie ausgehen wollte.

Und dann verlöschte sie plötzlich wirklich, und Maria hatte das Gefühl, als hätten sich Dunkelheit und Schweigen über sie gelegt, um sie zu ersticken. Und Sir Cocq de Noir musste es ebenfalls so empfinden oder aber er hatte sich das Schienbein an einem Baumstumpf gestoßen, denn er begann ärgerlich in seinen schwarzen Bart zu schimpfen, und wenn Maria auch nicht hören konnte, was er sagte, so war sie doch ziemlich sicher, dass es alles andere als höflich war.

Doch Wrolf ging unverdrossen weiter.

«Wenn Sie vielleicht meine Hand nehmen möchten», bot Maria Sir Cocq de Noir schüchtern an. «Sie würden sich dann nicht so oft stoßen, denn Wrolf scheint sich gut zurechtzufinden.»

So ergriff er ihre Hand, aber sein Griff war wie eine Stahlklammer und hatte nichts Beruhigendes an sich, und er murmelte weiter zornig in seinen Bart, und Finsternis und Stille schienen immer schwerer auf ihnen zu lasten. Dann krähte plötzlich der große schwarze Hahn, der die ganze Zeit über schweigend auf der Schulter seines Herrn gesessen hatte. Diesmal war es kein höhnisches Krähen, sondern der siegessichere Fanfarenstoß, wie Hähne ihn beim Anbruch eines neuen Tages ausstoßen, und Maria erinnerte sich an ein Sprichwort, das sie einmal gehört hatte: «Vor Tagesanbruch ist die Nacht am finstersten.»

«Ich glaube, die Nacht ist bald zu Ende», sagte sie zu Sir Cocq de Noir.

«Sobald ich wieder sehen kann, wohin ich trete, gehe ich schleunigst nach Hause», erklärte er mürrisch. «Und ich rate dir, das Gleiche zu tun, junges Fräulein, und mir in Zukunft aus dem Weg zu gehen, damit dir nichts Schlimmes zustößt. Ich kann mir nicht vorstellen, was mich dazu verleitet hat, mich auf dieses unsinnige Unterfangen hier einzulassen. Du musst mich mit deinem Mondwahnsinn angesteckt haben. Du musst …»

Er verstummte unvermittelt, denn plötzlich ereignete sich etwas im Wald. Sie konnten die schwachen Umrisse der nächst stehenden Bäume und der Gesichter der anderen erkennen. Nicht nur die Finsternis ließ nach, auch die Stille wurde durchbrochen. In weiter Ferne hörten sie schwach und geheimnisvoll das Meer.

«Wrolf muss uns einen falschen Weg geführt haben», sagte Maria. «Wir sind wohl in Richtung Strand unterwegs.»

«Nein», sagte Sir Cocq de Noir. «Die Wälder enden, ehe man ans Ufer kommt. Man kann das Meer nur an windigen Nächten im Wald hören, und heute herrscht nicht das leiseste Windchen.»

Seine Stimme klang plötzlich eigentümlich und heiser, als ob der große Sir Cocq de Noir tatsächlich ein wenig Angst hätte.

Aber Maria empfand keine Angst, nur Ehrfurcht. «Bleiben wir doch stehen und sehen uns den Sonnenaufgang an», sagte sie. «Halt an, Wrolf. Seht mal, ach, seht doch nur!»

Das Mädchen, der Löwe, der Mann und der Hahn standen nun so still, als wären sie durch die Schönheit, die sich vor ihnen entfaltete, zu Stein geworden. Im Osten, wo die Sonne über dem Meer aufging, sickerte Licht wie milchweißer Nebel in die Wälder, und mit dem Licht nahm auch das Rauschen des Meeres zu. Und dann sah es aus, als ob das Licht Gestalt annähme.

Es war immer noch Licht, aber in dem Licht waren Formen aus noch hellerem Licht; es waren die Gestalten Hunderter galoppierender weißer Pferde mit wehenden Mähnen und zurückgebogenen Hälsen wie jene der Schachfiguren im Salon; ihre Geschwindigkeit glich der des Lichts, und ihre Körper schienen so wenig greifbar wie ein Regenbogen; und doch konnte man ihre Umrisse deutlich vor dem nachtschwarzen Hintergrund der Bäume erkennen ... Es waren die Pferde aus dem Meer auf ihrem Galopp landeinwärts, bei dem sie die

Morgendämmerung mitbrachten. Von ihnen hatte der alte Pastor Maria erzählt.

Nun waren sie fast bei ihnen angelangt, und das Tosen der See erfüllte ihre Ohren, und grelles Licht blendete sie. Sir Cocq de Noir schrie angstvoll auf und hob schützend einen Arm vors Gesicht, doch Maria lachte laut vor Freude, obgleich auch sie die Augen gegen das blendende Licht schließen musste. Sie wusste, die galoppierenden Pferde würden ihnen nichts tun; sie würden wie Licht oder wie der Regenbogen über einen hinwegfluten, wenn man bei Sonne und Regen auf dem offenen Feld stand.

Und genau so geschah es. Einen Augenblick lang fühlten sie eine unbeschreibliche Frische und ein Prickeln, wie wenn einem eine Welle über dem Kopf zusammenschlägt, dann erstarb das Rauschen in der Ferne, und als sie die Augen öffneten, sahen sie wieder nur das schwache, graue, geisterhafte Licht, das die Umrisse der Bäume und der Gesichter der anderen erkennen ließ. Die weißen Pferde waren alle fort ... bis auf eines.

Sie sahen es unter der riesigen Kiefer zu ihrer Rechten stehen, mit stolz geschwungenem Nacken, einem angewinkelten, zarten Silberhuf und halb abgewandt, als wäre es mitten im Galopp erstarrt. Dann war auch dieses Pferdchen fort, und in den Wäldern blieb nichts zurück als das vertraute zunehmende Licht der Morgendämmerung.

Lange herrschte völlige Stille, während sie standen und immer noch die Kiefer mit dem großen, klaffenden Loch zwischen den Wurzeln anstarrten, wo die Schwarzen Männer sich am Tag zuvor den Zugang erzwungen hatten; und Maria und Sir Cocq de Noir waren traurig, wussten sie doch, dass sie dieses hübsche Etwas, das soeben verschwunden war, nie wieder sehen würden. Dann krähte der Schwarze Hahn wieder, und der Bann war gebrochen. Maria seufzte und bewegte sich.

«Nun?», fragte sie.

«Du hast gewonnen», bestätigte Sir Cocq de Noir. «Morgen werde ich es für einen Traum halten – aber du hast gewonnen, und ich werde mein Wort halten.»

Maria nahm die Perlen ab und überreichte sie ihm. «Die sind kein Traum», meinte sie. «Und es wird kein Traum sein, wenn Sie morgen nach Schloss Moonacre kommen, um sich mit uns allen zu versöhnen. Sie werden doch kommen, nicht wahr?»

«Mondmädchen», erklärte Sir Cocq de Noir, «ich weiß, dass ich für den Rest meines Lebens den Befehlen Eurer Hoheit gehorchen werde. Ich werde morgen gegen fünf Uhr im Herrenhaus vorsprechen.»

Dann verbeugte er sich und ging mit dem Schwarzen Hahn auf der Schulter davon, und Maria und Wrolf ritten schnell heimwärts durch den beginnenden Morgen. Von Grau in Silber und von Silber in Gold ging der Himmel über, als sie aus den Kiefernwäldern in einen jener Sonnenaufgänge mit safran- und amethystfarbenen Rändern traten, wie er ins Blau eines strahlenden Tages mündet.

Wrolf trug Maria nicht in den Ziergarten, sondern zum Tor in der Mauer am Obsthain; dort blieb er stehen und schüttelte sich zum Zeichen, dass sie absteigen sollte. Er war nun ebenfalls müde, so sagte sein Schütteln, er hatte sie lange genug herumgeschleppt. Sie stieg gehorsam ab, küsste ihn und bedankte sich für alles, was er in dieser Nacht für sie getan hatte. Er warf ihr einen liebevollen Blick zu, schob sie zur Tür des Obsthains und ging dann seiner Wege.

4

Maria trat in den Obsthain, wo die Schafe und Lämmer noch mit silbern funkelndem Morgentau auf den wolligen schwarzen Rücken unter den rosa und weiß blühenden Bäumen schliefen, und ging zur Küche. Sie war, so stellte sie jetzt fest, sehr müde und hatte einen Bärenhunger. Während sie den Weg zwischen den Buchshecken entlangging, dachte sie, dass sie nur noch zwei Dinge im Kopf hatte: Frühstück und Bett, doch ein plötzlich aufleuchtendes Rosa, das wie ein Banner vor ihren Augen flatterte, ließ sie hochschauen und stellte zwischen Bett und Frühstück noch einen neuen Gedanken … Die rosa Geranien am Fenster jenes Zimmers über dem Durchgang … heute konnte sie sie deutlicher sehen als je zuvor, weil das Fenster, das ansonsten geschlossen war, in der Dämmerung nun weit offen stand.

Sie blieb stehen und schaute hinauf und freute sich unwillkürlich an ihrer Schönheit. Schließlich war Rosa, wenn auch nicht gerade ihre Lieblingsfarbe, so doch eine Farbe, und wie Sir Benjamin gesagt hatte, stammten alle Farben von der Sonne und waren damit gut. Und Rosa ist der Farbton von Dämmerung und Sonnenuntergang, das Bindeglied zwischen Tag und Nacht. Sonne und Mond müssten Rosa gleichermaßen lieben, denn wenn der eine auf- und der andere untergeht, grüßen sie einander häufig über einem Streifen rosigen Himmels.

Und während Maria dastand und hinaufschaute, tauchte plötzlich ein Arm mit einer Gießkanne auf, und ein heller Strahl silberner Tropfen ergoss sich über die Blumen. Es konnte kein Zweifel bestehen, zu wem dieser lange, dünne Arm und sein bunter Ärmel gehörten. Es war Marmaduke Scarlets Arm.

«Marmaduke!», rief Maria leise. «Marmaduke!»

Die Geranien wurden geteilt, und Marmaduke Scarlets rosiges, bärtiges Gesicht schaute heraus. Er nickte, lächelte und schien erfreut, aber keineswegs überrascht, sie zu sehen. «Junge Herrin», sagte er, «ich bin gerade dabei, ein leichtes Mahl zu mir zu nehmen, ehe ich hinübergehe zum Herrenhaus, um mein Tagwerk zu beginnen. Wollen Sie mir die Ehre erweisen, heraufzukommen und es mit mir zu teilen?»

«Liebend gern, Marmaduke», sagte Maria. «Ich bin schrecklich hungrig. Aber wie komme ich hinauf?»

«Sehen Sie hinter der Wassertonne nach», empfahl Marmaduke.

Maria lief zu dem dicken grünen Wasserfass, das sie bereits am ersten Tag links von der Durchfahrt gesehen hatte, und dahinter gut verborgen war eine kleine grüne Tür in der Wand, nicht größer als jene zu ihrem kleinen Turmzimmer.

Sie hob den Riegel, öffnete die Tür und stand vor einer so steilen Treppe, wie sie nur für eine sehr zierliche Person zu erklimmen war. Sie ging hinauf, öffnete eine zweite Tür und stand in dem Zimmer mit den rosa Geranien.

«Willkommen in meiner bescheidenen Unterkunft, junge Herrin», sagte Marmaduke Scarlet.

«Hier leben Sie also, Marmaduke?», rief Maria, deren Neugier in diesem Punkt endlich befriedigt war.

«Hier lebe ich, wenn ich nicht mit meinen Dienstpflichten beschäftigt bin», erklärte Marmaduke Scarlet.

Es war der eigentümlichste Raum, den Maria jemals gesehen hatte, so lang und schmal wie die darunter liegende Durchfahrt. Auf der einen Seite zog sich das Fenster mit den Geranientöpfen von Wand zu Wand, auf der anderen stand Marmadukes kleines Holzrollbrett mit einer ordentlichen rot-weiß karierten Tagesdecke darüber. Mitten im Zimmer standen ein kleiner Holztisch mit zwei hölzernen Schemeln, und alles hatte die rechte Größe für einen Zwerg.

Über dem Tisch lag ein rot-weiß kariertes, zum Bettüberwurf passendes Tischtuch, und darauf stand eine blaue Schüssel mit Äpfeln, ein gelber Krug voll Milch, ein purpurner Teller, auf dem gebutterte Hörnchen aufgehäuft waren, und zwei dazu passende grüne Teller und zwei Becher. Doch was Maria einen Schrei der Verwunderung entlockte war weder die Köstlichkeit der Speisen noch die Farbenpracht des Porzellans, sondern das Aussehen der langen Nord- und Südwände, denn über ihre ganze Länge erstreckten sich vom Boden bis zur Decke hölzerne Regale, auf denen Topf an Topf lachsrosa Geranien standen.

Mit all diesen Geranien, der fröhlichen Tagesdecke, dem Tischtuch, dem Porzellan und Marmadukes bunten Kleidern zeigte der Raum eine solche Farbenpracht, dass man fast geblendet wurde, hätte der Raum nicht eben nur dieses eine Fenster besessen und wäre dies nicht so von Geranien erfüllt gewesen, dass das Licht durch ein Gitterwerk rosafarbener Blütenblätter beachtlich gedämpft, aber eben noch sehr rosig hereinfiel.

«O Marmaduke!», rief Maria. «Sind das die Geranien, die Loveday Minette zurückließ, als sie fortging?»

«Ableger der ursprünglichen Pflanzen», erklärte Marmaduke und bedeutete Maria höflich, auf einem der Schemel Platz zu nehmen.

«Du magst Rosa also auch?», sagte Maria, als sie sich setzte.

«Ich kann es nicht ausstehen», meinte Marmaduke, nahm ihr gegenüber Platz und goss Milch in die zwei Becher. «Aber Vergeudung kann ich ebenso wenig ausstehen. Das kann kein guter Koch. Als mich mein Herr zur Zeit jenes unglücklichen

Zerwürfnisses vor zwanzig Jahren bat, sämtliche Geranienpflanzen aus dem Haus zu schaffen, die er nicht bereits durchs Fenster befördert hatte, warf ich sie darum nicht weg, sondern brachte sie hierher. Ich dachte, vielleicht würden sie sich eines Tages noch als nützlich erweisen.»

Maria verzehrte ihren Apfel, aß von den Hörnchen, die fast ebenso dick mit gelber Butter bestrichen waren, wie der Teig hoch war, und hatte plötzlich eine Idee. Sie schwieg eine kleine Weile und dachte den Gedanken zu Ende. «Marmaduke», sagte sie schließlich. «Ich glaube, ich weiß, wie sie von Nutzen sein können. Ich glaube, ich habe da eine ziemlich gute Idee.»

«Daran zweifle ich nicht im Mindesten, junge Herrin», erwiderte Marmaduke höflich.

«Marmaduke», fragte Maria, «könnten Sie morgen Nachmittag für mich eine Teegesellschaft ausrichten? Eine Einladung für sieben Personen?»

«Gewiss, junge Herrin», meinte Marmaduke. «Aber wenn Sir Benjamin dabei sein sollte, haben Sie wohl keinen günstigen Tag gewählt. Er reitet morgen in die Marktstadt zu einer Sitzung. Wissen Sie, er ist Magistrat.»

«Wird er denn zum Tee nicht zurück sein?», fragte Maria.

«Gewöhnlich ist er zum Tee nicht zurück», sagte Marmaduke. «Die Anstrengung der Sitzung erfordert meistens den anschließenden Besuch des örtlichen Gasthauses, eine üppige Mahlzeit und einige Erfrischungen flüssiger Art.»

«Ich werde ihn bitten, direkt von der Sitzung nach Hause zu kommen», beschloss Maria, «und wir werden ihn hier zu Hause mit einem üppigen Mahl und Mengen flüssiger Erfrischungen erquicken.»

«Sehr wohl, junge Herrin», sagte Marmaduke. «Glühwein passt sehr wohl zum Nachmittagstee.» Dann legte er den Apfel

Mit Marmaduke Scarlet beim Frühstück

beiseite, an dem er gerade zierlich geknabbert hatte, das Licht der Inspiration erhellte plötzlich sein ganzes Gesicht, er heftete den Blick in die Nordwestecke der Decke und murmelte vor sich hin: «Pflaumenkuchen, Safrankuchen, Kirschkuchen, glasierte Plätzchen, Eclaires, Pfefferkuchen, Meringen, Soufflé, Mandelstäbchen, Bärentatzen, Schokoladendrops, Biskuit, Sahnehörnchen, Devonshire-Schnitten, Pasteten nach Cornwall-Art, Schinkensandwiches, Zitronenquarkschnitten, Salatsandwiches, Zimttoast, Honigtoast …»

«Aber Marmaduke, das werden sieben Leute doch gewiss nicht alles aufessen können!», unterbrach ihn Maria.

«Ich bin immer gerne auf eine größere Anzahl Gäste vorbereitet, als ursprünglich erwartet werden», antwortete Marmaduke. «Außerdem entnahm ich Ihrem Tonfall, dass es sich bei der Teegesellschaft um eine bedeutende Sache handelt, und besondere Gelegenheiten müssen auf besondere Weise begangen werden. Die bloße Vorstellung von Ärmlichkeit bei einer besonderen Gelegenheit ist bereits verwerflich. Die körperliche Stütze des inwendigen Menschen sollte ebenso verschwenderisch sein, wie das, was dem Auge geboten wird.»

Maria wusste nicht so recht, was dieser letzte Satz bedeuten sollte, aber sie glaubte, es hätte etwas mit Blumendekoration zu tun, und fühlte sich deshalb zu der Frage ermutigt: «Bitte, Marmaduke, könnte ich mir diese Geranien ausborgen, um das Haus für meine Teegesellschaft damit zu schmücken?»

«Gewiss, junge Herrin», antwortete Marmaduke.

«Robin wird uns helfen, die Töpfe ins Haus zu tragen», meinte Maria. «Und, Marmaduke, werden Sie Robin heute sehen, wenn er die Schafe im Obsthain hütet? Wenn ja, würden Sie ihm dann einen Brief von mir geben?»

Zur Antwort watschelte Marmaduke zu seinem Rollbett, tauchte darunter und kam mit einem Tintenfass, einem

Federhalter und einem wunderschönen Bogen Pergament in der Hand wieder hervor.

«Lieber Robin», schrieb Maria. «Heute Nacht hat Wrolf mich zu einem zweiten erfolgreichen Versuch begleitet. Ich glaube nicht, dass die Schwarzen Männer ihre Freveltaten fortsetzen werden. Bitte verzeih mir, lieber Robin, dass ich diesen zweiten Versuch ohne dich machen musste. Ich konnte nichts daran ändern. Und ich hätte es beim zweiten Mal nicht geschafft, hättest du mir beim ersten Mal nicht beigestanden. Ich kann dir das alles nicht brieflich schildern, werde es dir aber erzählen, wenn wir uns sehen. Ich möchte dich unbedingt treffen, würdest du also bitte morgen zum Tee kommen? Es wäre mir lieb, wenn du um halb vier hier sein könntest. Und würdest du bitte auch Loveday bitten, um halb fünf hier zu sein? Sag ihr, sie muss kommen, bitte! Wenn sie nicht kommt, ist alles umsonst. Sag ihr das. Ich weiß natürlich, dass sie das Haus um diese Tageszeit nicht betreten möchte, aber wenn sie bitte im Rosengarten warten würde, hole ich sie dort ab. Sag ihr, dass Sir Benjamin morgen zu einer Gerichtsverhandlung in die Marktstadt fährt. Dann wird sie sicher gerne kommen. Und geh doch bitte zum alten Pastor und lade ihn für Viertel nach vier ein. Lieber Robin, du und Loveday, ihr *müsst* kommen und der alte Pastor auch.»

Diesen Brief faltete Maria zusammen und reichte ihn Marmaduke. Dann stand sie auf, machte einen Knicks und dankte ihm für das köstliche kleine Mahl.

«Ich hoffe doch, dass es Ihren Appetit fürs Frühstück nicht verdorben hat?», erkundigte er sich besorgt.

«Keineswegs, danke», beruhigte ihn Maria.

Sie ging die Treppe hinunter und durch den Stallhof und den Ziergarten zum Haus. Als sie nun die Eibenmänner und -hähne betrachtete, stellte sie fest, dass sie sich nicht mehr vor ihnen fürchtete. Es war, als wäre etwas lebendiges Böses aus ihnen gewichen, und nun verkörperten sie dieses nicht mehr, sondern waren lediglich in lustige Formen geschnittene Eiben.

In der Halle begegnete ihr Sir Benjamin, der gerade herunterkam. Er schaute sie verwundert an, denn ihr bleiches, erschöpftes Gesicht und die Kiefernnadeln an ihrer Bluse deuteten unmissverständlich darauf hin, dass sie die Nacht im Freien verbracht hatte, und er wollte gerade den Mund aufmachen, um zu fragen, wo in aller Welt sie gewesen sei. Dann betrachtete er sie voller Liebe und Vertrauen und schwieg, als ob er Bescheid wüsste.

«Ich bin zu müde, um es Ihnen heute zu erzählen, Sir», sagte sie. «Aber ich werde es Ihnen sehr bald berichten ... Bitte, Sir, darf ich morgen eine kleine Teegesellschaft geben? Ich wollte den alten Pastor einladen. Würden Sie bitte auch kommen? In Ihrem besten Anzug?»

«Morgen ist mein Sitzungstag», erklärte Sir Benjamin.

«Aber wenn Sie direkt nach Hause kommen und nicht ins Gasthaus gehen, könnten Sie rechtzeitig hier sein», meinte Maria. «Und es wird Unmengen zu essen und zu trinken geben. Bitte, *bitte*, lieber Sir!»

Als er ihr flehentliches, bleiches Gesicht sah, konnte er ihr die Bitte nicht abschlagen. «Dann tu, was du für richtig hältst», meinte er. «Aber falls deine ‹Unmengen zu trinken› sich als Tee herausstellen sollten, davon halte ich nichts. Von allen faden, geschmacklosen Getränken ...»

«Tee war nicht gemeint», versicherte Maria ihm eilends. «Sondern Glühwein.»

Sir Benjamin strahlte. «Du kannst auf mich zählen», versicherte er Maria. «Und ich werde in meinem besten Anzug kommen.»

«Und darf ich für meine Gesellschaft das Haus mit Blumen schmücken?», fragte Maria.

«Gott segne das Kind!», rief Sir Benjamin. «Natürlich darfst du das, wenn du willst, obgleich es mir reichlich viel Aufwand für eine Einladung des alten Pastors scheint.»

«Und geben Sie mir Ihr feierliches Ehrenwort, dass Sie, wenn Ihnen mein Blumenschmuck zufällig nicht gefallen sollte, ihn nicht aus dem Fenster werfen werden?», fragte Maria.

Sir Benjamins Augen traten leicht hervor, aber er antwortete nur ernst: «Mein feierliches Ehrenwort.»

«Dann ist alles in Ordnung», erklärte Maria befriedigt. «Nun werde ich mich fürs Frühstück waschen, und nach dem Frühstück werde ich nur noch schlafen, schlafen, schlafen.

«Du siehst aus, als ob du es nötig hättest», versicherte ihr Vetter. «Ich habe niemals einen deutlicheren Fall von durchwachter Nacht gesehen.»

Und sie lebten glücklich und zufrieden …

I

Maria verbrachte fast den ganzen Tag und die kommende Nacht in tiefem Schlaf und hatte am folgenden Morgen größte Mühe, sich auf ihren Unterricht zu konzentrieren. Nicht weniger Mühe hatte sie, Miss Heliotrope zu besänftigen, die angesichts ihres seltsamen Verhaltens zutiefst besorgt war. «Es ist alles in Ordnung, Miss Heliotrope», sagte Maria immer wieder. «Wenn die Teegesellschaft heute Nachmittag erst vorüber ist, werde ich alles erklären.»

«Aber wer kommt denn alles zu dieser mysteriösen Teegesellschaft?», erkundigte sich Miss Heliotrope.

«Außer uns und dem alten Pastor eine sehr unglückliche Dame und ein sehr sündiger Mann, und jener kleine Junge, mit dem ich in London stets in der Grünanlage des Square gespielt habe», erklärte Maria.

«Aber meine liebe Maria, ich habe dir immer wieder gesagt, dass eine solche Person nicht existiert!», stieß die arme Miss Heliotrope hervor.

«Nach diesem Nachmittag werden Sie das nicht mehr behaupten», sagte Maria.

«Und eine unglückliche Dame und ein sündhafter Mann!», sagte Miss Heliotrope. «Das klingt alles höchst unschicklich.»

«Aber nach diesem Nachmittag wird sie glücklich und er gut sein», versicherte Maria. «Außerdem weiß Marmaduke Scarlet alles über meine Gesellschaft.»

«Nun denn, wenn Marmaduke Scarlet Bescheid weiß», meinte Miss Heliotrope und war wieder etwas besserer Stimmung. Inzwischen hegte sie die höchste Meinung von Marmaduke, da dieser in der Haushaltsführung so hervorragend war und ihr gnädigerweise gestattete, die vernachlässigten Flickarbeiten auszuführen.

Nach dem Essen schickte Maria Miss Heliotrope auf ihr Zimmer mit der Auflage, sich dort auszuruhen, bis man sie hole, und Digweed zum Torhaus, damit er dort Sir Benjamin abpasse und ihn leise hereinließe, ohne dass er läuten müsste. Digweed hatte auch Anweisung, Sir Benjamin mit geschlossenen Augen auf sein Zimmer zu führen und ihm zu sagen, er solle dort warten, bis er geholt werde. Dann holte sie mit Marmaduke alle geliebten Tiere, damit sie ihr bei den Vorbereitungen des glücklichen Endes halfen, für das sie alle so schwer gearbeitet hatten: Wrolf, Wiggins, Zachariah, Serena und Immergrün. Marmaduke hatte Bedenken, Immergrün tatsächlich ins Haus zu schaffen, doch sie führten sie die Stufen hoch, wo sie an der offenen Tür stehen blieb und alles beobachten konnte, was geschah. Man hätte einwenden können, Wiggins' Beitrag bei der Mitarbeit der Tiere sei nicht der Rede wert gewesen, doch Wiggins sah heute so prachtvoll aus, dass alle vergaßen, dass sein Benehmen vielleicht nicht immer seinem Aussehen entsprach.

In diesem Moment erschien Robin; seine rotbraunen Kleider waren säuberlich ausgebürstet, seine Schuhe poliert, dass sie wie Glas glänzten, die grüne Feder auf seinem Hut wippte fröhlich, und sein rundes, rosiges Gesicht strahlte vor Seife, Wasser, Glück und Aufregung.

«Der alte Pastor kommt, und Mutter wird um halb fünf am anderen Ende des Rosengartens warten», versicherte er Maria. «Sie hat es versprochen. Es hat mich eine Menge Mühe gekostet, ihr das Versprechen abzuringen, aber sie hat es versprochen.»

«Danke, Robin», sagte Maria. «Und du warst nicht böse, dass ich die Sache ohne dich zu Ende bringen musste?»

«Nicht im Geringsten», versicherte Robin ihr fröhlich. «Vorausgesetzt, du erzählst mir noch alles.»

«Ich werde es dir erzählen, während wir den Tee vorbereiten», meinte Maria. «Mein ganzes Leben lang werde ich dir immer alles sagen, Robin.»

«Und ich dir auch», versprach Robin. «Wenn ich es nicht täte, würdest du so viele Fragen stellen, dass es nicht zum Aushalten wäre.»

Dann machten sie sich an die Arbeit. Wrolf trug einen großen Korb im Maul und half Maria und Robin, alle Geranien von Marmadukes kleinem Zimmer ins Haus zu schaffen. Es waren viel mehr, als Maria gedacht hatte. Sie und Robin stellten den Salon und die ganze Fensterbank damit voll, sodass

Es sah prachtvoll aus, als alles bereit war …

das Fenster vom Rosengarten aus wie rosa Feuer aussah, und sie füllten die Halle und die Fenster von Marias Turmzimmer damit. Danach halfen sie Marmaduke Scarlet, den Tee am Tisch in der Halle aufzutragen. Es sah prachtvoll aus, als alles bereit war mit brennenden Kerzen auf dem Tisch, Vasen mit den schönsten Geranienblüten daneben, dem besten Crown Derby-Service und Kristallkelchen und all den Köstlichkeiten in Silberschalen. Den Tee in einer Silberkanne und die großen Krüge mit Glühwein würde Marmaduke später hereinbringen.

Dann stieg Maria zu ihrem Turmzimmer hinauf, um ihr allerbestes Kleid anzuziehen, ihr Gesellschaftskleid aus London, das sie auf Moonacre noch nicht getragen hatte; es war ein Kleid aus blassgelber Seide, bestickt mit blauen Vergissmeinnicht. Es hatte eine große, aufgesetzte Tasche, in die sie nun das kleine Buch mit dem heliotropfarbenen Einband steckte, das sie vom alten Pastor an dem Tag geliehen hatte, als sie ihn zum ersten Mal besucht hatte, und das grün gebundene Buch mit französischen Gedichten, das Louis de Fontenelle Jane Heliotrope zum Geschenk gemacht hatte. Während sie sich ankleidete, sah sie Sir Benjamin und Digweed zurückkommen, und Sir Benjamin wurde mit geschlossenen Augen die Treppe hinaufgeleitet. Maria wusste, dass sie ihm trauen konnte, dass er nicht heimlich spähte, wenn er in die Halle kam. Er war ein durch und durch vertrauenswürdiger Mann.

Pünktlich zehn Minuten nach vier holte Maria Miss Heliotrope ab und geleitete sie nach unten; sie trug ihren purpurnen Reifrock mit einem von Lovedays hübschen Spitzenhäubchen und einem der Schultertücher.

«Nun, Miss Heliotrope», sagte sie und stieß die Salontür auf, hinter der sich in der Mitte des Raumes Robin mit dem Hut in der Hand verbeugte, «das ist Robin. Ich kenne ihn schon fast mein ganzes Leben lang und werde ihn heiraten, damit ich ihn nie wieder aus den Augen verlieren kann. Ich liebe ihn sehr, und ich liebe Sie sehr, also müssten Sie sich auch gegenseitig lieb haben.»

«Liebe Güte!», sagte Miss Heliotrope und betrachtete Robin völlig fassungslos über ihren Brillenrand hinweg. «Liebe Güte! Was für ein ungewöhnlicher, frisch gekleideter Junge.»

«Ist er nicht genauso, wie ich ihn Ihnen in London beschrieben hatte?», fragte Maria.

«Doch, das ist er», gab Miss Heliotrope zu. «Nur größer.

«Madam, ich bin seither auch gewachsen», sagte Robin und verbeugte sich erneut sehr höflich, wobei er den Hut mit der Pfauenfeder in der rechten Hand schwenkte und die linke auf sein Herz legte ganz nach der galanten Art, die zu Miss Heliotropes Jugendzeit Mode gewesen war. Nachdem sich Miss Heliotrope nun vom ersten Überraschungsschreck erholt hatte, war nicht zu übersehen, dass sich ihr Herz für ihn erwärmte.

«Liebe Güte!», sagte sie noch einmal, aber sie sagte es voller Herzlichkeit.

Robin trat auf sie zu, ergriff ihre Hand und küsste sie.

«Ihr Diener, Madam», sagte er, «bis ans Ende meiner Tage.»

Daraufhin schmolz Miss Heliotropes Herz endgültig, und sie beugte sich hinab und küsste ihn. «Du bist ein netter Junge», sagte sie. «Ob du nun der bist, den Maria sich in London ausgedacht hat oder nicht, nun ja, das möchte ich nicht entscheiden. Aber du bist ein netter Junge, und wenn du gut bist zu Maria, wirst du keine treuere Freundin finden als Jane Heliotrope.»

Schritte waren zu hören, und da stand der alte Pastor mit einer rosa Geranienblüte im Knopfloch seiner Robe.

«O Sir!», rief Maria ihm zu. «Würden Sie bitte Miss Heliotrope zu einem kleinen Spaziergang in den Gemüsegarten führen? Dort ist es in der Sonne angenehm warm, und die Obstblüte ist wunderschön. Unter dem Maulbeerbaum steht eine schöne Bank. Möchten Sie sich dort nicht hinsetzen und Miss Heliotrope ein wenig vorlesen? Sie hat es gern, wenn man ihr vorliest – insbesondere Gedichte. Dieses Buch mit englischen Gedichten, das Sie mir geliehen haben, wird ihr bestimmt gefallen und das französische hier auch.» Maria zog die beiden kleinen Bücher aus der Tasche und überreichte sie ihm. «Um fünf Uhr gibt es Tee.»

Der alte Pastor nahm mit einem Augenzwinkern die beiden Bücher entgegen, verbeugte sich vor Miss Heliotrope und bot ihr seinen Arm. «Darf ich um die Ehre bitten, Madam?», sagte er zu ihr. Und zu Maria sagte er: «Eure Königliche Hoheit, die schwierigen Winkelzüge weiblicher Planungen waren mir bislang stets suspekt, doch in die Ihren will ich mich gern verstricken lassen. Denn sie werden von der Zauberkraft des Mondes geleitet, und der ist so tapfer, es mit seinem zarten Gesicht mit der großen Finsternis aufzunehmen, dass ein Mann, der sich nicht als des Mondes bereitwilliger Sklave unterordnet, ein geborener Dummkopf sein muss.»

Und mit dieser hübschen Huldigung geleitete der alte Pastor Miss Heliotrope aus dem Zimmer, und Maria und Robin waren alleine. «Robin», sagte sie, «ich hätte gerne, dass du hinaufgehst zu Sir Benjamins Zimmer und ihn herunterholst. Bring ihn hier ans Salonfenster, dass er in den Rosengarten hinausschaut und verwickle ihn in eine Unterhaltung.»

«Und wie lange?», fragte Robin. «Und worüber?»

«Bis ich zurückkomme», sagte Maria. «Es wird nicht lange dauern. Unterhalte dich mit ihm über Schafe. Sir Benjamin bliebe stundenlang an einem Fleck stehen, um über Schafe zu reden.»

Dann kletterte sie aus dem Salonfenster und lief durch den Rosengarten zum entlegensten, verborgenen Ende. Loveday hatte sie nicht im Stich gelassen. Da stand sie in ihrem grau-rosa-gemusterten Kleid, den stolzen Kopf unbedeckt in der Frühlingssonne. Sie stand ganz aufrecht und wirkte trotz ihrer kleinen Gestalt sehr majestätisch, und die Rosenhecken um sie herum entfalteten ihr neues, frisches Grün.

«Mutter Minette!», rief Maria und schlang die Arme um sie. «Der Schwarze Mann kommt zum Nachmittagstee.»

Loveday stieß einen Freudenschrei aus und drückte Maria fest an sich. «Dann hast du es geschafft, Maria?», fragte sie. «Oh, du allerliebstes, tapferes kleines Mondmädchen! Wie hast du das gemacht, Maria?»

«Ich werde Stunden brauchen, dir alles zu erzählen», sagte Maria. «Also muss ich es später erzählen. Aber jetzt, Loveday, hätte ich gerne, dass du durch das Salonfenster einen Blick auf meine Blumendekoration wirfst.»

«Hast du mich den ganzen Weg hierher nur kommen lassen, damit ich deinen Blumenschmuck begutachte?», fragte Loveday. Aber sie war nicht verärgert, nur erheitert.

«Was du im Salonfenster sehen wirst, wird den Weg wert sein», versprach ihr Maria. «Nun schließ bitte die Augen.»

Loveday schloss sie, und da sie wie Sir Benjamin eine absolut vertrauenswürdige Person war, spähte sie nicht einmal durch die Wimpern, als Maria sie aufs Haus zuführte. Die beiden sahen prachtvoll aus, wie sie Hand in Hand in ihren Blumenkleidern durch den Rosengarten kamen; der Sonnenschein verwandelte ihr helles Haar in silbernes Gold, und eine kleine Vogelschar begleitete sie, die mit ihrem bunten Geflatter und ihrem Geträller die blaue Luft wie Lichtschauer erfüllte. Der

Mann und der Junge, die am Salonfenster standen, brachen ihr Gespräch über Schafe ab und hielten verwundert den Atem an.

«Jetzt!», sagte Maria, und Loveday schlug die Augen auf.

Und was sie sah, war eine Masse lachsroter Geranien, jener Geranien, die der Stolz von Cornwall sind. Sie füllten das Fenster und den Salon dahinter genau wie an jenem Abend vor vielen Jahren, ehe ihr Liebster seinen Wutanfall bekam und sie alle aus dem Fenster warf. Und da stand er zwischen ihnen in seiner besten weißen Lockenperücke, seiner Sonntagsjacke und der Weste, die sie vor so langer Zeit für ihn gemacht hatte, und starrte sie an, als wäre sie Sonne und Mond und Sterne alles in einem.

«Loveday!», brüllte er begeistert. «Vergib mir um der Liebe des Himmels willen, dass ich diese verdammten Geranien aus dem Fenster geworfen habe, und komm sofort herein und geh nie wieder fort!»

Und Loveday trat durchs offene Fenster zur Fensterbank, wurde wie ein Kind in seine Arme gehoben, und Maria lief schnell wie der Wind durch den Ziergarten und die Treppe zur Halle hinauf.

«Alles in Ordnung!», rief sie Robin zu, der ebenso blitzschnell aus dem Salon geflitzt war. «Damit haben wir eine Sache zu einem guten Ende gebracht. Hast du was dagegen, wenn Sir Benjamin deine Mutter heiratet, Robin?»

«Soll er, wenn er mag», sagte Robin. «Mir ist gleichgültig, wer wen heiratet, so lange nur *du mich* heiratest!»

Und plötzlich brüllte er vor Freude ganz ähnlich wie Sir Benjamin gerade, schlang seine Arme um Maria und drückte sie kräftig wie ein Bär, dass Maria fast die Luft wegblieb. Und alle Tiere, Wrolf, Zachariah, Serena, Wiggins und Immergrün, die inzwischen in die Halle gekommen war, versammelten sich in einem Kreis um sie und brüllten, miauten, quiekten, bellten und wieherten vor Freude, während Marmaduke Scarlet mit herabhängenden Armen in der Küchentür stand und sein breitestes Lächeln lächelte, jenes, bei dem die Enden in seinen Ohren verschwanden.

2

Und dann erklang durch den Lärm, den sie alle veranstalteten, Hufgetrappel, und zwar nicht von einem, sondern von vielen Pferden. Es klang so, als näherte sich eine große Reitergesellschaft. Maria und Robin ließen einander los und liefen zur Tür, Marmaduke Scarlet und die Tiere rannten ihnen nach. Im Ziergarten drängten sich Schwarze Männer auf schwarzen Pferden, einige von ihnen reglos, andere rückten paarweise vor, wobei die reglosen die Eiben waren und die vorrückenden Sir Cocq de Noir mit seinem gesamten Gefolge. Auch schwarze Hähne waren im Garten, obgleich alle reglos waren bis auf den einen, der auf der Schulter seines Herrn mit den Flügeln schlug und krähte.

«Sie sind alle gekommen!», keuchte Maria unglücklich. «Ich hatte Sir Cocq de Noir eingeladen, aber sie sind alle gekommen!»

«Fürchten Sie nichts, junge Herrin», erklang Marmadukes Stimme besänftigend hinter ihr. «Es ist genügend da. Wir haben genügend Pflaumenkuchen, Safrankuchen, Kirschkuchen, glasierte Plätzchen, Eclairs, Pfefferkuchen, Meringen, Soufflé, Mandelstäbchen, Bärentatzen, Schokoladenkekse, Biskuits, Sahnehörnchen, Devonshire-Schnitten, Pasteten nach Cornwall-Art, Schinkensandwiches, Zitronenquarkschnitten, Salatsandwiches, Zimttoast und Honigtoast da, um zwanzig und mehr satt zu bekommen. Haben Sie keine Angst, junge Herrin; wenn Marmaduke Scarlet kocht, ist immer genug da.»

«Aber der Glühwein!», rief Maria.

«Auch davon», erklärte Marmaduke, «ist der Vorrat unbegrenzt.»

So standen Maria und Robin also Hand in Hand wie Prinz und Prinzessin oben an der Treppe und riefen: «Willkommen!» Und die Schwarzen Männer stiegen am Aufsteigebock ab und ließen ihre Pferde zwischen den Eiben in den Garten gehen, stellten sich paarweise auf, verbeugten sich vor Maria und Robin und schritten weiter durch das Spalier der Tiere in die Halle, um von Sir Benjamin und Loveday Minette begrüßt zu werden, die nun wie König und Königin vor dem großen Kamin standen.

Es spricht für Sir Benjamin und Loveday, dass sie, nachdem das Getöse sie aus dem Salon in die Halle gelockt hatte, sogleich in der Lage waren, ihr persönliches Glück zurückzustellen und ohne sichtliches Erstaunen die Gastgeberrolle für zwanzig Männer zu übernehmen, die sie bislang als ihre Feinde betrachtet hatten …

«In Zukunft, Sir Benjamin», erklärte Monsieur Cocq de Noir mit einer tiefen Verbeugung, «werde ich mich ganz so verhalten, wie Sie es von einem Nachbarn erwarten dürfen.»

«Ich zweifle nicht daran, Sir», antwortete Sir Benjamin. «Wir wollen Vergangenes vergangen sein lassen und heute einen neuen Anfang machen.»

Danach nahm die Teegesellschaft ihren Lauf, Marmaduke Scarlet ließ sich überreden, am großen Tisch bei Sir Benjamin und Loveday, Maria und Robin und den zwanzig Schwarzen

Männern Platz zu nehmen. Wiggins saß auf Marias Schoß, Zachariah teilte sich den Stuhl mit Marmaduke, der schwarze Hahn saß auf der Schulter seines Herrn, und Wrolf und Immergrün standen am Kopfende des Tisches rechts und links von ihrem Herrn. Sie aßen, tranken, lachten und sangen, und als die zwanzig Schwarzen Männer schließlich singend in den Sonnenuntergang davonritten, war kein Krümel und kein Tropfen mehr auf dem Tisch; und bei niemandem blieb ein Stück Hass im Herzen oder ein Gran Bitterkeit auf der Zunge. Alles war erklärt und vergeben.

3

Dem aufmerksamen Leser wird vielleicht aufgefallen sein, dass der alte Pastor und Miss Heliotrope bei der Teegesellschaft nicht mehr in Erscheinung traten. Der Grund dafür ist, dass sie es einfach vergaßen.

Nachdem sie eine Weile auf den Wegen des Gemüsegartens hin und her geschlendert waren und sich an ihrer Unterhaltung und am Sonnenschein erfreut hatten – von dem Augenblick an, da sie einander in der Kirche das erste Mal begegnet waren, hatten sie viel füreinander empfunden –, erinnerte sich der alte Pastor an Marias Anweisungen, geleitete Miss Heliotrope zu der Bank unter dem Maulbeerbaum und schlug die beiden Bücher auf, um festzustellen, aus welchem ihr am schönsten vorzulesen wäre.

Und gerade in diesem Augenblick fiel ein Sonnenstrahl durch die grünen Blätter über ihren Köpfen, und Miss Heliotrope sah den Namen ihres früheren Liebsten in ihrer eigenen

Handschrift auf das Deckblatt des einen, und der alte Pastor sah den Namen der einzigen Frau, an der ihm jemals etwas gelegen hatte, auf das Titelblatt des anderen in *seiner* Handschrift geschrieben. Und in genau demselben Augenblick erhellte ein zweiter Sonnenstrahl das Medaillon, das sie trug, und der alte Pastor erkannte es als jenes, das er ihr vor Jahren in ihrer Jugend geschenkt hatte, mit einer Locke von seinem Haar darin.

Danach gab es für beide eine Menge zu erzählen, denn wie alt man auch sein mag, man vergisst doch nie seine Jugend und die Menschen, die man in jener Zeit liebte. Vielmehr erinnert man sich an jene Zeiten umso deutlicher und liebt diese Menschen umso mehr, je älter man wird ... So war es nicht weiter verwunderlich, dass Miss Heliotrope und der alte Pastor vergaßen, zum Tee zu kommen.

Sir Benjamin und Lovedays Hochzeit fand einen Monat später statt. Und obgleich es eine sehr stille Hochzeit früh am Morgen war, bei der wirklich nur die anwesend waren, die sie aus ganzem Herzen liebten, weil Sir Benjamin und Loveday sich genierten, in ihrem Alter noch zu heiraten, war es doch eine ungemein hübsche Hochzeit. Loveday hatte die Stickarbeit an der Hochzeitsweste beendet, und Sir Benjamin trug sie; und Loveday trug ihr Hochzeitskleid, und beide sahen prachtvoll aus. Der alte Pastor traute sie, und er machte das großartig.

Die Hochzeit des alten Pastors mit Miss Heliotrope fand einen weiteren Monat später statt und war noch stiller, aber ebenfalls schön; der einzige Nachteil war, dass der alte Pastor sich nicht selbst trauen konnte und ein dicker, kleiner Pfarrer von jenseits der Berge es übernehmen musste – ein netter kleiner Priester, sodass es nicht weiter schlimm war. Und der alte Pastor und Miss Heliotrope lebten zusammen im Pfarrhaus und waren glücklicher, als sie es sich jemals hätten vorstellen können; und Miss Heliotrope hatte von nun an keine Verdauungsbeschwerden mehr.

Robin und Maria wurden erst im kommenden Frühjahr getraut, weil ihre Angehörigen fanden, sie sollten noch ein Jahr Zeit haben, ihre Merryweather-Temperamente zu zügeln, ehe sie endgültig zusammenlebten. Doch im folgenden Frühling, an einem prachtvollen, warmen Aprilmorgen fand ihre Hochzeit statt, und sie war alles andere als ruhig, sie war die geräuschvollste, ausgelassenste und gleichzeitig schönste Hochzeit, die jemals in der alten Kirche von Silverydew abgehalten wurde. Maria trug Lovedays Brautkleid, einen mit Gold- und Silberband gebundenen Strauß Schlüsselblumen und einen Kranz aus Schlüsselblumen im Haar. Robin trug ein brandneues Wams in kräftigstem Smaragdgrün mit Schlüsselblumen im Knopfloch und in der Hand einen mit einer Kokarde aus Silber- und Goldband geschmückten Hut, den noch ein Busch Hahnenfedern zierte, die Sir Cocq de Noir eigenhändig seinem Hahn aus dem Schwanz gerissen hatte, zum Zeichen der unsterblichen Freundschaft zwischen den Schwarzen Männern und den Merryweathers.

Zur Hochzeit fuhren sie vom Herrenhaus zur Kirche nicht etwa in der Kutsche, sondern ritten auf Wrolf und Immergrün mit Zachariah, Wiggins und Serena im Gefolge, denen man Gold- und Silberschleifen umgebunden hatte, und am Tor zum Kirchhof erwarteten sie sämtliche Kinder in ihrem Sonntagsstaat mit Armen voller Blumen und stimmten zur Begleitung des Geläuts über ihnen das Glockenlied an.

Als Maria und Robin den Gang entlanggingen, um vom alten Pastor an der Altartreppe getraut zu werden, folgten ihnen die getreuen Tiere paarweise und diesen wiederum alle Kinder. Sir Benjamin und Loveday (die nun Lady

Merryweather war) und Miss Heliotrope (die jetzt Madame de Fontenelle war), Sir Cocq de Noir und Marmaduke Scarlet saßen in der Kirchenbank der Merryweathers in ihren besten Kleidern und waren so glücklich, dass sie glaubten, platzen zu müssen; die Kirche hinter ihnen war bis an die Türen dicht gefüllt mit allen Menschen aus Silverydew und allen Schwarzen Männern, die zusammen sangen, dass es fast das Dach von der Kirche sprengte. Das Gotteshaus war prachtvoll geschmückt mit Schlüsselblumen, Apfelblüten, Narzissen und Veilchen, Schneeglöckchen und Krokussen, die in diesem besonderen Jahr beschlossen hatten, alle gleichzeitig zu blühen, damit sie alle bei Marias Hochzeit dabei sein konnten. Das Grab von Sir Wrolf war ein Blütenmeer, und als Maria und Robin am Abend zuvor letzte Hand an Sir Wrolfs Blumenschmuck gelegt hatten, hatten sie geglaubt, ein Lächeln über das steinerne Antlitz ihres unrühmlichen Vorfahren huschen zu sehen.

«Nur dass er jetzt nicht mehr unrühmlich ist», hatte Maria zu Robin gesagt. «Nun wird er nicht mehr am Paradiesberg umgehen, weil er endlich ins wirkliche Paradies eingegangen ist und auf einem weißen Pferd an einem funkelnden Bach entlang durch die Lilienfelder reitet.»

Als die Trauung vorüber war, bestiegen Maria und Robin wieder Wrolf und Immergrün und ritten durch den Sonnenschein und das frische Frühlingsgrün des Parks zum Herrenhaus zurück, und alle, die in der Kirche gewesen waren, folgten ihnen singend zum Hochzeitsfrühstück, das Marmaduke Scarlet vorbereitet hatte.

Es war ein so über alle Maßen herrliches Festmahl, dass selbst Marmaduke persönlich nicht umhinkam, es als den krönenden Höhepunkt seiner rühmlichen kulinarischen Karriere zu betrachten. Die weiß glasierte Hochzeitstorte hatte unten die Größe eines Wagenrades und war mannshoch, wobei sie sich wie eine Pyramide verjüngte. Sie war mit Zuckerblüten und -früchten, Vögeln und Sternen, Schmetterlingen und Glocken verziert, und ganz oben wurden ein winziger Sichelmond und eine kleine Sonne von einem silbernen Hufeisen umschlossen. Es gab natürlich noch Unmengen anderer Kuchen und alle möglichen Sorten von Zuckerplätzchen und glasierten Brötchen und alle nur erdenklichen Sorten von Sandwiches, Schüsseln mit kandierten Kirschen und Ingwerstückchen und Zuckermandeln und Schokolade. Und es gab Gelees und Cremes, Soufflés und Eiscremes, heißen Kaffee und Eiskaffee. Tee, Limonade und Sorbets, Glühwein und Champagner.

Für alle gab es Unmengen zu essen und zu trinken, und alle labten sich daran, doch keiner aß oder trank zu viel, weil sich niemand diesen glücklichen Tag durch Bauchschmerzen verderben wollte; dieser Tag sollte bis zum Schluss glücklich verlaufen.

Und so war es auch. Und auch alle folgenden Tage, Monate und Jahre waren glücklich. Sir Cocq de Noir hielt sein Versprechen. Er und seine Schwarzen Männer verkauften ihren Fisch an die Leute im Tal und handelten dafür die Dinge ein, die sie benötigten, und brauchten nicht mehr zu wildern und zu stehlen. Und sie gaben ihre schwarze Kleidung auf, trugen buntere Sachen, so wie die Menschen im Tal, strichen ihre schwarzen Fischerboote rot, grün und blau und setzten darauf Segel, weiß wie Vogelschwingen. Und die Kinder von Silverydew konnten am Strand der Merryweather Bay spielen, und die Schwarzen Männer störten sich nicht daran; sie spielten sogar mit und halfen ihnen Muscheln zu sammeln, die sie der Jungfrau am Paradiesberg zum Geschenk machen konnten.

Die Schwarzen Männer lebten glücklich in ihrem Schloss in den Kiefernwäldern.

Und Sir Benjamin und Loveday, Maria und Robin, Digweed und Marmaduke Scarlet und alle Tiere lebten glücklich im Herrenhaus; und Miss Heliotrope und der alte Pastor und alle Menschen von Silverydew waren glücklich in ihren Häusern im Dorf; und droben am Paradiesberg waren die Schafe glücklich, die Vögel sangen, und der kleine Schrein war ein beliebter Wallfahrtsort für die ganze Umgebung. Glücklich waren die Tage voller Sonnenschein, glücklich auch die mondhellen Nächte und voll süßer Träume.

Aber in dieser Welt ist alles im Fluss, und mit der Zeit wurden Miss Heliotrope und der alte Pastor sehr alt und das Leben in dieser Welt leid, sodass sie ihre körperliche Hülle ablegten und freudig in die nächste schlüpften.

Und nach vielen langen Jahren taten Sir Benjamin und Loveday es ihnen gleich, worauf Maria, als Sir Benjamins Erbin, Moonacre übernahm und dort mit ihrem Ehemann zusammen die Herrschaft führte. Er war die tapfere Seele und sie der reine Sinn ihres Familienleitspruchs, und eins in fröhlich-liebenden Herzen traten sie gemeinsam das Erbe des Königreiches an.

Und sie stritten sich niemals, wie es die anderen Merryweathers getan hatten, sodass Wrolf nicht gehen musste, sondern für immer bei ihnen blieb. Sie bekamen zehn Kinder, und wenn diese zehn mit ihren Eltern auf den Fußschemeln in der Merryweather-Kirchenbank knieten, boten sie einen anmutigen Anblick, und wenn Maria die Reihe entlangblickte, hatte sie das Gefühl, dass sie sich auf dieser Welt nichts Schöneres wünschen konnte … höchstens noch eines …

Denn manchmal stand sie nachts in ihren Träumen unter den Ästen eines geheimnisvollen Waldes, schaute über eine mondbeschienene Lichtung, und ihr Blick suchte nach etwas, das sie nicht finden konnte. Und wenn sie erwachte, hatte sie stets Tränen auf den Wangen.

Und doch machte dieser Traum sie nicht unglücklich. Sie wusste, eines Tages würde sie als sehr alte Frau diesen Traum ein letztes Mal träumen, und in diesem letzten aller Träume würde sie das kleine weiße Pferd sehen, und es würde sie nie wieder verlassen. Sie würden aufeinander zulaufen, und es würde sie auf seinem Rücken davontragen; sie wusste nicht genau wohin, aber an einen guten Ort, einen, an dem sie gerne sein wollte.

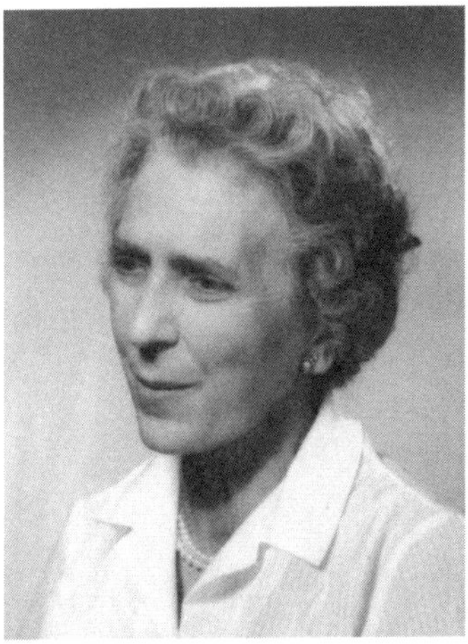

Elizabeth Goudge wurde im Jahr 1900 in Wells (England) als Tochter des Direktors eines Theologenkonvikts geboren. Sie besuchte die Kunstschule an der Universität Reading und wurde Kunstgewerbelehrerin, bis sie schließlich das Schreiben als ihren Beruf erkannte. Ihr erster Roman *Inselzauber* erschien 1934. Seither sind ihre Bücher in Millionen Exemplaren in der ganzen Welt erschienen, so u.a.: *Der Rosmarinbaum, Der Vogel im Baum, Das Herz der Familie, Enzianhügel, Der grüne Delphin, Das Mädchen vom Meer, Die Stadt der Glocken* sowie ihre Autobiographie *Regenbogen meines Lebens.*

Klassiker des englischen Kinderbuchs

GEORGE MACDONALD

Hinter dem Nordwind

544 Seiten, gebunden

ISBN 3-7725-2045-6

Hinter dem Nordwind liegt ein Land, von dem schon die Alten zu berichten wussten. Doch wer weilte je selbst in diesen Gefilden und hätte nach seiner Rückkehr davon zu erzählen vermocht? Der junge Diamant indes war mehrmals dort. Als Sohn eines Kutschers wächst er im viktorianischen England auf, nahe der großen Stadt London.

«Geradlinig, aber vielschichtig geschrieben, düster, aufregend und zärtlich; ein Roman in dem zwei Wirklichkeiten ineinander übergehen ...» *Klaus Seehafer, Frankfurter Allgemeine*

VERLAG FREIES GEISTESLEBEN

Klassiker des englischen Kinderbuchs

ALAN GARNER

Der Zauberstein von Brisingamen

219 Seiten, gebunden mit Schutzumschlag

ISBN 3-7725-2241-6

Eigentlich sollen Susan und Colin wohl behütet ihre Ferien in Alderley Edge verbringen. Doch kaum angekommen, werden sie in die uralten Kämpfe zwischen Grimnir und Cadellin verwickelt. Alles hängt davon ab, wer den Zauberstein von Brisingamen finden wird. Da ist äußerster Mut von den Kindern gefordert. Denn offenbar haben sie etwas mit dem Geheimnis zu tun.

«Ein wunderbar durchgehaltenes Fantasiestück.»

Times Literary Supplement

VERLAG FREIES GEISTESLEBEN

Klassiker des englischen Kinderbuchs

ALAN GARNER

Der Mond von Gomrath

159 Seiten, gebunden mit Schutzumschlag

ISBN 3-7725-2242-4

«Nein, Collin, die Alte Magie ist nicht böse, aber sie ist eigensinnig. Sie kann durchaus zu deinen Gunsten, aber nicht auf dein Geheiß wirksam werden. Auch ist die Alte Magie mit Kräften verbunden, die erwachen, wenn sie sich regt. Auch sie sind nicht böse, aber wankelmütig und passen nicht in diese Zeit.»

Cadellin, der Zauberer

VERLAG FREIES GEISTESLEBEN

Irischer Zauber und Humor

PAT O'SHEA

Die Meute der Morrigan

544 Seiten, gebunden mit Schutzumschlag

ISBN 3-7725-1100-7

Der sechzehnjährige Pidge und seine kleine Schwester Brigit werden in einen Kampf zwischen den Mächten des Guten und des Bösen – Göttern der irischen Mythologie – verwickelt. Sie helfen den guten Göttern, erhalten von ihnen und von vielen Tieren Hilfe auf einem langen, gefährlichen Weg und gewinnen Selbstvertrauen.

«Wunderbare Bilder hat Pat O'Shea gefunden, viele inspiriert von der großartigen Landschaft Irlands.»

Frankfurter Allgemeine Zeitung

VERLAG FREIES GEISTESLEBEN

Moonacre und das Dorf Silverydew liegen z

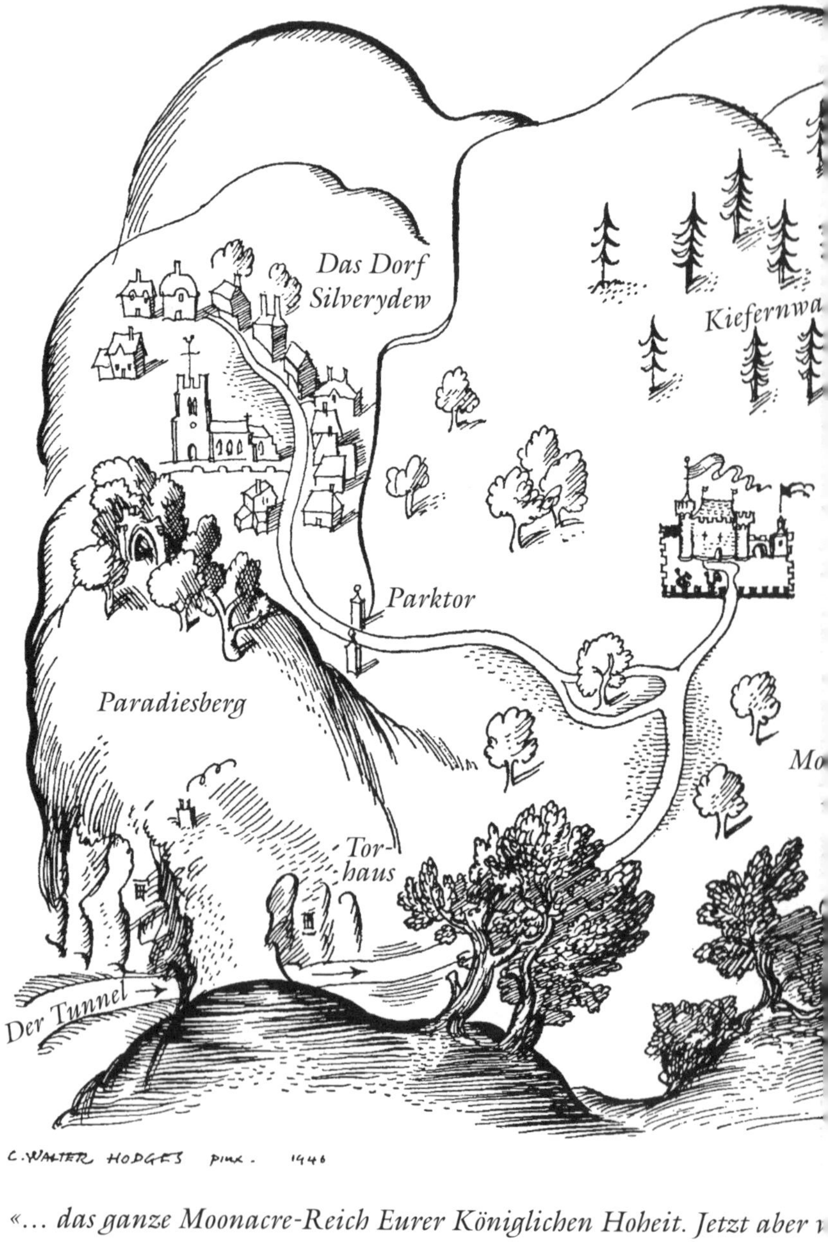

«… das ganze Moonacre-Reich Eurer Königlichen Hoheit. Jetzt aber v